LES GRIFFES DU DIABLE

Du même auteur
aux Éditions Albin Michel

L'AIGLE S'EST ENVOLÉ
AVIS DE TEMPÊTE
LE JOUR DU JUGEMENT
SOLO
LUCIANO

Jack Higgins

LES GRIFFES DU DIABLE

ROMAN

Traduit de l'anglais par
Françoise et Guy Casaril

Albin Michel

Édition originale anglaise
TOUCH THE DEVIL

Collins, St James Place, London

Traduction française

22, rue Huyghens 75014 Paris

ISBN 2-226-01913-8

A Margaret Hewitt

Entre deux groupes d'hommes qui désirent établir des mondes incompatibles, je ne vois aucun remède en dehors de la violence... Il me semble que toute société repose sur la mort de certains individus.

Oliver Wendell Holmes

PROLOGUE

Vietnam 1968

L'hélicoptère du Médévac glissait au-dessus du delta à mille pieds. Son escorte, un Huey Cobra, attendait sur la gauche. La pluie menaçait : des nuages lourds au-dessus de la jungle dans le lointain, et le tonnerre grondait à l'horizon.

Anne-Marie Audin était assise dans un coin du Médévac, le dos coincé contre une caisse de médicaments — une jeune femme de petite taille, à la peau mate, aux cheveux noirs coupés à ras du crâne, concession aux conditions de vie au Vietnam sur le front. Elle portait un blouson léopard de para, ouvert devant, une chemise saharienne kaki, et un pantalon enfoncé dans des bottes de l'armée française. On remarquait surtout ses appareils photographiques, deux Nikon maintenus autour de son cou par des courroies de cuir. Les poches rapportées de son blouson contenaient non pas des munitions mais plusieurs objectifs et des douzaines de boîtes de pellicule 24 × 36.

Le jeune infirmier accroupi près du premier officier (un Noir) la fixait sans dissimuler son admiration. Les deux premiers boutons de la saharienne kaki étaient défaits, révélant un soupçon — pas davantage — de poitrine ferme, qui se soulevait et s'abaissait doucement : Anne-Marie dormait.

— Longtemps que je n'ai pas vu ça, dit-il. Une vraie dame.

— Et quelle dame, vieux ! répondit l'officier en lui tendant une cigarette. Elle est allée partout. Elle a même sauté avec le 503e Para à Katum l'an dernier. Tout ce que tu peux imaginer, elle l'a fait. *Life* a publié un article sur elle il y a six ou sept mois. Elle vient de Paris, tu te rends compte ? Et du genre de famille qui possède une grosse tranche de gâteau dans la banque.

Le jeune homme écarquilla les yeux.

— Qu'est-ce qu'elle fiche ici, dans ce cas ?

— Ne me demande pas ça à moi, vieux. Je ne sais pas ce que j'y fiche moi-même.

— Vous avez une cigarette ? demanda Anne-Marie. Je suis à sec.

L'officier lui lança son paquet : jamais il n'avait vu des yeux aussi verts.

— Gardez-les.

Elle secoua le paquet pour faire remonter une cigarette, et elle l'alluma avec un vieux briquet de cuivre fabriqué avec une douille de cartouche. Puis elle referma les yeux, la cigarette entre ses doigts. Le jeune infirmier avait raison. Que fichait-elle ici, cette femme qui avait tout ? Un grand-père qui la gâtait — industriel comptant parmi les plus riches et les plus puissants de France. Un père qui n'avait survécu à l'Indochine que pour mourir en Algérie — colonel d'infanterie, cinq décorations, grand-croix de la Légion d'honneur : un authentique héros, mais mort tout de même.

Sa mère ne s'était jamais remise du choc. Elle avait trouvé la mort deux ans plus tard dans un accident de voiture non loin de Nice. Anne-Marie s'était souvent demandé si cette nuit-là, la Porsche n'avait pas dérapé dans le ravin par suite d'un coup de volant volontaire.

Pauvre petite fille riche ! Sa bouche se tordit en un sourire amer mais elle n'ouvrit pas les yeux. Les maisons, les villas, les domestiques, les bonnes écoles anglaises, puis la Sorbonne. Une année de cette atmosphère académique étouffante lui avait suffi. Sans oublier les amours passagères, bien sûr, ni un flirt très bref avec la drogue.

C'était la photographie qui l'avait sauvée. Depuis son premier Kodak à l'âge de huit ans, elle avait eu une sorte de génie instinctif du cadrage, qui s'était transformé au cours des années en ce que son grand-père appelait « le petit *hobby* d'Anne-Marie ».

Après la Sorbonne, elle avait approfondi ses connaissances en devenant pendant six mois l'assistante d'un des meilleurs photographes de mode de Paris, puis elle s'était fait engager à *Paris-Match.* En une seule année, sa réputation était montée en flèche mais cela ne suffisait pas — il s'en fallait de beaucoup. Quand elle avait demandé qu'on l'envoie au Vietnam, la rédaction lui avait ri au nez.

Elle avait donc démissionné, s'était mise *freelance,* et au cours d'une confrontation homérique avec son grand-père, lui avait arraché la promesse d'utiliser toute son influence politique pour lui obtenir l'appui indispensable du ministère de la Défense. Le vieil homme avait découvert ce jour-là une nouvelle Anne-Marie : une fille décidée, irréductible, implacable, qui le surprit. Bien qu'à contrecœur, il l'avait admirée. Six mois, avait-il dit. Six mois seulement, et elle avait promis — en sachant que sans l'ombre d'un doute, elle faillirait à sa promesse.

Ce fut ce qui arriva, car à la fin du délai il était trop tard pour faire demi-tour. Elle était devenue célèbre, tous les grands magazines d'Europe et d'Amérique publiaient ses reportages. *Time, Paris-Match* et *Life* avaient réclamé à cor et à cri l'exclusivité de cette Française un peu folle qui avait sauté avec les paras à Katum — la femme pour qui aucune mission n'était trop dure et trop dangereuse.

Que cherchait-elle au départ ? Peu importe : elle découvrit ce qu'était la guerre, en tout cas au Vietnam. Pas de batailles spectaculaires. Pas de clairon sonnant la charge, pas de tambours au loin pour vous remonter le cœur. Mais les combats de rue sauvages pendant l'offensive du Têt à Saigon ; les marais du delta du Mékong et les jungles des montagnes du Centre ; les ulcères aux jambes qui rongeaient les chairs jusqu'à l'os comme de l'acide, laissant des cicatrices qui ne disparaîtraient jamais.

Ce qui la ramenait à ce matin-là : une demi-journée passée à attendre sous la pluie à Pleikic pour organiser son transport à

Din-Tô, jusqu'à ce qu'elle tombe sur le Médévac qui avait accepté de la « prendre en stop ». Parfait, mais elle était épuisée — plus fatiguée que jamais dans sa vie. Elle se demanda soudain si elle n'était pas arrivée au bout de quelque chose. Elle fronça légèrement les sourcils. L'officier était en train de crier des ordres.

Il se penchait par le sabord ouvert, le doigt tendu pour lui montrer une fusée qui s'élevait vers le ciel, à quelques centaines de mètres à l'est. Le Médévac obliqua et perdit de l'altitude, suivi par le Cobra. Les restes d'un hélicoptère calciné, dans le coin d'une rizière, plusieurs corps étalés non loin. L'homme qui faisait de grands gestes désespérés, sur la digue, était en uniforme américain.

Le Médévac continua de descendre et son escorte se mit à tracer des cercles au-dessus de lui. Anne-Marie fixa un objectif sur un de ses Nikon et commença à prendre des clichés, l'un à la suite de l'autre, arc-boutée contre l'épaule de l'officier.

Il tourna la tête un instant pour lui sourire. Soudain, quand ils ne furent qu'à une quinzaine de mètres d'altitude, elle se rendit compte, avec une absence d'émotion étrange, que le visage sur lequel elle faisait le point, en bas, n'était pas américain mais vietnamien. Deux mitrailleuses lourdes ouvrirent le feu à cinquante mètres de là, à l'orée de la jungle. A cette distance, ils ne pouvaient manquer leur cible.

L'officier, en travers du sabord, n'avait aucune chance. L'impact des balles le repoussa en arrière contre Anne-Marie, qu'il projeta contre les médicaments. Elle écarta le corps et se mit à genoux. Le jeune infirmier, pelotonné dans l'angle, serrait son bras cassé contre sa poitrine. Une autre rafale de mitrailleuse crépita sur le cockpit ; Anne-Marie entendit le pilote hurler.

Elle rampa vers l'avant, en se soutenant à un longeron ; au même instant, l'appareil s'inclina brusquement et la secousse l'éjecta par le sabord ouvert. Elle tomba dans l'eau boueuse de la rizière. Le Médévac se cabra, remonta à vingt ou vingt-cinq mètres au-dessus du sol, puis vira soudain sur la gauche et explosa en une énorme boule de feu. Le carburant en flammes et les débris s'éparpillèrent comme de la mitraille.

Anne-Marie, couverte de boue, parvint à se relever. Elle se trouvait à quelques mètres de l'homme en uniforme américain planté sur la digue. Un Vietnamien, elle ne s'était pas trompée. Le fusil qu'il braquait sur elle devait être un AK47 russe. Un peu plus loin sur la digue, une demi-douzaine de Vietcongs en chapeaux de paille et pyjamas noirs grimpaient sur le talus du fossé et se dirigeaient vers elle.

Le Huey Cobra entra en scène. Ses mitrailleuses arrachèrent la terre de la digue et les Vietnamiens replongèrent dans l'eau trouble. Anne-Marie leva les yeux. L'hélicoptère de combat semblait immobile au-dessus d'elle. Quarante ou cinquante soldats réguliers nord-vietnamiens, en uniforme kaki, sortirent de la jungle à l'autre bout de la rizière et se mirent à tirer sur le Cobra avec toutes leurs armes. L'hélicoptère lâcha ses roquettes, les soldats se replièrent à la débandade dans le sous-bois. L'appareil vira de bord et s'éloigna vers le sud, à quatre cents mètres environ, puis commença à survoler toute la zone en traçant un cercle lent.

Anne-Marie s'accroupit contre la digue, le temps de retrouver son souffle, puis se leva lentement. Tout était silencieux. Autour d'elle, le carnage : l'hélicoptère calciné, les cadavres à moitié recouverts d'eau et de boue. Rien, nulle part. La désolation. Et à une quarantaine de mètres, une grande étendue de roseaux. Elle était isolée, à l'instant le plus dangereux de sa vie, et seuls les renforts qu'avait sans doute appelés le Cobra par radio avaient une chance de la sauver. En attendant, que faire ?

Les Nikon autour de son cou étaient couverts de boue. Elle sortit un autre objectif de la poche de son blouson et rechargea ses appareils avec de la pellicule neuve. Elle se mit à prendre des clichés, dans l'eau jusqu'au genou, au milieu des cadavres. Elle demeurait froide, sans passion, complètement détachée. Elle se retourna : trois Vietcongs la regardaient à quinze ou vingt mètres.

Il y eut un instant d'immobilité absolue. Des visages orientaux, toujours sérieux, entièrement dénués d'expression. Celui du milieu, un gamin de quinze ou seize ans, épaula son AK47 et visa avec soin. Avec autant de soin, Anne-Marie braqua son Nikon. La mort, se dit-elle. La dernière photo. Un beau jeune homme en pyjama noir. Au-dessus de leur tête le tonnerre éclata et la pluie se mit à tomber brusquement avec une violence inouïe. On entendit un cri, dominant la pluie, un cri familier, le cri du samouraï sans peur à l'instant où il se lance dans un combat inégal.

Les Vietcongs se retournèrent. Derrière eux, un homme jaillit des roseaux et plongea dans leur direction, comme au ralenti. Il avait un serre-tête kaki, son blouson léopard semblait constellé de grenades ; dans ses mains, le M16 tirait sans relâche ; le cri sauvage tordait sa bouche.

Anne-Marie, d'un geste réflexe, fit pivoter son appareil et continua de photographier tandis que l'homme tirait, l'arme à la hanche. Un Vietcong tomba, puis un deuxième. Quand l'homme atteignit le gamin, le M16 était vide. La crosse dessina un arc, des os se brisèrent, le troisième Vietcong tomba. L'homme ne prit pas le temps de recharger. Il saisit Anne-Marie par la main, se retourna et repartit vers les roseaux en courant dans la boue.

Anne-Marie entendit des voix derrière eux sur la digue, puis des coups de feu. Elle eut l'impression de recevoir un coup de pied dans la jambe gauche, rien de plus, et elle s'écroula. L'homme se retourna, engagea un chargeur dans le M16 et se mit à arroser la digue de balles. Il riait aux éclats. Anne-Marie, qui essayait de se relever, le regarda : c'était horrible. Il baissa la main vers elle et la remit sur ses jambes. Elle prit conscience d'une sorte d'énergie, de violence élémentaire, primitive, comme elle n'en avait jamais connu. Déjà ils pénétraient dans les roseaux protecteurs.

*

Il l'installa sur un petit terre-plein de boue, hors de l'eau, pour découper la jambe du pantalon kaki avec son couteau et vérifier sa blessure.

— Vous avez de la chance, dit-il. La balle a traversé. Un M1, on dirait. Un AK aurait brisé l'os.

Il fixa un pansement d'urgence sur la blessure, cassa une ampoule de morphine et la lui injecta.

— Vous allez en avoir besoin. Les blessures par balle ne font jamais mal au début. A cause du choc. La douleur vient plus tard.

— Expérience de première main ?

Il grimaça un sourire.

— Vous pouvez le dire. Je vous offrirais bien une cigarette, mais j'ai perdu mon briquet.

— J'en ai un.

Il ouvrit son étui à cigarettes, plaça deux cigarettes dans sa bouche et referma l'étui avec soin. Elle lui tendit son briquet en cuivre. Il alluma les cigarettes, en glissa une entre les lèvres d'Anne-Marie et examina le briquet.

— Une cartouche russe de 7,62. Ça, c'est intéressant...

— Il appartenait à mon père. En août 44, il a sauvé un colonel de paras allemand sur le point d'être abattu par des maquisards. Le colonel lui a donné le briquet en souvenir... Il a été tué à Alger, ajouta-t-elle. Mon père. Après avoir survécu à cette jungle.

— Et vous y êtes revenue... quelle ironie !

Il lui tendit le briquet. Elle secoua la tête et, sans raison logique, lui dit de le garder.

— Comme souvenir ?

— *Memento mori,* lança-t-elle. Jamais nous ne sortirons d'ici vivants.

— Oh, je ne sais pas. Le Cobra est encore aux aguets. Je dirais que la cavalerie arrivera dans une vingtaine de minutes. Comme sur le plateau B de la Metro Goldwyn Mayer : juste au bon moment. J'ai intérêt à leur signaler qu'ils ne perdent pas leur temps.

Il prit un pistolet lance-fusées dans une poche et tira une fusée rouge.

— Comment sauront-ils que ce ne sont pas des Vietcongs en train de leur jouer un tour ?

— Impossible.

Il tira une autre fusée rouge, puis une verte.

— Les couleurs du jour, dit-il.

La jambe d'Anne-Marie commençait à la faire souffrir.

— Maintenant, ils savent où nous sommes, dit-elle. Les Vietcongs, je veux dire.

— Ils le savaient déjà.

— Viendront-ils ?

— Presque sûr.

Il essuya le M16 avec un chiffon. Elle souleva son Nikon et fit le point. Comme elle le découvrit plus tard, il avait vingt-trois ans : un mètre quatre-vingts, de larges épaules ; le serre-tête qui maintenait ses cheveux bruns en arrière lui donnait l'apparence d'un écumeur des mers. Sa peau était tendue sur des pommettes celtiques. Ses joues creuses et son menton pointu n'avaient pas été rasés depuis plusieurs jours. Mais on remarquait avant tout ses yeux, gris, pareils à de l'eau recouvrant une pierre ; calmes, dénués d'expression, conservant leurs propres secrets.

— Qui êtes-vous ? demanda-t-elle.

— Rangers aéroportés. Sergent Martin Brosnan.

— Que s'est-il passé ?

— Un cafouillage. Ces paysans rusés, deux fois plus petits que nous, que nous étions censés écraser haut la main, nous ont joué à peu près le même tour qu'à vous. Nous rentrions à Din-Tô après une patrouille de routine. Quatorze rangers plus l'équipage. Maintenant, je suis le seul en vie, à moins qu'un ou deux autres se cachent dans le coin.

Elle prit deux ou trois clichés de plus et il fronça les sourcils.

— Vous ne pouvez pas vous en empêcher, hein ? Exactement comme le racontait cet article sur vous, l'an dernier dans *Life*, c'est bien ça ? Une obsession ! Bon Dieu, vous alliez vraiment prendre une photo de ce gosse, au moment où il allait tirer...

Elle posa son Nikon.

— Vous savez qui je suis ?

Il sourit.

— Combien de femmes photographes ont eu les honneurs de la couverture de *Time ?*

Il alluma une autre cigarette et la lui offrit. Quelque chose dans la voix de cet homme intriguait Anne-Marie...

— Brosnan, dit-elle. C'est un nom qui ne me dit rien.

— Irlandais. Du comté de Kerry, pour être précis. On le trouve rarement ailleurs en Irlande.

— Franchement, je vous avais pris pour un Anglais.

Il la regarda avec une horreur feinte.

— Mon père se retournerait dans sa tombe et ma mère — Dieu la bénisse ! — oublierait qu'elle est une dame et vous cracherait au visage. Un bon Irlandais d'Amérique, de la variété bostonienne. Les Brosnan ont fait la traversée pendant une grande famine, il y a bien longtemps. Tous protestants ! Incroyable, non ? Ma mère en revanche est née à Dublin. Bonne catholique. Elle n'a jamais pardonné à mon père de ne pas m'avoir élevé en papiste.

Il parlait pour lui faire oublier la situation. Elle le comprit et lui en sut gré.

— Et l'accent ? demanda-t-elle.

— Oh, c'est ce qu'il reste d'une bonne école quand on a tout oublié. Andover, dans mon cas. Et d'une bonne université, bien sûr.

— Laissez-moi deviner. Yale ?

— Toute ma famille y est passée, mais j'ai décidé de donner une chance à Princeton. Cela avait bien suffi à Scott Fitzgerald, et j'avais des prétentions littéraires à l'époque. Diplôme de littérature anglaise l'an dernier.

— Mais que fait donc cet enfant prodige au Vietnam, dans les rangs du régiment le plus coriace de l'Armée de terre ?

— C'est une question que je me pose souvent, répondit Brosnan. J'allais continuer sur ma lancée et préparer le doctorat lorsque je suis tombé sur Harry, le jardinier, en train de pleurer dans la serre. Je lui ai demandé ce qui n'allait pas. Il s'est excusé : il venait d'apprendre que son fils Joe avait été tué au Vietnam.

Brosnan ne souriait plus.

— Le véritable drame, c'était que son autre fils, Elie, était mort dans le delta un an plus tôt.

Le silence se prolongea, pesant. La pluie avait redoublé.

— Ensuite ?

— Ma mère l'a fait venir et lui a donné mille dollars. Je m'en souviens bien parce que la veste de cachemire et soie que je portais ce jour-là m'avait coûté huit cents dollars, Savile Row, pendant mon séjour à Londres l'été précédent. Et il était tellement reconnaissant.

Il secoua la tête et Anne-Marie dit à mi-voix :

— Alors, vous avez fait le beau geste.

— J'ai eu honte. Et quand j'éprouve un sentiment, j'agis en conséquence. Je suis très existentialiste à ma manière.

De nouveau, il sourit.

— Et comment l'avez-vous trouvé ? demanda Anne-Marie.

— Le Vietnam ? Merde... Sans consulter la carte !

— Mais ça vous a plu, hein ? Vous avez une certaine aptitude à tuer, je crois.

Son sourire se figea, les yeux gris se mirent aux aguets. Anne-Marie continua :

— Excusez-moi, mon ami, mais vous savez : les visages, c'est mon métier.

— Je ne suis pas si sûr d'aimer ça, répondit-il. Mais je le fais bien, très bien même, et je le sais. C'est nécessaire, ici, quand le type en face de vous a un fusil à la main et que vous avez envie de rentrer à la maison pour Noël.

Il y eut un silence, un long silence, puis il ajouta :

— Une chose est certaine : j'ai eu mon compte. Je finis mon temps en janvier et ce ne sera pas trop tôt. Vous vous souvenez de ce qu'Eliot a dit sur le couloir que nous n'avons pas pris vers la porte que nous n'avons jamais ouverte pour pénétrer dans le jardin des roses ? Eh bien, dorénavant, je vais ouvrir toutes les portes qui se présenteront.

La morphine commençait à faire effet. La douleur avait disparu mais tous les sens d'Anne-Marie perdaient peu à peu leur acuité.

— Et ensuite ? Retour à Princeton pour le doctorat ?

— Non, répondit-il. J'y ai beaucoup réfléchi. J'ai trop changé pour ça. Je vais partir à Dublin, au Trinity College. La paix, la tranquillité. Retrouver mes racines. Je parle assez bien l'irlandais, ma mère m'en a tellement bassiné les oreilles quand j'étais gosse...

— Et avant Dublin ? Aucune fille n'attend votre retour ?

— Pas plus de dix-huit ou vingt, mais je préférerais me

retrouver à une terrasse des Champs-Elysées pour siroter un Pernod, avec vous dans une de ces robes parisiennes fantastiques...

— Vous oubliez la pluie, cher ami..., répondit Anne-Marie en fermant les yeux, à moitié endormie. Absolument nécessaire. Pour pouvoir sentir le parfum des marronniers trempés. Sans cette odeur, on ne connaît pas Paris.

— Si vous le dites...

Ses mains se serrèrent sur le M16 : les roseaux s'agitaient non loin.

— Oh, mais j'y tiens, Martin Brosnan, insista-t-elle d'une voix très ensommeillée. Je serai ravie de vous servir de guide.

— Dans ce cas, c'est entendu, murmura-t-il en posant un genou à terre pour tirer, au jugé, dans les roseaux.

Un cri de terreur, puis une longue rafale répliqua et quelque chose frappa Brosnan en pleine poitrine. Il tomba à la renverse contre la jeune femme.

Elle bougea à peine. Il se redressa et tira d'une main dans la direction des hommes qui chargeaient au milieu des roseaux. De nouveau il souriait. Quand le M16 fut vide, il le lança au visage du dernier Viet, dégaina son poignard et chercha le cœur de l'homme, sous les côtes, tandis qu'ils tombaient ensemble.

Il demeura allongé dans la boue longtemps, le Vietcong serré contre lui. Enfin l'homme mourut, et soudain deux Skyraiders apparurent au-dessus de la rizière, puis une demi-douzaine d'hélicoptères de combat jaillirent du rideau de pluie, en ligne d'attaque.

Brosnan, non sans difficulté, se releva. Il prit Anne-Marie dans ses bras et la douleur contracta ses traits. D'un pas lourd, il traversa les roseaux vers la rizière découverte.

— Je vous avais bien dit que la cavalerie arriverait.

Elle ouvrit les yeux.

— Juste au bon moment... Et ensuite ?

Il sourit.

— Une chose est certaine : ça ne pourra qu'aller mieux.

1979

UN

Paris. Un vent glacé balayait les berges de la Seine et la pluie crépitait contre les fenêtres du café, près du Pont-Neuf, ouvert toute la nuit. C'était un petit bistrot triste, pas plus d'une douzaine de tables, fréquenté en général par des prostituées — mais pas par une nuit pareille.

Le barman lisait son journal, appuyé au comptoir de zinc. Le seul client, près de la devanture, était un grand brun approchant de la quarantaine : Jack Corder. Son blue-jean, son blouson de cuir usé et sa casquette de drap lui donnaient une allure de fort des Halles, ce qu'il n'était manifestement pas.

Barry avait dit onze heures et demie et Corder était donc arrivé à onze heures, pour ne pas prendre de risque... Or il était déjà minuit et demi. Aucune raison de s'inquiéter, d'ailleurs. Avec Frank Barry on ne savait jamais à quoi s'en tenir — cela faisait partie de sa technique.

Corder alluma une cigarette et commanda :

— Un petit noir et un autre cognac.

Le barman hocha la tête et posa son journal. Au même instant le téléphone, derrière le bar, se mit à sonner. Il répondit aussitôt puis se retourna.

— Vous vous appelez Corder ?

— Oui.

— Il paraît qu'un taxi vous attend au coin de la rue, lança-t-il. Vous voulez quand même le café et le cognac ?

— Seulement le cognac, merci.

Corder, sans raison, frissonna et avala le petit verre d'un trait.

— Dites donc, pour novembre, on gèle.

Le barman haussa les épaules.

— Une nuit comme ça, même les putes restent chez elles.

— Pas si bêtes...

Corder posa un billet sur la table et sortit. La pluie, projetée par le vent, gifla son visage. Il remonta le col de son blouson et courut vers le vieux taxi Renault qui attendait contre le trottoir. Il ouvrit la portière arrière et monta. La voiture démarra aussitôt et il s'enfonça dans la banquette. Le taxi traversa le pont et les globes de verre des becs de gaz lui rappelèrent Oxford, avec une impression étrange de déjà vu.

Douze années de ma vie, se dit-il. Que serais-je à présent? Maître-stagiaire à Balliol? Peut-être une chaire dans une université moins brillante? Au lieu de cela... Ce genre de réflexion ne lui faisait aucun bien, absolument aucun bien.

Le chauffeur, assez âgé, aurait eu besoin d'un coup de rasoir. Corder sentit qu'il l'épiait dans le rétroviseur. Pas un mot ne fut échangé tandis qu'ils fonçaient à travers la nuit et la pluie, dans le labyrinthe des petites rues sombres, pour déboucher enfin sur les quais du canal de l'Ourq, au milieu d'entrepôts déserts. La voiture s'arrêta brusquement. Une petite ampoule éclairait une plaque : RENOIR ET FILS, IMPORT-EXPORT. Le chauffeur de taxi ne bougea pas et ne dit rien. Corder descendit et referma la portière derrière lui. La Renault repartit.

Tout était silencieux. On n'entendait que le clapotis de l'eau sur le bief où étaient amarrées une demi-douzaine de péniches. La pluie tombait de plus belle, argentée à la lueur de l'ampoule. Dans le grand portail se trouvait une petite porte à judas. Quand Corder posa la main sur le loquet, la porte s'ouvrit aussitôt. Il entra.

L'entrepôt était garni de ballots et de caisses d'emballage de toute espèce. Il faisait noir mais il y avait de la lumière au fond et Corder s'avança. Un homme se tenait derrière une table à tréteaux, sous une ampoule nue. Devant lui une carte; à côté, une serviette. L'homme prenait des notes sur un petit agenda de cuir.

— Salut, Frank, lança Corder.

Frank Barry leva les yeux.

— Ah, te voilà, Jack. Désolé de ce contretemps.

Une voix de bonne école anglaise, avec ici et là un soupçon d'accent de l'Ulster. Il se pencha en arrière. Ses cheveux blonds très bouclés lui donnaient un air étrangement jeune pour ses quarante-huit ans, et avec son imperméable Burberry noir il ne manquait pas d'élégance. Un bel homme aux traits fins, à la bouche perpétuellement tirée sur le côté par un sourire narquois, comme si le monde et ses habitants ne cessaient jamais de l'amuser.

— Une grosse affaire ? demanda Corder.

— Tu peux le dire. Savais-tu que le ministre des Affaires étrangères de Grande-Bretagne se trouve actuellement avec le président de la République française ?

— Lord Carrington ? Non, je ne le savais pas.

— Personne ne le sait. Mystère et bouche cousue. Le nouveau gouvernement conservateur essaie de ravaler une « entente cordiale » qui n'a cessé de tourner à l'aigre depuis quelques années. Aucune chance, d'ailleurs. Giscard d'Estaing, quelle que soit la situation, fera passer la France avant tout. Leur dernière rencontre est prévue demain dans la matinée au château de Rigny. Ici, dit-il en frappant la carte du bout de son doigt, à une soixantaine de kilomètres de Paris.

— Ensuite ? demanda Corder.

— Carrington partira à midi par la route. Direction Toussus-le-Noble : un avion de la Royal Air Force l'y attendra pour le ramener dans notre bonne vieille Angleterre — qu'il n'est pas censé avoir quittée.

— Et où tout cela nous mène-t-il ?

— Ici, lança Barry, montrant de nouveau la carte. Bonnemaison, à vingt-deux kilomètres de Rigny. Un lieu-dit qui consiste en une station-service et un café-tabac, actuellement fermé. L'endroit idéal.

— Idéal pour quoi ?

— Pour tuer le bougre quand il passera. Une voiture, quatre CRS à motocyclette, aucun problème.

Corder sentit le froid le mordre jusqu'aux os.

— Tu plaisantes. Jamais on ne s'en sortira. Je veux dire : ce genre de chose nécessite une préparation sérieuse, un minutage à la seconde.

— Tout est réglé, lança Barry d'un ton joyeux. Tu devrais me connaître depuis le temps, Jack. Je préfère toujours les gens qui travaillent pour de l'argent. Les fanatiques purs comme toi — marxistes convaincus qui ont foi dans la Cause — prennent les choses trop au sérieux. Cela vous obscurcit le cerveau. Rien ne remplace un bon professionnel.

L'accent de l'Ulster semblait plus prononcé. Il faisait partie de son numéro de charme.

— Qui as-tu engagé ? demanda Corder.

— Trois tricards de Marseille recherchés par l'Union corse après avoir tué le bonhomme qu'il ne fallait pas. L'un d'eux a sa poupée avec lui. Ils feront n'importe quoi en échange du prix prévu : quatre faux passeports et les billets d'avion pour l'Argentine.

Corder se pencha sur la carte.

— Et comment les choses vont-elles se passer ?

— Simple. Comme je t'ai dit, le café est fermé. Ça ne laisse que le patron du garage et sa femme. On s'en occupera et à partir de midi et quart, mes hommes prendront position en salopettes de mécanicien autour d'une voiture en réparation, sur le bord de la route.

Corder secoua la tête.

— A ce que je peux voir, le convoi roulera très vite à cet endroit-là. Souviens-toi de ce qui s'est passé au Petit-Clamart quand Bastien-Thiry et ses hommes ont essayé de tendre une embuscade au général de Gaulle. Même avec des mitrailleuses à bout portant, ils ne sont arrivés à rien parce que la voiture du bonhomme a continué de rouler. Une seconde, et puis terminé.

— Il faut donc arrêter la voiture, dit Barry.

— Impossible. De nos jours les chauffeurs des VIP sont entraînés pour ce genre de situation. D'après la carte, la route est droite, avec une bonne visibilité longtemps avant d'arriver là. Si tu bloques la route avec un véhicule ou quoi que ce soit, le chauffeur fera demi-tour et filera... Le chauffeur ne s'arrêtera pas, Frank, répéta Corder en secouant la tête. Tu ne pourras pas l'y forcer.

— Oh, mais si, répliqua Barry. Et c'est là qu'intervient la fille dont je t'ai parlé. Au moment précis, elle sort du garage pour traverser la route en poussant un landau d'enfant. Elle trébuche, le landau lui échappe des mains et roule au milieu de la chaussée.

— Tu es fou ! lança Corder.

— Ah bon ? J'ai travaillé pour la Faction Armée Rouge il y a deux ans, quand ils ont coincé Schleyer, le chef de la Fédération des industries allemandes, à Cologne. Vois-tu, Jack, dit-il en souriant, la nature humaine étant ce qu'elle est, je peux te garantir absolument qu'en voyant un landau d'enfant en perdition sur son passage, le chauffeur réagira d'une seule manière : une embardée pour l'éviter, et un grand coup de frein.

Ce qui était vrai. Evident. Corder hocha la tête.

— Vu sous cet angle, je pense que tu as raison.

— J'ai toujours raison, vieux.

Il ouvrit sa serviette et en sortit un petit émetteur-récepteur.

— Voici pour toi, dit-il. Une route latérale monte au milieu des pommiers sur le flanc du coteau qui domine le château de Rigny. Je veux que tu y sois vers onze heures du matin... Tu trouveras une bonne Peugeot dans la cour de l'entrepôt, les clés sont au volant. Prends-la.

— Ensuite ?

— Dès que tu verras Carrington se préparer à partir, appelle-moi sur le canal 42 de l'émetteur. Tu diras : « Ici Rouge. Le paquet va être livré. » Je te répondrai : « Ici Vert. Le paquet va être reçu. » Et tu ficheras le camp. Je veux que tu arrives à Bonnemaison avant Carrington.

— Tu y seras ?

Barry parut surpris.

— Et où serais-je donc ? J'étais sous-lieutenant dans les Ulster Rifles en Corée, Jack. En 1950. Tu l'ignorais ? Mais je vais te dire : quand mes hommes se lançaient à l'attaque, j'étais toujours en tête.

— Une badine à la main ?

— Tu confonds avec la bataille de la Somme ! s'écria Barry en riant. J'ai tué des quantités de maoïstes là-bas, Jack. Quelle ironie quand on songe à ma position actuelle.

Il lui donna une claque amicale sur l'épaule.

— Quoi qu'il en soit, tu ferais bien de filer. Une demi-nuit de bon sommeil, et pas de gnôle, hein ? Tu dois garder la tête claire pour ce que tu as à faire demain... Pardon, aujourd'hui, rectifia-t-il en consultant sa montre.

Corder soupesa l'émetteur et le glissa dans sa poche.

— Bonne nuit, dans ce cas.

Ses pas résonnaient dans l'entrepôt immense. Il se dirigea vers l'entrée, ouvrit la petite porte et sortit. La pluie tombait toujours. Il obliqua vers la cour latérale. La Peugeot l'attendait, clés au volant, comme Barry le lui avait précisé. Corder démarra. Le volant glissait entre ses paumes en sueur. Son estomac se souleva.

Tuer Carrington, l'un des hommes politiques les plus propres, les plus humains... Mon Dieu, qu'est-ce que ce salopard inventerait ensuite ? Mais non. Cette question ne se posait pas, parce que Barry était complètement fini. Liquidé. C'était l'occasion que Corder attendait depuis plus d'un an.

Il trouva ce qu'il cherchait quelques minutes plus tard : un petit bistrot ouvert, au coin du boulevard Magenta. Il commanda un café et demanda au garçon de lui passer l'inter. Il entra dans la cabine et ferma la porte. Ses doigts tremblaient lorsqu'il composa l'indicatif de Londres, puis le numéro de son correspondant.

Le Service de sécurité de Grande-Bretagne, ou plus précisément la Direction générale des services de sécurité, la DI5, n'existe pas officiellement aux yeux de la loi mais occupe dans la réalité un vaste bâtiment de briques rouges et blanches près de l'hôtel Hilton. C'était cet établissement que Jack Corder appelait au téléphone, et plus précisément un bureau connu sous le nom de Groupe Quatre, ouvert vingt-quatre heures sur vingt-quatre.

On décrocha et une voix anonyme lança :

— Dites qui vous êtes.

— Lysander. Je dois parler immédiatement au général Ferguson. Priorité numéro un. Aucun délai accepté.

— D'où nous appelez-vous ?

Corder dicta le numéro du bistrot avec soin.

— Si la vérification de sécurité est positive on vous rappellera.

Silence. Corder sortit de la cabine et se dirigea vers le bar. Un homme en costume bleu dormait sur une chaise dans un coin, bouche grande ouverte. Sinon, le bar était vide.

Le barman poussa le café vers Corder.

— Vous voulez prendre autre chose ? Un croque-monsieur ?

— Pourquoi pas ? J'attends un coup de fil.

Le barman se retourna vers l'appareil et Corder versa du sucre dans son café. Tous les appels à la DI5 étaient enregistrés automatiquement. En cet instant, l'ordinateur était en train de comparer à son appel l'échantillon de sa voix gardé dans son dossier. Ferguson devait être couché, chez lui. Ils lui téléphoneraient et lui donneraient le numéro de Corder-Lysander. En tout, dix minutes.

Il se trompait, il n'en fallut que cinq : à l'instant où il attaquait son croque-monsieur le téléphone sonna. Il se glissa dans la cabine, ferma la porte et décrocha.

— Ici, Lysander.

— Ferguson.

La voix était profonde, un peu trop portée, comme celle d'un acteur vieillissant dans une tournée de second ordre, en province, qui veut s'assurer qu'on le comprend bien au fond de la salle.

— Cela fait très longtemps, Jack. Priorité numéro un, si j'ai bien compris.

— Frank Barry, mon général. Enfin à découvert.

— Ça, c'est intéressant.

La voix de Ferguson s'était tendue.

— Lord Carrington, mon général. Se trouve-t-il avec le président Giscard d'Estaing en ce moment ?

Un temps de silence.

— Personne n'est censé le savoir officiellement, répondit Ferguson.

— Frank Barry est au courant.

— Mauvais, Jack, très mauvais. Je crois que vous devriez vous expliquer.

C'est ce que fit Corder, d'une voix basse, pressante. Cinq minutes plus tard, il sortit de la cabine et se dirigea vers le comptoir.

— Votre croque-monsieur... Il est froid. Je vous en fais un autre ?

— Excellente idée, répondit Corder. En attendant, je prendrai un cognac.

Il alluma une cigarette et s'assit sur le tabouret de bar. Pour la première fois de la soirée, il sourit.

*

Dans son appartement de Cavendish Square, le général de brigade Charles Ferguson, debout près de son lit, enfila sa robe de chambre tout en écoutant l'enregistrement qu'il venait de faire de sa conversation avec Corder. C'était un homme de grande taille, au regard doux, nettement empâté. Cheveux gris décoiffés, double menton. Absolument rien de militaire en lui ; les lunettes en demi-lune qu'il chaussa pour consulter un petit carnet de poche lui donnaient l'air d'un professeur de second ordre. En réalité, il était aussi implacable que César Borgia, et totalement dénué de scrupules dès qu'il s'agissait de l'intérêt de son pays.

On frappa à la porte et son domestique, un *naïk* ayant servi dans les Gurkhas, passa la tête tout en nouant la ceinture de sa robe de chambre autour de sa taille.

— Désolé, Kim, du travail à faire, dit Ferguson. Beaucoup de thé, des œufs au bacon ensuite. Je ne me recoucherai pas.

Le petit Gurkha se retira et Ferguson se rendit dans le salon, attisa le feu dans la cheminée d'Adam, se versa une rasade de brandy, s'assit près du téléphone et composa un numéro à Paris.

Le SDECE, Service de documentation extérieure et de contre-espionnage, se divise en cinq sections et de nombreux bureaux. La plus intéressante est à coup sûr la Section Cinq, connue sous le nom de Service d'action, responsable, entre autres choses, de l'écrasement de l'OAS. C'était ce service qu'appelait Ferguson.

— Ici Ferguson de la DI5, dit-il. Passez-moi le colonel Guyon, s'il vous plaît.

Il ne put réprimer un mouvement d'impatience.

— Je sais qu'il est chez lui et qu'il dort. Moi aussi, je dormais. Je ne vous téléphone que pour me présenter. Dites-lui de me rappeler à ce numéro. D'extrême urgence. Priorité numéro un.

Il donna son numéro et raccrocha. Kim venait d'entrer avec les œufs au bacon, le pain, le beurre et la confiture sur un plateau d'argent.

— Délicieux, dit Ferguson tandis que le petit Gurkha faisait glisser une table basse devant lui. Le petit déjeuner à deux heures et demie du matin. Quelle idée excellente ! Nous devrions la mettre plus souvent en pratique.

Il enfonça le coin de sa serviette dans le col de son pyjama. Le téléphone sonna. Il décrocha aussitôt.

— Ah, Pierre, lança-t-il dans un français excellent. J'ai quelque chose pour vous. Un coup fourré. Vous n'allez pas être content, alors écoutez bien...

*

Dans l'entrepôt, tout demeura silencieux après le départ de Jack Corder. Barry se dirigea vers l'entrée et referma la petite porte à clé. Il s'arrêta pour allumer une cigarette et lorsqu'il se retourna, un homme sortit de l'ombre et s'assit sur le bord de la table.

Nikolaï Romanov avait cinquante ans, dont dix ans passés comme attaché culturel à l'ambassade d'Union soviétique à Paris. Son complet noir venait de Savile Row, ainsi que le manteau bleu marine qui lui allait à la perfection. Il était beau quoique dans un genre légèrement décadent, avec un visage évoquant Oscar Wilde ou même Néron. Sa crinière de cheveux d'argent lui donnait davantage l'air d'un père noble de comédie que de ce qu'il était en réalité : un colonel du KGB.

— Je ne suis pas très sûr de cet homme, Frank, dit-il en anglais, sans accent.

— Je ne suis très sûr de personne, répondit Barry, vous compris, mon cher. Mais vaille que vaille, Jack Corder demeure un marxiste convaincu.

— Oh là, là, s'écria Romanov. C'est ce qui me fait peur !

— Il a essayé d'entrer au parti communiste britannique quand il faisait ses études à Oxford, il y a des années. On lui a répondu qu'un homme comme lui ferait mieux d'adhérer au parti travailliste — et il a obéi. Meneur syndicaliste pendant six ans, puis il a sali son dossier à la suite d'un geste déplacé au cours d'une grève de mineurs, il y a trois ou quatre ans. Il a agressé un agent du cordon de police avec une hachette. Le flic est resté six semaines à l'hôpital.

— Et Corder ?

— Deux ans de prison. Après ça, les syndicats n'ont pas voulu le toucher avec des pincettes. En réalité, ces gars sont aussi réactionnaires que Margaret Thatcher dès que l'Angleterre est en cause. A sa sortie de prison, Jack est venu ici et s'est lié à un groupe anarchiste très à gauche du parti communiste français. C'est là que je l'ai recruté. De toute façon, pourquoi vous inquiéter ? Les services de guerre psychologique du KGB auraient-ils changé d'objectifs ?

— Non, répondit Romanov. Nous cherchons toujours à semer le chaos, Frank. Et nous devons redoubler d'efforts. Le chaos, le désordre, la peur et l'incertitude dans le monde occidental... C'est pourquoi nous employons des hommes tels que vous.

— Vous avez mobilisé tous les effectifs disponibles, hein ? lança Barry d'un ton joyeux.

Romanov baissa les yeux vers la carte.

— Est-ce que ça va marcher ?

— Allons, allons, Nikolaï, répondit Barry. Vous n'avez nulle envie en réalité que Carrington soit assassiné sur une route de campagne française, n'est-ce pas ? Très contre-productif. Comme si l'IRA organisait un attentat contre la reine d'Angleterre. Trop à perdre, le jeu n'en vaut pas la chandelle.

Romanov parut surpris.

— Quel jeu jouez-vous donc ?

— Vous me connaissez bien, répondit Barry. Oui, tout n'est qu'un jeu. A propos, ajouta-t-il sèchement, j'accepte quand même la prime. Chaos, désordre, peur et incertitude. Je ferai de mon mieux pour que vous en ayez pour votre argent.

Romanov hésita, puis sortit une grande enveloppe brune de sa poche et la posa sur le bureau. Barry la rangea dans sa serviette en même temps que la carte.

— Nous partons ?

Il précéda le Russe vers l'entrée et ouvrit la porte Une bouffée de vent inonda leur visage de pluie. Romanov releva son col en frissonnant.

— Quand j'avais quatorze ans, en 1943, je suis parti avec un groupe de francs-tireurs en Ukraine. Je suis resté deux ans avec eux. Tout était plus simple à l'époque. Nous combattions les nazis. Nous savions à quoi nous en tenir. Mais à présent...

— Le monde a changé.

— Un monde dans lequel il existe des gens comme vous, qui ne croient même plus en leur propre pays.

— L'Ulster ? lança Barry avec un rire dur. Il y a longtemps que j'ai renoncé à ça ! Comme l'a dit je ne sais qui, rien n'est pire qu'un ramassis d'ignorants ayant des doléances légitimes. Filons d'ici...

*

Les pommes du verger, sur le coteau dominant Rigny, auraient dû être ramassées des semaines plus tôt. Elles étaient trop mûres et l'air semblait alourdi de leur odeur, sous le soleil tiède de midi.

Jack Corder, allongé dans l'herbe haute, des jumelles Zeiss à la main, observait le « château » en contrebas. C'était un beau manoir, probablement du XVIIIe siècle, à en juger aux marches larges qui conduisaient au perron de l'entrée d'honneur.

Dans la cour, quatre voitures, une bonne douzaine de CRS attendant à côté de leur moto, et des gendarmes en uniforme à la grille. Rien de trop ostentatoire. Le président avait appris à imiter le général de Gaulle à cet égard. Il détestait les fastes inutiles.

Pendant un instant, Corder redevint un gamin allongé dans l'herbe haute à côté de la Wharfe, le pont se trouvait juste au-dessus de lui et de braves moutons du Yorkshire paissaient dans la prairie sur l'autre rive. Seize ans... Et près de lui une fille dont il ne se rappelait même plus le nom — la vie lui réservait alors des possibilités infinies. Il sentit comme une bouffée de regret, un élan de nostalgie. Revenir en arrière, car tout depuis cet instant-là n'avait été qu'un rêve, et même le président de la République, Valéry Giscard d'Estaing sur le perron, là-bas, accompagné par le ministre des Affaires étrangères de Grande-Bretagne...

Les deux hommes, entourés de leurs collaborateurs, s'arrêtèrent un instant, et Corder mit ses jumelles au point.

— Mon Dieu, mumura-t-il. Un homme avec une bonne carabine suffirait à les descendre tous les deux.

Le président serra la main du ministre. Pas d'accolade, ce n'était pas son style. Lord Carrington descendit les marches et s'installa dans la Citroën noire.

Corder avait la gorge sèche. Il sortit l'émetteur de sa poche, sélectionna la longueur d'ondes et s'écria, d'une voix tendue :

— Ici Rouge. Ici Rouge. Le paquet va être livré.

Une seconde plus tard il entendit la réponse de Barry, froide, détachée :

— Ici Vert. Le paquet va être reçu.

La voiture de Carrington se dirigeait déjà vers l'entrée, suivie par quatre motards, comme Barry l'avait annoncé. Corder se releva et traversa le verger en courant vers l'endroit où il avait laissé la Peugeot.

*

Il avait tout le temps d'atteindre la route nationale avant le convoi. Dès qu'il y parvint, il mit le pied au plancher et la Peugeot monta à cent vingt.

De nouveau, ses paumes étaient moites et il avait la gorge nouée. Il alluma sa cigarette d'une seule main. Il ne savait pas ce qui se passerait à Bonnemaison, c'était l'ennui. Sûrement des CRS des brigades antiémeutes qui attaqueraient par sections entières en tirant sur tout ce qui bougerait — y compris lui-même. Mais il fallait qu'il y aille. Il n'avait pas le choix, sinon Barry — malin comme il était — soupçonnerait aussitôt la trahison, annulerait l'opération et disparaîtrait dans le brouillard comme si souvent dans le passé.

Il n'était plus très loin de Bonnemaison, quatre ou cinq kilomètres, lorsque l'incident se produisit. Au moment où il dépassait une route de campagne, un CRS à moto déboucha et se mit à le suivre — silhouette sinistre avec son casque énorme, ses grosses lunettes et son imperméable noir brillant. Il ralentit à la hauteur de Corder et lui fit signe de s'arrêter. La Peugeot se rangea sur le bas-côté. Etait-ce le moyen choisi par Ferguson pour le sauver du massacre ?

Le CRS s'arrêta devant lui, descendit de sa lourde BMW et la plaça sur sa béquille. Il se dirigea vers la Peugeot, un doigt ganté sur le pontet de la mitraillette MAT49 qu'il avait en bandoulière. Il se pencha, anonyme derrière ses lunettes fumées, puis il les releva.

— Léger changement de plan, vieux, dit Frank Barry en souriant. Je passe devant, tu me suis.

— Tu as annulé ? demanda Corder, surpris.

Barry ne s'étonna qu'à demi.

— Mon Dieu, non. Pourquoi l'aurais-je fait ?

Il se retourna vers la BMW et s'éloigna. Corder le suivit, entièrement perdu, ne sachant ce qu'il valait mieux faire. Pendant un instant, il caressa la crosse de son Walther PPK, mais cela ne le rassura guère. Il n'avait jamais tué personne. Et il était peu probable qu'il commence à présent.

A environ deux kilomètres de Bonnemaison, Barry prit un chemin de campagne étroit qui montait à flanc de coteau entre des haies. Ils dépassèrent une petite ferme. A l'orée du bosquet qui couronnait la colline, Barry fit signe à Corder de ralentir et de s'engager sous les arbres. Il plaça la BMW sur sa béquille et Corder le rejoignit.

— Voyons, Frank, que se passe-t-il ?

— Je ne t'ai jamais parlé de ma grand-mère maternelle,

Jack ? Chaque fois qu'elle avait une migraine, un orage éclatait une heure plus tard. Moi, c'est différent. Je n'ai la migraine que quand je sens du poisson pourri, et en ce moment, ma tête est sur le point d'éclater.

Corder eut froid dans le dos.

— Je ne comprends pas, dit-il.

— Belle vue depuis ici, non ?

Barry traversa le bosquet : le hameau de Bonnemaison s'étendait en contrebas, aussi net qu'un modèle réduit d'enfant. Le garage et les pistes d'un côté de la route, le café et son parc à voitures de l'autre.

Il prit les jumelles dans la poche de son imperméable et les tendit à Corder.

— Jette un coup d'œil. J'ai l'impression que nous avons intérêt à assister au spectacle de loin.

Corder mit les jumelles au point sur la station-service. Deux hommes en salopette jaune s'affairaient sur le moteur d'une voiture. Le troisième attendait dans le bureau vitré, à côté des pompes à essence. Il discutait avec la fille, debout près de la porte avec la voiture d'enfant. Elle portait une écharpe rouge, un chandail de grosse laine et une jupe droite.

— La voiture arrive ? demanda Barry.

Corder balaya la route avec ses jumelles.

— Non, mais voici un camion.

— Un camion ? Intéressant.

Il s'agissait en fait d'une semi-remorque, un engin à huit roues recouvert de toile de bâche verte. A l'entrée du hameau, il ralentit et obliqua dans le parc à voitures. Le chauffeur, un grand type en salopette kaki, sauta de la cabine et s'avança à pas lents vers la porte du café.

Barry prit les jumelles des mains de Corder et les mit au point sur le camion. BOUVIER FRÈRES. TRANSPORTS EN COMMUN. PARIS-MARSEILLE.

— Il s'en ira quand il verra que le café est fermé, dit Corder.

— Les poules ont parfois des dents, vieux, répondit Frank Barry. Mais ça m'étonnerait.

Soudain la foudre éclata à l'intérieur du camion. Les armes automatiques balayèrent toute la cour, les vitres du bureau volèrent, la femme tomba sur le landau, les deux truands penchés sur la voiture s'écroulèrent, de l'essence se répandit sur le béton. Cela ne dura qu'un instant, puis l'essence prit feu et le réservoir de la voiture explosa comme une boule de flammes, projetant de la ferraille dans les airs. L'holocauste était complet. Vingt CRS de la brigade antiémeutes sautèrent du camion et traversèrent la route en courant.

— Efficaces, les bougres ! dit Barry à mi-voix. Il faut le reconnaître.

Corder passa la langue sur ses lèvres sèches. Sa main gauche glissa vers la poche de son blouson de cuir, à la recherche de la crosse du Walther.

— Que s'est-il passé ?

— Un de ces salopards de Marseille a eu la langue trop longue, dit Barry, et si le message est remonté jusqu'à l'Union corse... Les affaires du milieu sont une chose, la politique en est une autre. Ils auront mouchardé sans une seconde d'hésitation.

Il donna à Corder une claque sur l'épaule.

— Mais nous ferions mieux de filer, ajouta-t-il. Suis-moi, comme tu viens de le faire. Personne ne t'arrêtera si l'on voit que je t'escorte.

Il fit descendre la BMW de sa béquille et s'éloigna... Tout n'était qu'un mauvais rêve. Corder voyait encore, aussi net que sur un écran de cinéma, le cadavre de la femme basculer par-dessus le landau sous une grêle de balles. Et Barry s'y attendait ! Il s'y attendait, mais il avait laissé ces pauvres malheureux se faire tuer comme à l'abattoir.

Il suivit la BMW de près, le long de routes de campagne qui ne cessaient de tourner. Ils ne rencontrèrent personne avant de déboucher sur la nationale, à une quinzaine de kilomètres de Bonnemaison. Là aussi, un café et un garage. Barry s'arrêta devant le café. Au moment où Corder le rejoignit, il sortait un sac de toile d'une de ses sacoches.

— Je connais l'endroit. Il y a une buanderie à l'arrière. Je vais me changer. Nous laisserons la BMW ici et nous continuerons avec la Peugeot.

Il fit le tour vers l'arrière-cour sans laisser à Corder le temps de répondre. Une jeune femme sortit du bureau de verre près des pompes à essence. Elle devait avoir vingt-cinq ans. Un beau visage plat. Elle portait une veste d'homme en tweed, trop grande pour elle. Elle s'avança vers Corder.

— Du super, monsieur ?

— Vous avez le téléphone ?

— Au café, monsieur. Mais c'est fermé aujourd'hui. Je suis toute seule.

— Il faut que je passe un coup de fil. C'est très urgent, répondit Corder en lui glissant un billet de cent francs. Vous garderez tout.

Elle haussa les épaules.

— Je vais vous montrer, dit-elle.

Le café était minuscule. Quelques tables et des chaises, un comptoir avec, derrière, des bouteilles de bière et d'eau minérale ainsi que plusieurs rangées de verres. C'était un téléphone mural. A côté, un annuaire pendait au bout d'une ficelle. Au fond, une porte donnant visiblement sur la cuisine.

— Du moment que je suis ici, dit la femme, je peux aussi bien faire un peu de café. D'accord ?

— Parfait, répondit Corder.

Elle disparut dans la cuisine et il vérifia dans l'annuaire l'indicatif permettant d'obtenir l'Angleterre. Ses doigts tremblaient lorsqu'il composa le numéro de la DI5 à Londres. Il n'eut même pas le temps de dire une prière. On décrocha avant la fin de la première sonnerie et une voix de femme, la standardiste de jour, lui ordonna :

— Dites qui vous êtes.

— Lysander, répondit Corder d'une voix tendue. Ligne directe. Je dois parler au général Ferguson. Priorité totale.

La voix de Ferguson répondit aussitôt, presque comme s'il était déjà à l'écoute.

— Jack ? Qu'y a-t-il ?

— Echec total, mon général. Barry a flairé un piège et il s'est tenu en dehors de l'affaire, avec moi. Le reste de l'équipe a été abattu par les CRS.

— Vous avez filé, je suppose ?

— Oui.

— Est-ce qu'il vous soupçonne ?

— Non. Il croit qu'un des truands de Marseille a trop parlé.

Dans la cuisine, anonyme derrière ses lunettes fumées, Frank Barry écoutait sur l'autre appareil. Il sourit. La femme gisait sur le carrelage à ses pieds. Un filet de sang suintait d'une vilaine plaie, sur sa tempe, à l'endroit où Barry l'avait assommée d'un coup de crosse. Il laissa pendre l'appareil au bout de son fil, prit un silencieux Carswell dans sa poche, le vissa au bout du canon de son automatique et se dirigea vers la salle de café.

Corder parlait encore, à voix très basse.

— Non, je crois que je suis au bout du rouleau.

Barry dit simplement :

— Jack !

Corder se retourna. Les deux balles de Barry le plaquèrent au mur, puis il glissa à terre, le visage en avant.

Le combiné se balançait au bout du fil. Barry le saisit.

— C'est vous, Ferguson, mon vieil ami ? Frank Barry à l'appareil. Si vous voulez récupérer Corder, envoyez un cercueil au Café Rosco, à Saint-Julien.

— Salopard ! lança Charles Ferguson.

— On me l'a déjà dit.

Barry raccrocha et sortit. Il dévissa le silencieux en sifflotant entre ses dents, glissa l'arme dans son étui, donna un coup de pied dans la béquille de la BMW, et s'en alla.

DEUX

Il pleuvait le lendemain lorsque la voiture de Ferguson le déposa devant le numéro 10, Downing Street, dix minutes avant son rendez-vous de onze heures avec le Premier Ministre. Son chauffeur repartit aussitôt et Ferguson traversa le trottoir. Malgré la pluie, la petite foule habituelle de curieux faisait le pied de grue de l'autre côté de la rue — surtout les touristes, tenus en respect par deux agents de police. Un autre agent se trouvait à sa place habituelle près de la porte, protection bien mince pour l'adresse la plus réputée d'Angleterre, siège du pouvoir politique et résidence privée du Premier Ministre. Mais cela ne voulait rien dire : Ferguson savait qu'il y en avait d'autres, en tenue plus discrète, à certains endroits stratégiques du quartier, prêts à intervenir à la moindre alerte.

L'agent salua et la porte s'ouvrit avant que Ferguson ne l'atteigne. Il entra.

— Général Ferguson ? Par ici je vous prie, lui dit le jeune homme venu à sa rencontre.

Il entendit, en traversant le vestibule, le bourdonnement d'activité de la Salle de la Presse, sur la droite, puis il s'engagea par le corridor vers l'arrière de la demeure et la Salle du Conseil.

L'escalier d'honneur conduisant au premier étage s'ornait de portraits d'anciens Premiers Ministres : Wellington, Peel, Disraeli, Gladstone. Chaque fois qu'il gravissait ces marches, Ferguson ressentait soudain le poids de l'histoire — mais c'était son premier rendez-vous avec le nouveau Premier Ministre, sa première confrontation avec une femme, et une femme particulièrement brillante. Une expérience nouvelle. Pourtant les choses changeaient-elles vraiment ? Combien de tentatives de meurtre sur la personne de la reine Victoria ?... Disraeli et Gladstone avaient eu, eux aussi, à affronter à un moment ou un autre les Fenians, les dynamiteurs et les anarchistes lanceurs de bombes.

Le jeune homme frappa à une porte du couloir et s'effaça pour laisser passer Ferguson.

— Le général Ferguson, madame, dit-il, puis il sortit et referma la porte derrière lui.

Le bureau parut à Ferguson plus élégant que dans son souvenir : murs vert clair, rideaux jaune d'or, meubles de bon goût. Mais rien n'était plus élégant dans toute la pièce que la femme derrière le bureau. Le tailleur bleu et le jabot de dentelle blanche s'harmonisaient à la perfection avec ses cheveux blonds. Une femme du monde, belle et pleine de chic, mais lorsqu'elle leva les yeux vers Ferguson son regard intelligent était dur.

— Le président de la République française m'a assuré personnellement ce matin que toute cette mauvaise affaire serait étouffée. Elle ne s'est jamais produite. Vous me comprenez ?

— Parfaitement, madame.

Elle regarda la feuille de papier devant elle.

— Votre agent, Corder... Sans lui... Asseyez-vous, général, et parlez-moi de cet homme, dit-elle en indiquant un fauteuil à Ferguson.

— Nous avons recruté Jack Corder il y a douze ans, quand il était encore étudiant à Balliol. Il a décidé de se plonger entièrement dans la politique de gauche. Nous entendons souvent parler de « taupes » travaillant pour les Russes au sein de nos services secrets, madame... Jack représentait le revers de la médaille. Il a été condamné deux fois à la prison pour son militantisme de façade. Ensuite, je l'ai fait passer sur la scène du terrorisme européen. Frank Barry était sa mission la plus importante.

Elle hocha la tête.

— J'ai déjà discuté avec le directeur général de la D15. Il m'a exposé que dès 1972 l'un de mes prédécesseurs a autorisé la mise en place à la D15 d'une section dite Groupe Quatre, qui a le pouvoir, sous l'autorité directe du Premier Ministre, de coordonner les opérations concernant tous les cas de terrorisme et de subversion.

— C'est exact, madame.

— Et vous commandez ce Groupe Quatre, général.

— Oui, madame.

Le silence se prolongea tandis qu'elle consultait son dossier, l'air songeur. Ferguson s'éclaircit la gorge.

— Bien entendu, si vous désirez opérer des changements, je présenterai ma démission sans hésiter.

— Si je désire votre démission, général, je vous la demanderai, dit-elle sèchement. Mais vous ne pouvez pas espérer obtenir ma confiance dans les activités de votre section quand un ministre clé de la Couronne vient de passer à deux doigts d'un assassinat... Parlez-moi de ce Barry. Pourquoi est-il si important et surtout, comment peut-il demeurer aussi invulnérable ?

— C'est un fou, madame, mais un fou d'une intelligence redoutable. Un génie à sa manière. Aussi important en matière de terrorisme international que l'a été Carlos, quoique moins connu du public.

— Pour quelle raison ?

— Sa psychologie personnelle. De nombreux terroristes, voyez par exemple les hommes et les femmes associés à la bande de Baader-Meinhoff, ne rêvent que de célébrité. Ils veulent que les gens sachent non seulement qui ils sont, mais aussi qu'ils peuvent ridiculiser la police et les services secrets qui les pourchassent. Barry ne semble pas avoir besoin de ce genre de publicité, et comme cette discrétion convient à nos propres fins, il est resté entièrement inconnu de l'homme de la rue.

— Ses antécédents personnels ?

— Rien ne saurait être pire, du point de vue de la presse à sensation. Il est né en Ulster. Sous-lieutenant dans les Ulster Rifles. La campagne de Corée. Excellent comportement au combat, je dois dire. Protestant. Son oncle est pair d'Irlande, Lord Stramore — très impliqué dans la politique pro-anglaise toute sa vie, mais sa santé décline de plus en plus. Barry héritera de la fortune et du titre.

— Mon dieu... murmura le Premier Ministre.

— Au cours des premières années des troubles irlandais, Barry fait cause commune avec les Républicains. Comme d'habitude, il a organisé son propre groupe, les Fils d'Erin, qui nous ont posé d'énormes problèmes à Londonderry. Formellement désavoués par l'IRA provisoire. En 1972, lorsque le Groupe Quatre a été mis en place, je suis parvenu à faire pénétrer l'organisation de Barry par l'un de mes agents, le major Vaughan. Barry s'en est tiré, mais avec de très graves blessures. Il n'a survécu que grâce aux talents des chirurgiens militaires de l'hôpital de Musgrave Park, à Belfast.

— Ensuite ?

— Il s'est évadé. Selon ses médecins, il était incapable de marcher, mais il est sorti sur ses jambes, par la grande porte, déguisé en garçon de salle. Vingt-quatre heures plus tard, il arrivait à Dublin — hors d'atteinte, bien entendu. Il a passé l'année suivante d'hôpital en hôpital, en Irlande et en Suisse.

— Je vois. Et après ?

— Depuis lors, il a été responsable — d'après ce que nous savons de source sûre ou par déduction logique — d'au moins quinze assassinats et autant d'incidents à la bombe. Sa manière est particulière, impossible à confondre, et l'engagement politique semble être le cadet de ses soucis. La liste de ses activités au cours de ces dernières années en témoigne. En 1973, il a assassiné le général commandant les services de renseignement de l'armée espagnole pour les provinces basques. Les nationalistes de l'ETA ont revendiqué la paternité de cette action terroriste.

— Continuez.

— En revanche, il a également tué le général Hans Grosch au cours de sa visite à Munich en 1975. L'affaire a énormément gêné le gouvernement ouest-allemand. En effet, Grosch occupait un poste équivalent à peu près au mien, dans le cadre du ministère de la Sûreté de l'Etat de l'Allemagne de l'Est. D'un côté Barry supprime un fasciste, de l'autre un communiste.

— Vous estimez qu'il n'a aucune appartenance politique ?

— Aucune, répondit Ferguson en prenant dans sa serviette une feuille de papier, qu'il remit au Premier Ministre. Voici la liste des affaires auxquelles il aurait été mêlé. Vous constaterez que ses victimes viennent de tous les horizons idéologiques.

Le Premier Ministre lut la liste lentement et son visage se rembrunit.

— Vous pensez qu'il travaille pour n'importe qui du moment qu'on le paie ?

— Non, madame. Je crois que c'est beaucoup plus subtil que cela. Toutes ses opérations ont ceci de particulier qu'elles provoquent des désordres énormes à l'endroit où elles se produisent. Par exemple, il tue un diplomate espagnol en visite à Paris en 1977 — un franquiste. Le gouvernement français doit réagir et dans les vingt-quatre heures qui suivent, tous les agitateurs gauchistes de Paris sont entre les mains de la police. Pas seulement les communistes, mais les socialistes. Le parti socialiste n'apprécie pas, bien entendu. Ni les syndicats. Résultat, troubles dans les usines, grèves, arrêts de travail.

Elle s'arrêta brusquement vers le bas de la liste et leva les yeux, le visage blême.

— Vous signalez qu'il est peut-être impliqué dans l'assassinat de Lord Mountbatten...

— Nous avons de bonnes raisons de croire qu'on l'a consulté.

Elle secoua la tête.

— Cela n'a aucun sens.

— Je pense qu'il faut tenir compte de ses liens avec le KGB. La plupart des incidents qui peuvent lui être attribués ont été à mon sens commandés par le KGB, y compris l'assassinat de personnes supposées du même bord, dans le seul but de provoquer le maximum de désordre dans les pays de l'Ouest.

— Mais Barry n'est pas marxiste, n'est-ce pas ?

— Frank Barry n'est rien du tout, madame. Il accepte leur argent, j'en suis sûr, mais il fait ce qu'il lui plaît, pour le plaisir de l'action. Je suis persuadé que les psychiatres emploieraient des mots longs comme ça pour décrire son état mental. Pour moi, le fait qu'il soit psychopathe ne présente aucun intérêt. Je veux le voir mort, c'est tout.

Le Premier Ministre lui rendit la liste.

— Dans ce cas finissez-en, général.

Ferguson prit la liste, tandis qu'elle appuyait sur le bouton de l'interphone.

— Pardon, madame ?

— Le Groupe Quatre a tous les pouvoirs — il les détient de ce bureau, semble-t-il. Utilisez-les, voyons. Ce n'est pas moi qui vais vous apprendre ce que vous avez à faire, vous êtes parfaitement compétent. J'ai pris connaissance de votre dossier. Je ne vous recommande qu'une chose : mettez tout le reste de côté et concentrez-vous sur Barry.

Ferguson se leva et rangea la feuille dans sa serviette.

— Très bien, madame.

La porte s'ouvrit derrière lui et le jeune secrétaire parut. Le Premier Ministre prit son stylo et se remit au travail à l'instant où Ferguson franchit le seuil.

*

Ferguson préférait souvent travailler dans son appartement de la place Cavendish. Lorsque Kim fit entrer Harry Fox, il était assis près du feu avec une tasse de thé et il faisait griller des *crumpets* au bout d'une longue fourchette de cuivre.

Kim fit entrer Harry Fox.

— Ah... Vous voici, Harry. Vous avez tout ?

— Oui, mon général. Le dossier de Frank Barry au complet.

Fox, la trentaine, portait avec élégance la cravate des Gardes — ce qui était bien normal pour un homme qui, deux ans plus tôt, faisait fonction de capitaine dans cette unité d'élite. Un gant de cuir en permanence à la main gauche dissimulait l'amputation subie par suite de l'explosion malencontreuse d'une bombe, au cours de sa troisième « campagne » à Belfast. Il était devenu l'assistant personnel de Ferguson un an auparavant.

— Que cherchons-nous au juste, mon général ?

— Je n'en sais rien, Harry. En comptant Corder, j'ai lancé trois hommes contre Frank Barry. Deux sur trois ont fini dans un cercueil. Nous devons aborder le problème sous un nouvel angle.

— Utiliser un renard pour attraper un renard, je suppose.

Ferguson, qui était sur le point de fixer un autre *crumpet* au bout de la fourchette, se figea brusquement.

— Qu'avez-vous dit ?

— Jack Grand, de la Brigade spéciale, m'a raconté l'autre jour qu'ils ont planté un de leurs hommes comme mouton dans la prison de Parkhurst. Deux jours plus tard, il était attaqué à coups de poignard et grièvement blessé. Je pense que la plupart des truands sont capables de repérer un flic à trois kilomètres. Frank Barry de même. Il flairera un mouchard chaque fois que vous essaierez d'infiltrer quelqu'un dans une de ses opérations.

— Vous avez probablement raison. Commencez à lire ces dossiers. A haute voix, je vous prie.

Cela dura six heures. Seul Kim les dérangeait de temps à autre pour rapporter du thé et du café. Quand Ferguson se leva, il faisait nuit. Il s'étira et fit un geste en direction de la fenêtre.

— J'aimerais bien savoir où se trouve ce salopard en ce moment.

— Il y a très peu de photos de lui, remarqua Fox. Rien depuis 1972. La première en date semble celle de l'article de *Paris-Match* écrit par une journaliste française, en 1971. Qui sont les deux autres hommes ? Devlin, n'est-ce pas ? Liam Devlin et Martin Brosnan.

Ferguson traversa la pièce à une vitesse surprenante pour un homme de sa masse, et prit des mains de Fox la coupure de presse.

— Mon Dieu, Liam Devlin ! Et Brosnan. J'avais oublié qu'ils ont été liés à Barry. Cela fait si longtemps.

— Qui sont ces hommes, mon général ?

— Oh, deux anachronismes datant du début des troubles en Irlande du Nord. Avant les attentats à la bombe et la boucherie. Le genre de personnages qui croyaient vivre en 1921 avec Michael Collins brandissant le drapeau d'Irlande. De valeureux guérilleros lancés à l'assaut du puissant Empire britannique, des francs-tireurs, des hommes de la nuit : les Flying Columns.

— Je crois que j'ai vu le film, dit Fox.

— Il y avait un nommé Sean McEoin, un chef de Flying Column devenu général par la suite dans l'armée de l'Etat libre. En 1921, il s'est trouvé encerclé par les Anglais dans une ferme proche de son village natal. Il y avait des femmes à l'intérieur et McEoin est sorti par la grande porte, un revolver dans chaque main pour se frayer un chemin à coups de feu à travers le cordon de police. Devlin et Brosnan sont des idiots du même genre.

— Je ne suis jamais tombé en face de types comme ça pendant mon temps en Ulster, répondit Fox d'une voix tendue.

— Non. N'oublions pas que l'IRA, comme l'armée anglaise ou toute autre institution, est constituée par un large éventail d'êtres humains... Mais vous pouvez disposer, maintenant. J'ai besoin de réfléchir à tout ça

Fox s'en alla. Ferguson se versa un brandy et se mit à la fenêtre. Il baissa les yeux vers la place. Il songeait, plein de regrets, à Jack Corder et aux autres hommes qu'il avait envoyés contre Barry.

— Quelque part, dit-il à mi-voix, ce salaud est encore en train de se payer ma tête.

*

A cet instant précis, Barry faisait à peu près la même chose que Ferguson : il était debout à sa fenêtre avec un verre de cognac à la main. Dans son cas, l'appartement se trouvait à Paris et donnait sur la Seine. Un coup discret à la porte. Il l'entrouvrit sans détacher la chaîne. C'était Romanov.

— Eh bien ? demanda Barry quand le Russe entra.

— Activité considérable au Service Cinq, Frank. Ils savent que vous étiez derrière toute l'affaire et ils remuent ciel et terre pour vous retrouver, avec l'assistance totale de l'Intelligence Service, cela va sans dire. Votre général Ferguson et Pierre Guyon du Service Cinq sont de vieux amis.

— Pour une fois ?... Je croyais que la DI5 et les Français étaient à couteaux tirés. Comment savez-vous que Ferguson et Guyon sont si bons copains ? Vous avez un mouchard dans les services de Guyon ?

— Tout est possible, lui répondit Romanov.

Barry ne dissimula pas sa surprise.

— Vous plaisantez. Je croyais que l'Intelligence Service avait liquidé toutes ses « taupes ». Votre homme, en tout cas, ne m'a pas beaucoup aidé. Il a fallu que je découvre tout par moi-même, pour Corder.

— Pour être sincère, Frank, nous n'obtenons pour l'instant que des renseignements vagues et fragmentaires, mais nous nous attendons à une amélioration.

— Je ne comprends pas, dit Barry. La DI5 doit vérifier les antécédents de ses hommes jusqu'au ventre de leur mère.

— Sans doute, Frank. Mais dans ce cas précis, ce sera sans effet.

— Tant mieux. En tout cas, plus personne ne peut me trahir pour le moment — sauf vous, bien entendu, mon cher ami.

Le sourire de Romanov parut légèrement contraint.

— Vu les circonstances, je pense que vous avez tout intérêt à disparaître pendant quelque temps.

— Que proposez-vous ?

— L'Angleterre.

Barry éclata de rire.

— Ma foi, c'est une idée assez originale. Le dernier endroit au monde où l'on s'attend à me trouver. Avez-vous quelque chose de précis en tête ?

— La région des Lacs.

— Il paraît que c'est très beau à cette époque de l'année, répondit Barry en se versant un autre cognac. Très bien, Nikolaï, dites-moi tout.

Le Russe ouvrit sa serviette et en sortit plusieurs cartes.

— C'est d'une douloureuse simplicité. L'équilibre des forces terrestres en Europe penche énormément en notre faveur, surtout parce que nous sommes capables de lancer sur le terrain au moins quatre mille chars de plus que les armées de l'OTAN.

— Ensuite?

— Les Allemands de l'Ouest ont mis au point une nouvelle arme extraordinaire. Assez légère pour être transportée par n'importe quelle section d'infanterie, elle permet de lancer douze roquettes en même temps. Considérez que ces fusées sont des missiles miniatures. A tête chercheuse, bien entendu. Or une seule de ces roquettes est capable de détruire nos plus gros tanks.

— Ah, les Allemands! s'écria Barry. On se demande comment ils ont pu perdre la guerre. Qu'est-ce qu'ils vont encore inventer?

— Nous avons essayé de toutes les façons possibles de nous emparer de l'un de ces engins — sans succès jusqu'ici. Il faut que nous y parvenions, Frank.

— Et quel est mon rôle dans l'affaire?

Romanov déplia les cartes.

— On m'a appris aujourd'hui un détail très intéressant. Les Allemands ont l'intention de faire une démonstration de cette arme aux Anglais et à leurs alliés, sur un champ de tir d'essais de l'armée britannique près de Wastwater, dans la région des Lacs. Jeudi prochain. Une équipe spéciale apportera un engin d'Allemagne le mercredi. Un officier et six hommes. Il existe une base aérienne désaffectée à Brisingham, qui se trouve à une trentaine de kilomètres du champ de tir. Ils atterriront là et franchiront le reste du trajet en camion.

— Oui, intéressant, répondit Barry en étalant les cartes au milieu de la table.

— Frank, réglez cette question pour moi. Cela vous vaudra un demi-million de livres sterling.

Barry ne semblait pas avoir entendu.

— Il me faudra de l'aide. Une personne sur qui compter en toutes circonstances. Un truand de métier si possible. Vos gens de Londres pourront m'organiser ça?

— Ce que vous voudrez, Frank.

— Et d'autres cartes. Les cartes d'état-major anglaises. Je veux mieux connaître ce coin-là que les doigts de ma main.

— Vous les recevrez dans la matinée.

— Ce soir, répondit Barry. Il me faudra aussi des faux passeports. Un anglais, un français et un américain, pour varier un peu. Quant aux détails de mes identités, je fais confiance à vos spécialistes.

— D'accord, dit Romanov.

— Et que le SDECE ne reste pas sur mes talons. Dites-leur que je suis parti en Turquie ou en Argentine.

Depuis le scandale Sapphire, les réseaux de renseignement de la plupart des pays occidentaux avaient une piètre opinion de leur homologue français ; ils estimaient qu'il était noyauté par le KGB et ils ne se trompaient pas — il était suffisamment « pénétré » en tout cas pour que Romanov puisse accéder à la requête de Barry.

— Autre chose, ajouta Barry au moment où Romanov ouvrit la porte. Un compte en banque à mon identité anglaise, plus cinquante mille livres pour les frais divers, Nikolaï. Et l'opération vous coûtera un million. Oui, pour un coup comme celui-là, un million.

Il souriait. Romanov haussa les épaules.

— Frank, réussissez. Ensuite, vous pourrez exiger n'importe quel prix, je vous le promets.

Il sortit. Barry ferma à clé et mit en place la chaîne de sécurité. Puis il revint vers la table, s'assit devant les cartes et commença à réfléchir au problème.

*

A Londres, le téléphone de Harry Fox se mit à sonner à l'instant où il entrait sous la douche. Il jura entre ses dents, noua une serviette autour de ses reins et se dirigea vers l'appareil.

— Harry ? Ici Ferguson. Vous vous rappelez ce que vous avez dit, aujourd'hui, à propos d'un renard pour attraper un renard ? Cela m'a donné une idée très intéressante. Allez au bureau me chercher le dossier de Martin Brosnan. Tant que vous y serez, apportez celui de Devlin.

Fox consulta sa montre.

— Vous voulez dire demain matin, mon général ?
— Je veux dire tout de suite, nom de Dieu !
Ferguson raccrocha d'un geste sec. Fox posa l'appareil à son tour et vérifia l'heure. Deux heures du matin. Il soupira, revint dans la salle de bains et commença à se rhabiller.

TROIS

— Martin Aodh Brosnan, dit Ferguson. Aodh est l'équivalent de Hugh en gaélique, si cela vous intéresse. D'après son grand-père maternel, meneur syndical bien connu à Dublin de son temps.

La cheminée tirait très bien. Il était quatre heures du matin et Harry Fox se sentait en forme parfaite, sauf pour sa main, bien entendu, dont il souffrait un peu comme si elle était encore là. Cela lui arrivait souvent dans les situations tendues.

— Selon le dossier, il est né à Boston en 1945, d'une lignée d'Irlandais d'Amérique. Son arrière-arrière-grand-père a émigré de Kerry au cours de la famine. Gagné une fortune dans la construction navale pendant la deuxième moitié du XIXe siècle. Depuis lors tout leur a souri : le pétrole, le bâtiment, les industries chimiques... Et très « bonne société », bien sûr.

Fox interrompit soudain sa lecture et leva les yeux.

— Protestant, dit-il. C'est surprenant.

— Pourquoi ? demanda Ferguson. On avait beaucoup de préjugés contre les catholiques en Amérique à l'époque. Un de ses ancêtres a dû changer de bord. Et il ne serait pas le premier protestant à désirer l'unification de l'Irlande. Pensez à Wolfe Tone. C'est lui qui a tout lancé. Et l'homme qui a été le plus près de l'obtenir du gouvernement britannique de son époque, Charles Stuart Parnell, était protestant lui aussi.

— La mère de Brosnan est catholique.

— Et quelle catholique ! A la messe quatre fois par semaine. Née à Dublin. Rencontré son mari pendant qu'elle faisait ses études à l'université de Boston. Il est mort depuis un certain nombre d'années. Elle règne sur l'empire familial avec une main de fer. Je crois que le seul être humain qu'elle n'ait jamais réussi à plier est son fils.

— Il a fait tout ce qui s'impose dans son milieu, n'est-ce pas ? Les grandes écoles classiques, à commencer par Andover. Un certificat d'anglais à Princeton.

— Un diplôme, corrigea Ferguson.

— Pardon ?

— Un diplôme de littérature anglaise, c'est l'expression en Amérique.

Fox se pencha de nouveau sur le dossier.

— En 1966, il s'engage pour le Vietnam. Rangers aéroportés, services spéciaux. Et ce qui est le plus étonnant, comme simple soldat au départ.

— Observation très importante, Harry.

Ferguson se versa davantage de thé.

— Le Vietnam n'a jamais connu une grande popularité en Amérique. Et les étudiants avaient la possibilité d'esquiver l'appel : la plupart des jeunes gens du milieu de Brosnan ne s'en sont pas privés. Il aurait pu continuer d'éviter le service militaire en restant à l'université passer un doctorat. Il ne l'a pas fait. Quel est donc ce mot que l'on trouve maintenant sur toutes les lèvres, Harry ?... *Macho.* C'est sans doute l'explication. Il devait se sentir diminué en tant qu'homme. En fin de compte, l'important, c'est qu'il se soit engagé.

— Et pas pour rien, mon général ! lança Fox en sifflant entre ses dents. Une ribambelle de médailles américaines... Et la Légion d'honneur, ajouta-t-il en fronçant les sourcils. Que font les Français dans cette histoire ?

Ferguson se leva et se dirigea vers la fenêtre.

— Un épisode intéressant, si je me souviens bien. Son dernier beau geste. Il a sauvé la vie d'un correspondant de guerre français célèbre, une femme — incroyable, non ? — une photographe nommée Anne-Marie Audin. Au cours d'une embuscade, je pense. Et cette Française réapparaît plus tard dans l'histoire. Vous vous souvenez de la photo de *Paris-Match* avec Brosnan, Liam Devlin et Frank Barry ? Prise par la même

Mlle Audin. Elle a écrit un article identique pour *Life* et reçu le prix Pulitzer. Un regard « impartial » sur les coulisses du conflit d'Irlande du Nord. Beaucoup de succès à Boston, dans la communauté irlandaise.

Fox prit le dossier suivant.

— Mais comment a-t-il pu sauter du Vietnam à l'IRA ?

— Extrêmement illogique mais d'une belle simplicité, répondit Ferguson en revenant vers la cheminée. Je vais vous le résumer, cela nous fera gagner du temps. En quittant l'armée américaine, Brosnan s'est inscrit au Trinity College à Dublin, pour le doctorat dont nous avons parlé. En août 1969, il est allé rendre visite à un vieil oncle catholique du côté de sa mère, prêtre d'une paroisse du côté de Falls Road à Belfast. Quand êtes-vous allé pour la première fois dans cette belle ville, Harry ?

— En 1976, mon général.

Ferguson hocha la tête.

— Il s'y est produit tant de choses depuis, tellement d'eau a coulé sous les ponts, que les premières années des troubles doivent sembler de l'histoire ancienne à des hommes comme vous. Un si grand nombre de noms, de visages...

Il soupira et s'assit.

— Au cours de la visite de Brosnan, des émeutiers pro-anglais, menés par les « B Specials », organisation heureusement défunte, se sont lancés sur le sentier de la guerre. Ils ont incendié l'église de l'oncle de Brosnan et ils ont fait subir au vieillard un traitement si horrible qu'il a perdu un œil.

— Je vois, dit Fox sèchement.

— Non, vous ne voyez pas. J'ai envoyé là-bas un agent nommé Vaughan, le major Simon Vaughan. Il ne veut plus travailler pour moi, mais c'est une tout autre histoire... Il comprenait vraiment, parce que, comme Brosnan, il avait une mère irlandaise. Certes, l'IRA a eu sa part de tueurs et de cinglés, trop d'hommes comme Frank Barry sans doute, mais elle a connu aussi ses Liam Devlin et ses Martin Brosnan. D'authentiques idéalistes dans la tradition de Pearse, de Connolly et de Michael Collins. On peut partager ou non leur idéal, mais c'étaient des hommes sincèrement persuadés de livrer un juste combat dont l'enjeu était la liberté de leur pays.

Fox souleva sa main gantée.

— Désolé, mon général, mais j'ai vu trop souvent des femmes et des gosses s'enfuir en hurlant après une explosion de bombe pour croire à ce genre de boniment.

— Je sais, répondit Ferguson. Des hommes comme Devlin et Brosnan veulent pouvoir combattre avec les mains propres et un peu d'honneur. Leur tragédie, c'est que ce genre de guerre n'est plus possible, à supposer qu'il l'ait jamais été.

Il se leva de nouveau pour arpenter la pièce.

— Voyez-vous, Harry, je ne peux pas en vouloir à Brosnan de ce qui s'est passé à Belfast en cette soirée d'août 1969. Une poignée de Républicains, six en tout avec Liam Devlin à leur tête, sont descendus dans les rues. Ils avaient trois fusils, deux revolvers et une mitraillette Thompson datant de Dieu sait quand. Brosnan s'est trouvé pris au milieu de l'échauffourée pour défendre l'église, et quand un des hommes au côté de Devlin a été abattu, il a ramassé instinctivement son fusil. Il était, et de loin, le combattant le plus expérimenté du groupe, ne l'oubliez pas. Et depuis ce moment-là, il a fait cause commune avec l'IRA. Il était le bras droit de Devlin pendant la période où celui-ci est demeuré chef d'état-major de l'Ulster.

— Et après ?

— Tout a bien marché pendant deux ans. Des hommes comme Devlin et Brosnan savaient livrer un combat de guérilla ancien style, qui aurait enchanté Michael Collins. Pas de bombes : ils laissaient ça aux salopards comme Frank Barry. Attaquer l'armée anglaise, tel était l'objectif de Devlin. Il n'y avait aucun autre moyen à ses yeux de conserver la sympathie du monde entier pour la Cause. A propos, que ressentiriez-vous si vous étiez l'officier commandant en chef en Irlande du Nord et qu'en entrant un matin dans votre bureau personnel, à Lisburn, vous trouviez la rose des Républicains sur votre bureau ?

— Bon Dieu !

— Oui. Brosnan aimait ce genre de geste, ironique et casse-cou. La rose était l'emblème de Brosnan — un jeu de mot sur le sens de son nom en irlandais. Et il n'a pas seulement fait le coup au commandant en chef mais au Premier Ministre de l'Ulster et au secrétaire d'Etat chargé des affaires d'Irlande du Nord. Le message était très clair.

— Il aurait pu tuer et il ne l'avait pas fait.

— Oui... La rose de Brosnan ! s'écria Ferguson en riant. Il a fallu classer l'affaire parmi les secrets d'Etat pour que cela ne transpire pas dans la presse. En fait, personne ne l'aurait cru.

— Que s'est-il passé par la suite ?

— Tout a changé, n'est-ce pas ? L'escalade et le bain de sang, les amateurs de bombe ont pris le pas sur les idéalistes au sein du mouvement. Devlin est entré dans les services secrets à Dublin et Brosnan a travaillé pour lui comme une sorte de collaborateur extérieur.

Fox se pencha sur le dossier.

— Il est précisé ici qu'il a obtenu la nationalité irlandaise. Comment se fait-il ?

— Ma foi, le gouvernement américain n'était pas particulièrement enchanté de ses activités. En 1974, Devlin l'a envoyé à New York pour exécuter un mouchard que la gendarmerie d'Ulster avait aidé à se réfugier en Amérique. On lui avait acheté des renseignements qui ont permis d'arrêter presque tous les membres de la brigade Belfast-Nord. Brosnan a rempli sa mission avec une efficacité implacable, comme toujours, et il s'en est fallu d'un cheveu qu'on ne l'arrête à New York. Quand les Américains ont exigé son extradition, il a réclamé la nationalité irlandaise à laquelle il avait droit selon la loi d'Irlande, puisque sa mère est née à Dublin. Je pourrais faire de même, vous savez, ma grand-mère est née à Cork.

Fox parcourut rapidement le reste du dossier.

— Ensuite, l'opération en Espagne...

— C'est exact. Devlin l'a envoyé en Espagne en 1975 pour négocier un achat d'armes. L'intermédiaire avec qui il traitait était en réalité un mouton de la police. Quand Brosnan est arrivé pour prendre livraison dans un petit village de pêcheurs de Galice, un détachement de la Guardia Civil l'attendait. Au cours de l'escarmouche, il a blessé deux hommes et en a tué un : il a été condamné à perpétuité et incarcéré à La Hermosa.

— La Hermosa ?

— Une île de la Méditerranée, mais rien à voir avec la Costa del Sol. Des conditions de détention terribles.

Fox referma le dossier.

— Où tout cela nous mène-t-il, mon général ?

— Nous allons nous servir d'un renard pour en attraper un autre. C'est votre idée, Harry.

— Il est en prison, répondit Fox, surpris.

— Depuis quatre ans. Mais nous pouvons peut-être y remédier, non ?

Le téléphone sonna. Ferguson décrocha et écouta en hochant la tête.

— Parfait. Dites-lui que nous arrivons de suite. Très bien, lança-t-il à Fox en raccrochant. Prenez votre manteau, et en avant. Nous n'avons pas beaucoup de temps.

Il se dirigea vers la porte et Fox le suivit.

— Sauf votre respect, mon général, où allons-nous ?

— A la caserne Bradbury, près de Hereford. Au quartier général du 22e Special Air Service, pour être précis. Je vous expliquerai en route.

Il sortit en coup de vent.

Il faisait très froid dans la rue. L'asphalte noir brillait sous la pluie et au moment où la grosse Bentley noire démarra, Harry Fox s'enfonça dans la banquette arrière pour boutonner d'une main son vieux manteau de cavalerie. Tant de choses tournaient dans sa tête, tant de choses s'étaient passées, et Brosnan — cet homme qu'il n'avait jamais rencontré mais qu'il connaissait aussi intimement qu'un frère — refusait de lui laisser l'âme en paix. Il ferma les yeux et se demanda ce que Brosnan pouvait bien faire en ce même instant.

*

El Peñon de La Hermosa n'est qu'un rocher situé à une soixantaine de kilomètres de la frontière française, à dix milles nautiques en mer. La forteresse, anachronisme du XVIIIe siècle, semble pousser directement de la falaise — c'est l'un des spectacles les plus sinistres de la Méditerranée. En dehors de la forteresse, une carrière de granit et rien d'autre, hormis six cents détenus, prisonniers politiques ou criminels de droit commun de la pire espèce. Tous condamnés à perpétuité, et les autorités espagnoles ne plaisantent pas à ce sujet : la plupart mourront sur le rocher. De toute façon, personne ne s'en est jamais évadé.

Les raisons en sont simples. Aucune embarcation n'a le droit de s'approcher à moins de quatre milles nautiques, et cette zone interdite autour de l'île est surveillée en permanence par un excellent radar. L'îlot possède en outre un système de protection efficace, offert par la nature elle-même, un phénomène connu des pêcheurs de la région sous le nom de Grand Rapide, courant violent de dix nœuds qui couronne l'eau d'écume blanche même par calme plat. Par tempête, un véritable enfer.

Martin Brosnan était allongé sur sa couchette, dans une cellule de l'étage supérieur. Il lisait, la tête sur les mains, torse nu. Les travaux forcés, dans la carrière de granit, avaient durci son corps musclé. A gauche, sur sa poitrine, deux vilaines cicatrices entourées de bourrelets de chair blanche, souvenirs de blessures anciennes. Ses cheveux noirs, trop longs, tombaient presque sur ses épaules. A certains égards les Espagnols se montraient fort civilisés — comme en témoignaient les livres sur l'étagère de bois, au-dessus du lit.

L'homme sur la couchette d'en face lui lança un paquet de Ducados.

— Prends une sèche, Martin, dit-il en français.

On lui donnait soixante-cinq ans. Cheveux très blancs, regard bleu d'acier et pétillant d'humour dans un visage ridé. Il se nommait Jacques Savary et c'était un « parrain » de l'Union corse, l'un des plus célèbres truands de Marseille en son temps. Il se trouvait à La Hermosa depuis 1965 et y resterait jusqu'à sa mort, circonstance exceptionnelle pour un homme de son milieu, car en général l'Union corse, le plus vaste syndicat de crime organisé existant en France, était en mesure d'utiliser son influence énorme sur l'administration judiciaire et pénitentiaire pour tirer d'affaire un membre de l'Union d'un niveau aussi élevé que Jacques Savary.

Mais le cas de Savary demeurait particulier : il avait pris fait et cause pour l'OAS. On a dit que Charles de Gaulle avait survécu à au moins trente attentats, mais jamais il n'avait frôlé la mort d'aussi près qu'au cours de la tentative organisée de main de maître par Savary en mars 1965. L'Union avait cru le sauver en le faisant passer en Espagne, comme beaucoup de « soldats » de l'OAS, mais Franco n'avait pas pu refuser à la France d'arrêter cet homme, même s'il avait fait ensuite la sourde oreille à toutes les demandes d'extradition.

La pluie cinglait la fenêtre, le vent hurlait.

— Qu'est-ce que tu lis ? demanda Savary.

— Eliot, répondit Brosnan. « Ce que nous appelons le commencement est souvent la fin, et faire une fin, c'est faire un commencement. La fin est l'endroit d'où nous partons. »

— *Quatre Quatuors*, « *Little Gidding* », dit Savary.

— Bravo... Tu vois : tous les avantages d'une éducation très chère, Jacques. Et tu les as obtenus pour rien.

— Tu as appris beaucoup de choses, toi aussi... Sais-tu encore ouvrir la porte comme je te l'ai enseigné ?

Brosnan haussa les épaules, se leva d'un bond, prit une cuillère à café dans son casier, au pied de son lit, et se dirigea vers la porte. La serrure était recouverte par une plaque d'acier ; il fit glisser rapidement le manche de la cuillère entre le bord de la plaque et l'huisserie. Il força pendant quelques secondes, on entendit un déclic et la porte s'ouvrit de quelques centimètres.

— Les mêmes serrures depuis 1852, lança Savary.

— Oui. Je peux passer dans le corridor mais ensuite ?... Je ne te l'ai jamais dit, mais un jour j'ai mis au point un moyen de partir. Un peu d'escalade, un peu de barbotage dans le collecteur d'égout, et me voilà à l'air libre. J'ai découvert ça il y a trois ans.

Savary s'assit, le visage blême.

— Pourquoi n'as-tu rien fait ?

— Parce que ça ne rime à rien. On reste sur ce fichu rocher, on ne peut aller nulle part.

Ils entendirent un bruit de pas dans l'escalier métallique, à l'autre bout du couloir, et Brosnan se hâta de refermer la porte avec la petite cuillère. Un léger déclic et il courut s'allonger sur son lit.

Les pas s'arrêtèrent devant leur cellule, une clé tourna dans la serrure, la porte s'ouvrit. Le gardien en uniforme qui passa la tête était un brave garçon nommé Calvo, dont le visage s'ornait d'une grosse moustache de phoque. Il avait enfilé un imperméable.

— Remuez-vous, tous les deux. J'ai besoin de vous.

— Qu'est-ce qui nous vaut cet honneur, don Antonio ? demanda Savary.

— Quand je souffre, vous souffrez. Vous savez que je vous aime bien, dit Antonio Calvo en les faisant passer devant lui dans le couloir. Ces salopards m'ont mis de corvée d'enterrement ce mois-ci, et vous connaissez le règlement : le dernier plongeon doit se passer la nuit.

Ils s'arrêtèrent le temps que Calvo ouvre la grande grille de fer au fond du corridor et Brosnan baissa les yeux vers le hall central, en contrebas.

— Qui est mort ? demanda Savary.

Calvo regarda sa feuille de papier.

— 67824 Sanchez. Trente-deux ans ici. Cancer à l'intestin.

Cela suffit à couper court à toute conversation pendant la descente au rez-de-chaussée. Un autre garde-chiourme ouvrit la porte à judas donnant sur l'extérieur. Ils traversèrent l'avant-cour et montèrent les trois marches de la morgue.

C'était une pièce toute simple avec des murs blanchis à la chaux, éclairée par une seule ampoule nue. Il y avait plusieurs tables de bois bien récurées. Le cadavre attendait sur l'une d'elles, enveloppé dans un sac de toile. Un vieux détenu en salopette trop grande pour sa taille, voûté par les ans, passait le sol à l'eau de Javel. Il s'arrêta, appuyé à son balai.

— Tout est prêt.

Brosnan connaissait la routine, il avait accompli la corvée plusieurs fois. Il prit un petit chariot de bois qui attendait contre le mur, le poussa contre la table, et, avec l'aide de Savary, chargea le cadavre sur le plateau.

— Parfait, dit Calvo. Allons-y.

— Et le prêtre ? demanda Savary en retenant le poids du chariot sur les marches.

— Il a dit qu'il n'en voulait pas. Un athée.

Savary était choqué.

— Tout le monde devrait avoir droit à un prêtre quand il s'en va... Tu veilleras à ce que tout soit en règle pour moi, hein ? demanda-t-il à Brosnan.

— Tu ne mourras pas, vieux salopard, lui répliqua Brosnan. Tu es éternel.

Le gardien de faction à la poterne d'entrée sortit du poste pour ouvrir les grilles. Le cortège funèbre, réduit à sa plus simple expression, quitta la forteresse et emprunta la route, non pas vers le port, en contrebas, mais sur la gauche, vers le haut. Pousser le chariot sur la pente raide n'était pas une petite affaire. Ils parvinrent enfin sur une petite terrasse au bord de la falaise.

Pas de lune ; le rocher tombait à pic dans la mer, à une quinzaine de mètres plus bas. On devinait les vagues, la houle qui se brisait, de l'écume blanche... Sur les lèvres de Brosnan, l'embrun salé avait un goût de liberté.

Derrière eux, Calvo alluma une lampe, au-dessus d'une porte de bois qu'il ouvrit.

— Mettons-lui les plombs, dit-il.

C'était une petite pièce creusée dans le rocher avec, au centre, une table de bois sur laquelle Brosnan et Savary posèrent le cadavre. Sur l'un des murs, des cirés et des gilets de sauvetage orange. Enroulées sur le sol, de grosses chaînes de poids différents, rangées par catégorie.

Calvo consulta son papier.

— Il pesait cinquante-deux kilos à sa mort. Bon Dieu, ce n'est pas possible ! Il va flotter comme un bouchon dans le courant.

Il se tourna vers le tableau accroché au mur au-dessus des chaînes.

— Quarante-cinq kilos de chaîne, s'ils ne se sont pas trompés. Allez-y.

Brosnan prit une chaîne de quarante-cinq kilos et, avec l'aide de Savary, l'enfila dans les œillets prévus à cet effet sur le linceul.

— Je me suis souvent demandé pourquoi vous faisiez tout ce cinéma pour le poids, don Antonio, lança Savary. Pourquoi changez-vous le lest en fonction du poids du cadavre ?

Calvo sortit un paquet de Ducados et leur en offrit une.

— Très simple. En réalité, le Grand Rapide n'est pas un courant unique comme la plupart des gens l'imaginent. Il y en a deux. Si le cadavre reste en surface, il s'en va tout droit vers les rochers de La Cala del Moro, à dix kilomètres au nord, sur la côte, juste à l'endroit où les mémères vont promener leur chien-chien. Mais si le corps plonge à trente brasses, le courant l'emporte vers le large. Le poids est donc déterminant Finissons-en.

Brosnan et Savary transportèrent le cadavre au bord de la falaise.

— Il aurait fallu appeler un prêtre. Ça ne se fait pas.

Calvo, pris de scrupules, ôta sa casquette et fit le signe de croix.

— Seigneur, nous remettons entre vos mains l'âme de 67824 Bardomero Ignacio Sanchez Moliner. Il n'a pas fait grand-chose de cette vie. Peut-être ferez-vous davantage pour lui dans l'autre.

Il remit sa casquette et hocha la tête.

Brosnan et Savary balancèrent le cadavre deux fois pour lui donner de l'élan, puis le lâchèrent. Le corps tourna sur lui-même, plongea dans l'écume blanche et disparut. Ils eurent du mal à détacher leurs regards de l'eau.

— C'est ainsi que je quitterai ce rocher, Martin, murmura Savary. Je mourrai à La Hermosa.

Sa voix exprimait un désespoir absolu. Brosnan posa la main sur son épaule.

— Peut-être... Mais peut-être pas.

Savary se tourna vers lui, le visage défait. Calvo referma à clé la porte du réduit et éteignit la lumière.

— Partons, on commence à geler, dit-il.

Les deux hommes le suivirent sur le chemin, tête baissée pour se protéger de la pluie.

*

A six heures du matin, Ferguson et Harry Fox prenaient le petit déjeuner dans un café de routiers sur l'A40, à la sortie de Cheltenham. Jamais Fox n'avait dégusté d'aussi bons œufs au bacon depuis qu'il avait quitté le mess des officiers de la caserne Combermere, à Windsor. Ferguson était de toute évidence aussi agréablement surpris que son assistant.

— Et Devlin, mon général ?

— Un homme remarquable. Il doit avoir soixante et un ans à l'heure qu'il est. Né en Ulster, comté de Down, je crois. Son père a été exécuté pendant la guerre anglo-irlandaise de 1921. Flying Column, lui aussi. Education chez les jésuites, diplôme de littérature anglaise au Trinity College de Dublin. Erudit, écrivain, poète — et tireur d'élite très dangereux de l'IRA au cours des années trente. En 36, il part en Espagne. Dans la brigade Washington contre Franco. Capturé par des soldats italiens, emprisonné en Espagne jusqu'en 1940, où l'Abwehr le fait libérer et l'emmène à Berlin pour essayer de l'utiliser dans ses services de renseignement.

— Comment est-ce possible ?

— De leur point de vue, il constituait un gros risque. Très antifasciste, vous comprenez. La section irlandaise de l'Abwehr l'a utilisé une fois. Ils avaient envoyé un agent en Irlande, un certain capitaine Goertz. Quand il a coincé, ils ont parachuté Devlin pour l'aider à sortir d'Irlande. Malheureusement, Goertz a été arrêté et Devlin est resté plusieurs mois en cavale avant de pouvoir regagner Berlin via Lisbonne. Mais l'Irlande n'offrait déjà plus aucune possibilité pour l'Abwehr et Devlin s'est mis à enseigner l'anglais à l'université de Berlin. Jusqu'à l'automne 1943.

Ferguson se servit de confiture.

— Elle est vraiment excellente, dit-il. J'ai envie d'en acheter un pot.

— Jusqu'à l'automne 1943 ? demanda Fox.

— Etes-vous au courant de l'attentat manqué contre Churchill en novembre de cette année-là ?

Fox éclata de rire.

— Allons donc, mon général ! Des histoires de bonne femme.

Voyant que le visage de Ferguson demeurait de glace, il cessa de rire.

— Supposons que ce ne soit qu'une bonne blague, Harry. Le scénario était à peu près comme suit. L'Abwehr offre un emploi à Devlin, qui s'ennuie à mourir à l'université de Berlin. On va le parachuter en Irlande, d'où il se rendra à Norfolk. Il servira d'intermédiaire entre l'espionne la plus efficace dont ait disposé l'Abwehr pendant toute la guerre et un commando de parachutistes sous les ordres du colonel Kurt Steiner. L'objet de la manœuvre consiste à s'emparer de Churchill qui se trouve dans une maison de campagne, non loin du village de Studley Constable.

— Continuez, mon général.

— Un coup d'épée dans l'eau, bien entendu. Il ne s'agissait même pas de Churchill mais d'une doublure, pendant que le grand homme se rendait à Téhéran. Quoi qu'il en soit, Steiner et ses hommes sont tous morts, sauf un. Devlin, avec sa ruse habituelle d'Irlandais, a pris le large.

— Vous voulez dire que c'est exact, mon général ? demanda Harry Fox stupéfait.

— Les dossiers secrets ne seront publiés que dans quelques années, Harry. Il vous faudra attendre.

— Donc Devlin a travaillé pour les nazis... Je ne comprends pas. Vous me disiez qu'il était antifasciste.

— Les faits sont toujours plus complexes que les idées. Si quelqu'un dans notre camp lui avait suggéré de kidnapper Adolf Hitler, il se serait sûrement lancé dans l'entreprise avec plus d'enthousiasme. Très souvent, dans la vie, ce n'est pas nous qui jouons la partie, Harry. C'est la partie qui nous utilise. Vous l'apprendrez avec l'âge.

— Et avec l'expérience ?

— Exactement, Harry. Vous apprendrez à rire de vous-même. Un atout qui n'a pas de prix. Au lendemain de la guerre, Devlin est redevenu professeur — dans une université américaine du Midwest. Il est revenu quelque temps en Ulster pendant les combats de frontière des années cinquante, puis au moment des troubles de 1969 au sujet des droits civiques. Il demeure l'un des architectes de l'IRA provisoire. Comme je vous l'ai dit, il n'a jamais approuvé la campagne d'attentats à la bombe. En 1975, ayant perdu presque toutes ses illusions, il s'est retiré officiellement du mouvement. Une légende vivante — quel que soit le sens de ce cliché. Depuis 1976, malgré la vive opposition de certains milieux influents, il enseigne à la faculté d'anglais de son ancienne université, Trinity College.

Ferguson repoussa sa chaise et ils sortirent.

— Brosnan et Devlin étaient amis, n'est-ce pas ? demanda Fox.

— Oui, on peut le dire. Je crois que ce qui est arrivé à Brosnan en Espagne a été pour Devlin la goutte d'eau qui fait déborder le vase. Et pourtant...

Il s'arrêta à l'entrée du parking et fit signe à son chauffeur.

— Ne perdons pas de temps, Harry, on nous attend à Hereford.

*

Barry travaillait sur les cartes dans son appartement, juste après le petit déjeuner, lorsque Romanov revint.

— Les passeports ? demanda Barry.

— Aucune difficulté. On vous attend à dix heures pour les photos, à l'endroit habituel. Les passeports seront prêts dans l'après-midi. Rien d'autre ?

— Si. Des renseignements sur Jersey. Je passerai par là. Un touriste français en vacances.

— Pas de problème, lui dit Romanov.

Une fois à Jersey, sur le sol britannique, il pourrait prendre une ligne intérieure vers n'importe quel aéroport d'Angleterre, où les services de douane et d'immigration se montreraient beaucoup moins stricts que s'il atterrissait à Londres Heathrow.

— Si je récupère le colis mercredi après-midi, soyez prêt à en prendre livraison le soir même, dit Barry. Prévoyez un chalutier, à environ quinze milles nautiques de la côte.

— Et comment assurerez-vous le rendez-vous ?

— Nous demanderons à vos amis de Londres de me trouver un bateau. Une vedette rapide de haute mer fera l'affaire, un bon bateau de douze à quinze mètres. Quelque part par ici, dit-il en montrant la carte. Sur la côte en face de l'île de Man, au sud de Ravenglass.

— Bien.

— Je partirai à Saint-Malo ce soir, je passerai à Jersey demain, avec le passeport français. Il y a un vol des British Airways à destination de Manchester vers midi. Je retrouverai votre homme de Londres, le lendemain à midi, sur la jetée de Morecambe. C'est une petite station balnéaire au sud de la région des Lacs. Il me reconnaîtra : le KGB doit bien avoir ma photo dans ses dossiers à l'ambassade soviétique de Londres.

Romanov se pencha sur la carte.

— Frank, si cette opération réussit, ce sera le couronnement de ma carrière. Vous êtes sûr de vous ? En toute sincérité ?

— Vous serez déclaré héros de l'Union soviétique et décoré par le bon vieux Léonide Ilyitch Brejnev en personne, lança Barry en lui donnant une grande claque dans le dos. Ne vous en faites pas, mon vieux Nikolaï. C'est l'enfance de l'art.

QUATRE

Le 22e régiment du Special Air Service représente ce que les militaires appellent une unité d'élite. Quelqu'un a fait observer un jour que c'était, dans l'armée britannique, ce qui ressemblait le plus aux SS. Tribut amer à la réussite extraordinaire de cette unité dans les opérations antiémeutes et la guérilla urbaine, domaine où le SAS a incontestablement les meilleurs spécialistes du monde, après trente années d'expérience vécues dans les jungles de Malaisie et de Bornéo, les déserts d'Arabie méridionale et d'Oman, les campagnes verdoyantes du Sud-Armagh et les rues noires de Belfast. Le SAS ne se compose que de volontaires, soldats déjà engagés dans d'autres unités. Le processus de sélection est tellement sévère, sur le plan physique et psychologique, que l'on n'accepte en moyenne que cinq pour cent des candidats...

*

Le bureau du commandant en chef du 22e SAS, à la caserne Bradbury de Hereford, avait un air net et fonctionnel, pour ne pas dire spartiate. Plus surprenant encore était le commandant en chef lui-même, jeune pour un lieutenant-colonel, un visage ouvert, intelligent, bronzé au soleil du désert. Au-dessus de la poche de son blouson, les rubans de ses décorations comprenaient la Military Cross, la plus convoitée des médailles. Il écoutait attentivement, adossé à son fauteuil.

Quand Ferguson se tut, il hocha la tête.

— Très intéressant.

— Réalisable ? demanda Ferguson.

Le colonel esquissa un sourire.

— Oh oui, mon général. Pas de problème à première vue Mes hommes font tout le temps ce genre de chose en Sud-Armagh. Pour cette opération, c'est Tony Villiers qu'il vous faut.

Il appuya sur le bouton de l'interphone.

— Capitaine Villiers, sans délai... Et en attendant, du thé pour trois.

Le thé était excellent, la conversation alimentée par les petits cancans de l'armée. Un quart d'heure plus tard, on frappa à la porte et un jeune homme de vingt-six, vingt-sept ans entra. Il avait eu le nez cassé, probablement sur un ring car il avait l'allure d'un boxeur. Il portait un treillis noir, mais ce que l'on remarquait surtout c'étaient ses cheveux bruns en broussaille, qui tombaient presque sur ses épaules.

— Désolé de ce retard, mon colonel. Je faisais le parcours du combattant.

— Je vous en prie, Tony. Je voudrais vous présenter au général Ferguson et au capitaine Fox.

Villiers inclina la tête.

— Le général Ferguson appartient à la DI5, Tony. Il a une mission pour laquelle vous êtes particulièrement qualifié. Priorité numéro un. Je crois que c'est dans vos cordes.

— En Irlande, mon colonel ?

Ferguson répondit.

— Oui. Je désire que vous kidnappiez quelqu'un pour moi. Je sais qu'il passera le week-end dans sa maison de campagne du comté de Mayo, sur la côte, près de Killala Bay. J'ai besoin de lui dans trente-six heures. Livraison dimanche matin à Londres. Vous pouvez vous en charger ?

— Pourquoi pas ? répondit Villiers en se dirigeant vers la carte d'Irlande affichée au mur. Ce n'est même pas à une centaine de kilomètres de la frontière de l'Ulster.

— Excellent, dit Ferguson.

— Un homme de l'IRA, je pense ? Quelqu'un d'important ?

— Un professeur d'université nommé Devlin. Vous recevrez un rapport complet.

Villiers réagit aussitôt.

— Liam Devlin, mon général ? Je croyais qu'il avait pris sa retraite.

— Il le croit aussi, répondit Ferguson. Etes-vous certain de pouvoir monter l'opération au pied levé ? ajouta-t-il après un temps d'hésitation.

Villiers sourit et passa la main dans sa tignasse.

— C'est pour ça que je ne vais jamais chez le coiffeur, mon général. Dispense spéciale. Je veux dire qu'à Crossmaglen, il faut avoir l'allure de son emploi...

Il se voûta et sa voix changea : l'accent caractéristique de l'Ulster refit surface.

— Le camouflage personnel est très important. Il existe des laboratoires de langue pour apprendre le français ou l'espagnol. Au SAS, nous pouvons vous enseigner en quinze jours l'accent de n'importe quel comté d'Irlande.

— L'art de la guerre a sûrement beaucoup évolué depuis que j'ai fait mes classes, dit Ferguson.

Le colonel se leva.

— Très bien, messieurs, passons à la salle d'état-major, je vous prie, pour mettre au point tous les détails. Montrez-nous le chemin, Tony.

En se dirigeant vers la porte, Villiers effleura du doigt la cravate de Fox.

— Quel régiment ? dit-il.

Fox, qui savait reconnaître un ancien de la Garde quand il en voyait un, même avec les cheveux longs, répondit :

— Blues and Royals. Et vous ?

— Grenadiers. Vous avez perdu votre main en Irlande du Nord ?

— Oui. J'ai soulevé une valise piégée.

— C'est la vie.

La brume se levait lorsqu'ils traversèrent l'aire de rassemblement. La tour de l'horloge se dressait en face d'eux. Villiers s'arrêta.

— Si ça vous intéresse, les noms de tous les membres du régiment tués depuis 1950 sont inscrits ici.

Fox regarda la liste de ces hommes abattus sur les champs de bataille les plus divers du monde.

— Bon Dieu, s'écria-t-il. Un type mort en Ethiopie en 1968. Qu'est-ce qu'il fabriquait là-bas ?

— Ici, on ne demande jamais ni pourquoi ni comment. Les explications oiseuses n'ont pas cours. Dans dix ans d'ici, quelqu'un voudra peut-être connaître les raisons de ma présence à Mayo demain soir.

*

Plus tard, quand la Bentley franchit la grille d'honneur et reprit la route de Londres, Fox se tourna vers Ferguson.

— Vous croyez qu'ils vont réussir ?

— Au début de l'année 1976, Harry, quarante-neuf soldats anglais ont été tués en Sud-Armagh et pas un seul membre de l'IRA. Le SAS est alors intervenu et a commencé à opérer dans la clandestinité. Au cours de l'année suivante, dans toute la région, seuls deux supplétifs du régiment de défense de l'Ulster ont été tués. Le résultat se passe de commentaire.

— Une chose m'inquiète cependant. Tony Villiers et ses hommes sont excellents. Les deux garçons qui vont l'accompagner m'ont fait beaucoup d'effet, je l'avoue. Mais Devlin n'est pas n'importe qui. Je sais qu'il avance en âge, mais s'il décide de tirer le premier ?

— Il en est bien capable, ce salopard, répondit Ferguson. Mais vous avez entendu mes ordres à Villiers. Je le veux intact. Il ne peut pas me servir s'il reçoit une balle dans la jambe ou ailleurs.

Il bâilla.

— Je vais fermer les yeux un moment, Harry. Réveillez-moi à Cheltenham, nous prendrons un petit en-cas dans ce magnifique routier.

Il ferma les paupières, croisa les bras sur son ventre, s'enfonça dans l'angle de la voiture et s'endormit sur-le-champ.

*

Au même moment, Frank Barry débarquait de l'hydroglisseur au port de Saint-Hélier dans l'île de Jersey. D'après son faux passeport français, fourni par le KGB, il était voyageur de commerce, habitait Paris et se nommait Pierre Dubois. Il avait arrosé ses cheveux de brillantine et s'était fait une raie sur le côté. Il portait une grosse paire de lunettes de soleil en corne. Il ressemblait trait pour trait à la photo qu'on avait prise de lui. Comme il s'en était souvent rendu compte dans le passé, un petit détail pouvait modifier du tout au tout l'allure générale d'un visage.

Quinze minutes plus tard, un taxi le déposa à l'aéroport. Il se rendit directement au comptoir des British Airways et réserva une place sur le vol de Manchester.

Une heure à tuer. Il acheta au *duty free shop* une cartouche de cigarettes et une bouteille de cognac. La caissière les glissa dans un sac de plastique et lui sourit.

— Vous avez fait un bon séjour ?

— Fantastique, répondit Barry. C'est un endroit merveilleux. Je reviendrai.

Il se dirigea vers le salon des départs.

*

La vieille ferme nichée au milieu des hêtres sur la colline dominant Killala Bay offrait une des plus belles vues de toute la côte ouest de l'Irlande. Devlin ne s'en lassait jamais. Depuis la terrasse qu'il avait construite à ses moments perdus, l'année précédente, il pouvait voir, au-delà des falaises, en direction de Terre-Neuve, le soleil se glisser dans la mer telle une orange de sang. Sur sa droite il distinguait Sligo Bay et les montagnes de Donegal, au-delà. Il se retourna et rentra dans la maison.

Liam Devlin était de petite taille, un mètre soixante-dix ou douze. A soixante et un ans, ses cheveux bruns, ondulés, ne montraient aucune trace visible de gris. On remarquait sur le côté droit de son front une cicatrice presque effacée : une balle, il y avait bien longtemps. Il avait le teint pâle et des yeux d'un bleu lumineux. Un sourire vaguement ironique relevait en permanence le coin de ses lèvres. L'air d'un homme qui a jugé la vie : une mauvaise plaisanterie qu'il vaut mieux prendre avec humour.

Il se rendit dans la cuisine, roula les manches de sa chemise de flanelle et se mit à préparer un pot-au-feu. Il sifflotait tout en épluchant les pommes de terre et les autres légumes. Il n'était pas marié — situation imposée par les circonstances de sa vie et non le résultat d'un choix, mais à présent, cela lui convenait à merveille. Il aimait la solitude, posséder son espace à lui — bien que plus d'une femme, encore aujourd'hui (et même une ou deux étudiantes) eût été ravie de passer ses week-ends à Mayo avec lui.

Il posa le pot-au-feu sur la cuisinière et se dirigea vers le salon pour remettre du bois dans la cheminée. La nuit tombait. Il tira les rideaux des portes-fenêtres et se versa un whisky irlandais, un Bushmills, son préféré, avant de s'asseoir devant le feu. Il se pencha vers les étagères de livres, près de la cheminée, et choisit *Le Jugement de minuit* en irlandais.

Une bouffée d'air frais caressa sa joue, les flammes s'agitèrent. Il leva les yeux, sur le qui-vive. Aussitôt la porte du vestibule s'ouvrit à toute volée et Tony Villiers entra. Il portait une veste sombre de pêcheur et un jean. Il avait vraiment besoin d'un coup de rasoir. Toutes les apparences d'un homme dangereux. Et le pistolet automatique Browning dans sa main droite ne le démentait pas. Il fouilla Devlin d'une main habile, cherchant une arme cachée, mais n'en trouva pas. Il recula d'un pas, satisfait.

— A quel club appartenez-vous donc, jeune homme ? demanda Devlin doucement, en s'appuyant à la grande cheminée de pierre, un pied posé sur l'âtre. La Main Rouge de l'Ulster, l'UVF ou quoi ?

— Vous n'avez rien à craindre, professeur, répondit Villiers avec un accent impeccable d'université anglaise.

— Mon Dieu, s'écria Devlin d'une voix amusée. Encore votre bande...

Sa main droite remonta dans le conduit de la cheminée et saisit la crosse d'un Walther suspendu à un clou, pour les cas d'urgence de ce genre. Son poignet pivota d'un mouvement doux et il tira. La balle toucha Villiers à l'épaule gauche. L'impact le fit basculer contre le mur, le Browning tomba.

Villiers se hissa sur un genou. Du sang suintait entre ses doigts crispés sur son épaule blessée.

— Excellent, dit-il. Vraiment très fort.

— La flatterie ne vous mènera à rien, jeune homme, répliqua Devlin.

Derrière lui la porte de la cuisine s'ouvrit et les deux compagnons de Villiers bondirent dans la pièce, mitraillettes braquées.

— Vivant ! cria Tony Villiers. Ne touchez pas un cheveu de sa tête !... C'est beaucoup leur demander, professeur, dit-il à Devlin avec un sourire sauvage. Ils ne sont entraînés qu'à tuer. Je vous conseille de lâcher votre arme.

— Le SAS, n'est-ce pas ?

— Je le crains.

— Sainte Marie ! Pourquoi ne m'a-t-on pas envoyé le diable à la place ? Je suis dans les meilleurs termes avec lui.

Il se tourna vers les deux autres.

— Pouvez-vous faire quelque chose pour son épaule ? Je pense surtout au tapis. C'est un Ispahan, cadeau d'un ami.

Tony Villiers secoua la tête.

— Plus tard, professeur. Allez préparer une valise, je vous prie, avec ce que vous jugerez indispensable pour un voyage prolongé.

— Et où allons-nous, au juste ?

— Ma foi, si tout se passe comme prévu, nous serons en Ulster dans trois heures. La suite du voyage sera assurée par l'Armée de l'air, demain matin. Vous arriverez à Londres avant midi. A votre place, je prendrais un imperméable.

Villiers avait sorti de sa poche un pansement d'urgence. Il l'ouvrit avec les dents.

— Le temps est affreux là-bas, depuis plusieurs jours.

Devlin secoua la tête.

— Où avez-vous fait vos études, jeune homme ?

— Eton.

— J'aurais dû m'en douter. Que deviendrait l'Empire sans les anciens d'Eton ?

— Pas grand-chose, je suppose, répondit Villiers sèchement. Mais le temps presse, professeur. Faites ce que je vous ai demandé.

— Tout de suite, répondit Devlin en se dirigeant vers la porte, suivi par un des soldats. Vous avez éveillé mon intérêt. Je suis impatient de découvrir ce qui se mijote. Servez-vous du Bushmills.

Il passa dans le vestibule, le sourire aux lèvres.

*

Morecambe est une station balnéaire de la côte du Lancashire, au sud de la région des Lacs, petite ville paisible qui, même en pleine saison de vacances, attire surtout des personnes âgées. Il ne s'y passe pas grand-chose. Une mauvaise langue a dit un jour qu'à Morecambe on n'enterre pas les morts : on les assoit simplement dans les abris des arrêts d'autobus pour mettre un peu d'animation dans les rues.

Frank Barry trouva l'endroit agréable. Peu de monde sur le front de mer, comme il fallait s'y attendre en novembre, mais il avait toujours aimé l'atmosphère des plages hors saison. Les cafés et les magasins étaient fermés pour l'hiver, les larges promenades demeuraient vides : il se dirigea vers la jetée, joyeux sans raison, et s'appuya au garde-fou, les poumons pleins de bon air salé. Le vent décorait de dentelles d'écume les eaux sombres de la baie de Morecambe. Vers le nord, à travers le brouillard, on distinguait les montagnes basses de la région des Lacs, comme une ombre bleutée sur l'horizon.

Il alluma une cigarette et attendit. Au bout d'un instant, il entendit des pas résonner sur les planches derrière lui. L'homme qui s'appuya au garde-fou, à sa droite, portait un imperméable sombre et un chapeau. Il devait avoir trente ans. Un visage jeune, intelligent. Ses lunettes cerclées de fer ne lui rendaient pas la vie facile sous la pluie battante.

Barry avait jeté ses lunettes et rincé la brillantine de ses cheveux au motel où il avait passé la nuit précédente. Il se retourna en souriant.

— Quel problème, les lunettes, par ce temps...

Le jeune homme hocha la tête, posa sa serviette et essuya ses verres avec un mouchoir.

— C'est bien vrai, monsieur Barry. J'ai essayé les verres de contact il y a quelques années. Malheureusement, je suis allergique.

Il parlait un anglais excellent, à peine une pointe d'accent.

— Vous m'avez apporté quelque chose ?

Le jeune homme montra la serviette à ses pieds.

— Tout ce dont vous avez besoin.

— Quelle chance ! dit Barry. On n'a pas souvent l'occasion d'obtenir tout ce qu'on veut dans la vie.

— J'ai un contact à Londres, qui vous permettra de me joindre en cas d'urgence, monsieur Barry. Mémorisez la note et détruisez-la, je vous prie.

Barry saisit la serviette en souriant.

— Mon petit, je faisais déjà ce métier quand vous étiez encore pendu au sein gauche de votre mère.

Il s'éloigna sur la jetée. Ses pas résonnaient sur les planches. Le jeune homme ne bougea pas. Il ne se détourna du garde-fou qu'au moment où il n'y eut plus aucun bruit.

*

Barry avait loué une voiture à l'aéroport de Manchester, une Ford Cortina. Il traversa Lancaster et s'engagea sur l'autoroute M6 en direction du nord, vers la région des Lacs, vingt minutes environ après avoir quitté l'homme du KGB sur la jetée de Morecambe. Il roula quinze à dix-huit kilomètres, puis s'arrêta sur une aire de repos, coupa le moteur et ouvrit la serviette.

Elle contenait, comme le lui avait indiqué le jeune homme, tout ce dont il aurait besoin. Son « contact » à un endroit nommé Marsh End, au sud de Ravenglass sur la côte du Cumberland, très bien situé par rapport au champ de tir de Wastwater. Des détails sur le rendez-vous nocturne du jeudi — ils avaient prévu un chalutier faisant partie de la flottille de pêche russe en Atlantique Nord. Et, bien entendu, le numéro du jeune homme à Londres. Plus intéressant encore, le pistolet muni d'un silencieux qu'il avait demandé était un Ceska tchèque de 7,5 mm. Il y avait aussi plusieurs chargeurs garnis de munitions et cinquante mille livres sterling en liasses impeccables : des billets de vingt livres.

— Parfait, murmura Barry en soupesant le Ceska.

Il le glissa dans la poche de son imperméable, referma la serviette, la posa sur le siège du passager à côté de lui, la liste dactylographiée par-dessus, et reprit la route. De temps à autre il jetait un coup d'œil à la liste et mémorisait les détails ligne par ligne. Une heure plus tard, à Levens Bridge, il quitta la M6 et s'arrêta dans un café. Il s'enferma dans les toilettes messieurs, alluma une cigarette et approcha de la liste la flamme du briquet. Quand la feuille fut réduite en cendres grises, il la laissa tomber dans la cuvette des toilettes et tira la chasse. Il ressortit, remonta dans sa voiture et prit la route de Broughton-in-Furness et de la côte du Cumberland. Il sifflait entre ses dents.

*

Kim ouvrit la porte du salon de Ferguson et fit entrer Tony Villiers et Liam Devlin. Ferguson se trouvait à son bureau, Harry Fox debout près de lui. Ferguson regarda les deux hommes par-dessus ses verres en demi-lune, puis il ôta ses lunettes d'un geste lent.

Tony Villiers avait posé sa veste de pêcheur sur ses épaules. Au-dessus, son bras gauche était en écharpe et son pansement faisait épaisseur. Il avait les traits tirés et la peau livide, marquée profondément par des rides de douleur malgré l'injection qu'on lui avait faite au secteur militaire de l'hôpital de Musgrave Park, à Belfast.

— Le professeur Devlin, mon général, comme convenu, dit-il.

— Eh bien, vieux salopard, lança Devlin d'une voix aimable. Vous m'avez envoyé un garçon courageux. Vous ne méritez pas des hommes comme celui-là.

Ferguson se leva.

— Vous devriez être à l'hôpital, capitaine Villiers. C'est un ordre. Harry, occupez-vous de lui. Prenez ma voiture.

Villiers chancela. Devlin, d'un geste prompt, le retint par la taille.

— Tout doux, petit. Tu en as fait plus qu'assez.

Villiers parvint à ébaucher un sourire.

— Sincèrement, professeur, vous me plaisez. Etant donné les circonstances, j'avoue que ça me fait mal de l'avouer.

— Vous n'êtes pas un mauvais bougre non plus, lui répondit Devlin. C'est l'uniforme qui me déplaît, non l'homme qui le porte.

Harry Fox entraîna Villiers par le coude.

— Venez, je vous prie.

Il ouvrit la porte. Villiers se retourna.

— Encore une chose, professeur. Vous auriez pu me tuer et vous ne l'avez pas fait. Pourquoi ?

— Vous tuer ? Quel horrible gaspillage, répondit Devlin, et soudain ses yeux bleus se voilèrent. N'a-t-on pas gaspillé suffisamment de vies ?

Villiers le fixa, les sourcils froncés. Devlin éclata de rire.

— File, petit. Disparais avant que je ne te corrompe tout à fait.

La porte se referma. Devlin dénoua la ceinture de son imperméable sombre et se retourna vers Ferguson.

— Eh bien, nous y voici...

— Nous y voici...

— N'y a-t-il pas un peu de thé dans la maison ? Le voyage a été pénible.

Ferguson sourit et appuya sur l'interphone.

— Du thé, Kim. Comme d'habitude pour moi et une deuxième théière, très fort, à l'irlandaise... c'est bien ça ? demanda-t-il à Devlin.

— Du moment que la petite cuillère tient debout dans la tasse...

Il prit une cigarette dans le coffret posé sur le bureau de Ferguson, l'alluma et alla s'affaler dans un des fauteuils près de la cheminée.

— La DI5 a l'air de bien vous soigner, hein ? dit-il.

La porte s'ouvrit. Kim entra avec le thé sur un plateau d'argent, suivi par Harry Fox.

— Je l'ai accompagné à la Bentley et j'ai demandé au chauffeur de le déposer à l'aile spéciale de Melbury House, mon général. J'ai téléphoné au colonel Jackson pour le prévenir de son arrivée.

— Bien. Et assurez-vous qu'il obtienne ce qu'il y a de mieux, répondit Ferguson.

Kim se retira et Devlin se servit une tasse de thé.

— Et qui est ce jeune homme ? dit-il.

— Mon assistant personnel, le capitaine Fox.

Les yeux de Devlin se posèrent sur la main gantée.

— Il ne doit pas beaucoup aimer les gens de mon bord, j'imagine.

— C'est un fait, répondit Fox.

— Parfait, jeune homme. Comme ça, nous savons à quoi nous en tenir.

Le silence se fit. Ferguson se leva, s'approcha de la fenêtre et regarda la place.

— Vous êtes en mauvaise posture, Devlin. Vous vous en rendez compte, n'est-ce pas ? Nous sommes en mesure de retenir contre vous des charges qui vous vaudront au moins vingt ans, sinon la détention à perpétuité. Est-ce que la cour d'assises vous tente ?

Devlin éclata de rire.

— Allez donc enseigner à votre grand-mère comment on gobe les œufs, mon général. Je ne suis pas dans le box des accusés, en cour d'assises ni ailleurs. Vous le savez, je le sais et le gosse, ici, le sait également s'il a un grain de bon sens. On m'a fait passer contre ma volonté d'un Etat souverain dans un autre, des soldats anglais m'ont kidnappé, m'ont fait franchir de force la frontière de la République d'Irlande pour me conduire en Ulster. Je sais que tout n'est pas au beau fixe entre nos deux merveilleux pays, mais si vous croyez que le conseil des ministres britannique a envie d'être éclaboussé de toute la merde que l'affaire va soulever, jusqu'aux Nations unies comprises, vous vous foutez le doigt dans l'œil jusque-là.

Il avait raison et Ferguson le savait. Harry Fox se tourna vers son supérieur.

— Son raisonnement tient bon, mon général. Nous ne pouvons rien lui faire faire contre sa volonté. S'il refuse de jouer le jeu, nous serons obligés de le renvoyer.

— C'est évident, Harry. Je le sais depuis le début, lui répondit Ferguson.

— Eh bien, lança Devlin. Entrons dans le vif du sujet.

— Depuis quand n'avez-vous pas vu Brosnan ? demanda Ferguson d'un ton calme.

— Martin ? Quatre ans.

— C'est exact. En février 1975 quand vous l'avez envoyé en Espagne. Depuis lors, il est devenu résident permanent d'un établissement très peu agréable du nom de La Hermosa, au large des côtes espagnoles. Vous êtes au courant ?

— Un petit coin d'enfer, m'a-t-on dit.

— Très juste, et il y est pour la vie. Un établissement qui se flatte, comme Alcatraz, de n'avoir jamais connu d'évasion...

— Et ensuite ?

— Si j'étais en mesure de le faire sortir ?

Le visage de Devlin se tendit.

— Comment ?

— Une sorte de marché avec les autorités espagnoles.

— Pour quelle raison ? Pourquoi vous donner tout ce mal ?

— Frank Barry.

Le visage de Devlin exprima une surprise totale.

— Frank Barry ? Mais que vient-il donc faire dans cette histoire, bon Dieu ?

— Si vous êtes capable de faire taire pendant un quart d'heure votre sale langue irlandaise, je vais vous l'apprendre.

*

Devlin arpentait la pièce, une cigarette collée au coin de ses lèvres.

— D'accord, dit-il enfin. Frank Barry est un beau salaud, un cinglé, je ne le nie pas. Je ne nie pas non plus que je méprise ce genre de bonhomme. Frank croit en ce que certains appellent la pureté de la violence — expression élégante qui signifie en fait le droit de tuer toute personne se présentant en travers de votre chemin. Quand cela inclut des femmes et des gosses innocents, je n'en suis plus. Mais c'est à vous qu'il en a, et c'est à vous de le crucifier. Non à Martin Brosnan et sûrement pas à moi.

— Frank Barry est en guerre contre le monde, monsieur Devlin, dit Harry Fox.

Devlin sourit.

— Vous avez de ces mots, capitaine ! N'auriez-vous pas un filet de sang irlandais dans les veines ?

— Réfléchissez, Devlin, lui lança Ferguson. Les activités de Barry n'ont jamais aidé votre cause, vous devez le reconnaître. Il a contribué mieux que personne à noircir l'image de votre mouvement, le temps qu'il y est resté — et c'était avant qu'il ne soit mêlé à l'affaire Mountbatten. Une des pires choses qui soient arrivées à l'IRA, en ce qui concerne l'opinion mondiale.

— Je vous l'accorde, répondit Devlin. Mais vous vous trompez sur un point : ce n'est plus ma cause.

Fox parut stupéfait.

— Vous ne le pensez pas !

— Oh, je suis encore partisan convaincu de l'unification de l'Irlande, mais pour moi personnellement, dix années ont suffi. Trop de morts, capitaine. Un charnier sanglant, et qu'avons-nous obtenu de valable en échange ? Franchement, je crois que vous trouverez Martin Brosnan dans le même état d'esprit.

— Faites-lui la proposition, dit Ferguson. Allez le voir, c'est tout ce que je vous demande.

— Dans la pratique, comment est-ce possible ?

Ferguson fit signe à Harry Fox, qui ouvrit un dossier. Il en sortit un passeport et le posa sur le bureau en face de Devlin. Le document était au nom de Charles Gorman et quand Devlin l'ouvrit sa propre image le dévisagea.

— Et qui serait ce Charles Gorman ?

— Un très respectable avocat. Bureau à Lincoln's Inn. Rendant visite à Brosnan pour discuter de problèmes juridiques liés aux affaires de la famille. Eventuellement présenter un recours en grâce.

Devlin secoua la tête, surpris.

— Vous voulez me faire croire qu'on m'attend là-bas ?

— Bien sûr. Mardi matin. Après-demain. Vous prendrez le bateau qui apporte les provisions à la prison dans le petit port de La Cala del Moro, non loin de la frontière française.

Devlin caressa le passeport du bout du doigt, le sourcil froncé.

— Organiser un rendez-vous comme celui-ci suppose une sacrée influence à Madrid... Même pour un homme dans votre position.

— En fait, non, répondit Ferguson. De bons contacts bien placés suffisent. Le gouvernement d'Adolfo Suarez a autant d'intérêt que le gouvernement anglais à mettre Frank Barry hors d'état de nuire. N'oubliez pas ses liens avec l'ETA. Nos amis des services secrets espagnols se sont montrés très coopératifs.

Devlin fit la grimace.

— A ce qu'on m'a dit, ils auraient pu rendre des points à Himmler et sa bande. Si je ne me trompe, ils aiment faire joujou avec l'électricité.

— Ma foi, nous n'avons pas le choix, n'est-ce pas ?

— Et vos amis espagnols pourront libérer Martin, vous en êtes certain ?

— Pas du tout, répliqua Ferguson en secouant la tête. Cela nécessitera des négociations délicates au plus haut niveau. Non, pour l'instant, la seule chose que j'attends de vous, c'est de voir Brosnan et de lui demander son accord de principe.

— Sur quelles bases ? La liberté s'il accepte de pourchasser Frank Barry et de jouer pour votre compte le rôle d'exécuteur public ?

— Pourquoi pas ? C'est un marché assez simple. Croyez-vous qu'il ait envie de passer le reste de sa vie dans une cellule de La Hermosa ?

Devlin secoua la tête.

— Je n'en sais rien. Pour commencer, vous vous trompez si vous croyez que Frank Barry va l'accueillir à bras ouverts. Ils ne se sont jamais entendus. Martin l'a toujours considéré comme un boucher et ne le lui a pas caché. D'un autre côté, Martin est un homme complexe. Le tueur a fait surface en lui au moment du Vietnam, c'est un de ses instincts et il n'y peut rien, mais dans sa tête, c'est un philosophe, un érudit et un poète de grande qualité. On ne peut jamais dire dans quelle direction il va bondir.

— Vous voulez dire qu'il a besoin d'être en colère pour agir ? dit Ferguson. Je crois que vous pouvez vous occuper de cela également.

Il fit un signe de tête à Fox qui prit une photo dans le dossier et la tendit à Devlin.

La jeune fille du cliché était assise dans les dunes, au milieu d'herbes hautes. Elle tenait ses genoux dans ses mains, le visage en avant, et elle riait. Elle n'avait guère que dix-sept ans. Ses cheveux noirs tombaient sur ses épaules et son visage semblait d'une étrange beauté. Quand il posa les yeux sur la photo, Devlin devint très pâle.

— Vous la reconnaissez ? demanda Ferguson.

— Oui, murmura Devlin. Norah Cassidy. La cousine de Martin. Une brave gosse de Belfast.

— Et que lui est-il arrivé ?

— Elle est morte il y a un an, je crois. En France.

Devlin passa la main sur son visage puis se figea.

— En France. reprit-il. Où voulez-vous en venir, Ferguson ?

— Elle est allée étudier le français à la Sorbonne en 1976. Comme il fallait s'y attendre étant donné ses opinions politiques, elle s'est liée à plusieurs mouvements d'extrême gauche à l'université. Ensuite, Frank Barry a fait son apparition.

— Barry ? Barry et Norah ? Je n'en crois rien, lança Devlin.

— Elle a été sa maîtresse pendant plus d'un an, mais Belfast avait laissé sa marque. Comme beaucoup de jeunes femmes de l'Ulster, elle était sous tranquillisants depuis des années. Dans la compagnie de Barry, elle a essayé des drogues plus fortes. Elle a fini par l'héroïne. Bientôt, elle en est devenue esclave, ce qui convenait parfaitement à Barry car elle dépendait de plus en plus de lui. Il y a un an, la police a failli attraper Barry dans une ferme en Normandie. Il s'en est tiré de justesse, mais il a laissé tomber Norah.

— Le salaud, murmura Devlin.

— Ce que vous allez voir maintenant n'est pas joli-joli, mais je crois que c'est nécessaire.

Ferguson fit un signe de tête à Harry Fox.

Il y avait un appareil de télévision dans un coin de la pièce et un lecteur de cassettes vidéo. Fox le mit en marche.

— J'ai obtenu ce document par l'intermédiaire du colonel Guyon, du SDECE. Comme je vous l'ai dit, ce n'est pas beau à voir, mais c'est la réalité.

La cassette se déroula pendant un instant, puis l'image apparut. Le visage de Norah Cassidy emplit l'écran. Un visage ravagé, hagard, qui ne ressemblait guère à la fille souriante de la photographie. Elle pleurait, au comble du désespoir. La caméra s'éloigna : deux infirmières maintenaient Norah. L'une d'elles remonta la manche de la chemise d'hôpital et la caméra se rapprocha pour montrer des douzaines de piqûres sur son bras. La plupart étaient des plaies purulentes.

Nouveau décor. Norah était alitée : un lit étroit dans une chambre blanche. Des courroies en travers du lit pour l'empêcher de se débattre trop violemment. Brusquement, un gros plan du visage, en repos absolu, détendu, en paix. Seulement, elle ne dormait pas. Elle était morte. La caméra recula, révélant la table d'acier de la morgue où elle gisait, nue, la tête sur un socle de bois. Le médecin légiste se pencha au-dessus d'elle avec un scalpel.

— Ça suffit, Harry, dit Ferguson. Inutile de prolonger le calvaire.

Fox se hâta de couper la vidéo. Devlin, les larmes aux yeux, se détourna vers la fenêtre. Il avait les épaules voûtées.

— Je vais avoir mal au cœur, lança-t-il à mi-voix. Où sont les toilettes ?

— Cette porte, lui dit Ferguson.

D'un bond, Harry Fox alla la lui ouvrir.

Devlin sortit et Fox retira la cassette de l'appareil. Il la posa doucement sur le bureau de Ferguson.

— Voulez-vous que je vous dise, mon général ? s'écria-t-il d'une voix qui tremblait. Tout compte fait, j'aime encore mieux Belfast.

— Je sais, Harry, je sais. C'est du sale boulot. Avec les

années, vous en prendrez davantage conscience. Mais il faut que quelqu'un le fasse.

La porte s'ouvrit et Devlin revint. Il se dirigea vers la desserte et se servit une large rasade de scotch.

— Martin Brosnan aimait cette fille comme une sœur. Vous le saviez, n'est-ce pas ? En août 1969 à Falls Road, elle nous apportait des munitions en plein combat. Elle devait avoir douze ans à l'époque.

— Vous irez le voir ?

— Oh oui, répondit Devlin à voix basse. Sans hésiter.

— Bien. Vous pouvez téléphoner d'ici à Trinity College pour prévenir de votre absence. Dites-leur que vous prenez un congé, n'importe quoi, ce que vous voudrez. Vous pourrez passer la nuit à l'appartement de Harry. Vous prendrez l'avion pour Barcelone demain. Vous recevrez des papiers, de l'argent, tout ce qu'il vous faudra. Je vous donne deux jours. J'attendrai votre appel.

— C'est bon pour moi.

— Nous pensons que le contact russe de Barry à Paris est un nommé Nikolaï Romanov. En principe attaché culturel à l'ambassade soviétique, en fait colonel du KGB. Voici l'adresse de son appartement du quartier Saint-Germain à Paris, et de sa maison de campagne à Neuvy. Ainsi qu'une photo de l'homme.

Devlin examina le cliché, les sourcils froncés.

— Les services de renseignement français doivent être au courant ?

— Bien entendu.

— Pourquoi n'agissent-ils pas ?

— Officiellement, il est diplomate. Ils doivent donc le prendre la main dans le sac. Et nous avons de bonnes raisons de croire que le KGB a des hommes bien en place au sein du SDECE. Je suis sûr que Romanov a également des amis à Londres... Voici un autre élément qui pourra vous aider, ajouta Ferguson en tendant la vieille photo de *Paris-Match* représentant Devlin, Brosnan et Frank Barry. Vous vous souvenez de la jeune femme qui a pris ce cliché ?

— Anne-Marie Audin, répondit Devlin en étudiant la photo. 1971. Les journalistes pullulaient à Belfast à l'époque. Chacun voulait son article. L'interview secrète des héros valeureux de l'IRA. Et cette fille les a tous coiffés sur le poteau.

— Mais c'était normal, non ? Après tout, elle avait connu Brosnan au Vietnam. Il lui suffisait de signaler sa présence à Belfast. Elle se doutait bien qu'il la contacterait.

— Exact, répondit Devlin. Elle est restée avec nous une semaine. Elle en a drôlement bavé, mais quel article !

— Elle est allée le voir deux fois à Dublin, précisa Ferguson. Ils se sont rencontrés à Paris par la suite, au moins une fois. L'intérêt journalistique n'était pas seul en cause, je pense.

— C'est leur affaire...

— Ma foi, elle a trente-trois ans et elle n'est pas encore mariée. Elle se trouve à Londres ce week-end, figurez-vous, pour le compte de l'édition française de *Vogue*. N'auriez-vous pas intérêt à la voir ? Il est peu probable qu'elle lance la police à vos trousses.

— Jamais de la vie ! acquiesça Devlin.

Il se rappelait les journées exaltantes de 1971, les marches de nuit dans la campagne d'Armagh, les barrages routiers de l'armée que l'on forçait tandis que les balles crépitaient sur la carrosserie de la voiture. Il avait plaqué Anne-Marie contre le plancher de la Morris et l'avait protégée de son corps.

— Organisez le rendez-vous, Harry, demanda Ferguson à Fox en poussant le téléphone vers Devlin. Il ne vous reste qu'à présenter vos excuses à l'université de Dublin.

Devlin prit l'appareil mais ne décrocha pas.

— Vous connaissez le vieux dicton irlandais ? « Quand on touche une fois le diable, on ne peut plus le lâcher. »

— Intéressant, répondit Ferguson. Et qu'est-ce que cela signifie au juste ?

— Oh, vous le savez très bien. Vous, moi, votre jeune ami, ici, Martin dans sa cellule, Frank Barry... Aucun de nous ne peut « lâcher ». Le diable nous tient dans ses griffes, n'est-ce pas ? Impossible de faire marche arrière. Nous ne sommes que des croque-morts aux mains tachées de sang, toujours en train de préparer le cercueil d'un pauvre bougre qui nous gêne.

Il décrocha et composa le numéro.

— L'ennui, vous comprenez, c'est que nous ne jouons plus la partie. La partie nous utilise — et se joue de nous.

CINQ

Le grenadier de la Garde, en bonnet de hussard noir et tunique rouge, se tenait à son poste devant le palais de St. James, au garde-à-vous, l'arme à l'épaule, les yeux fixés sur l'horizon pour essayer de ne pas voir la jeune cover-girl en pantalon de soie blanche et chaussures à talons dorées qui prenait des poses à moins d'un mètre de lui.

C'était d'un ridicule consommé. Il pleuvait et le parfum de la fille lui chatouillait les narines, si bien qu'il devait retenir son souffle pour ne pas bouger.

Il y avait un chef électricien, un assistant photographe, une costumière avec deux assistantes, trois autres cover-girls (en train de se changer dans une grande caravane) et une foule de curieux, figés pour regarder Anne-Marie dans ses œuvres.

Elle portait des bottes marron montant jusqu'au genou et une tenue de para kaki comme on en trouve chez tous les marchands de surplus militaires. Des cheveux longs — une queue de cheval. Son visage était très hâlé et pour tout maquillage, elle n'avait qu'un rouge à lèvres assez pâle.

Fox rangea la voiture le long du trottoir et suivit Devlin vers l'attroupement. Ils contournèrent la caravane.

— A-t-elle beaucoup changé ?

L'Irlandais secoua la tête.

— Féministe convaincue, mais une brave fille, dit-il. Elle m'arracherait les yeux si elle m'entendait.

— Brosnan et elle ?... demanda Fox à mi-voix.

— Oh oui, répondit Devlin en continuant de regarder la

photographe opérer. Ils s'aimaient, mais je ne me serais pas risqué à le dire à ce vieux bougre, non !... Dites-moi, capitaine Fox, quand êtes-vous né ? Fin mars-début avril, je pense ?

— Comment le savez-vous ? s'écria Fox, surpris. Le 7 avril, oui.

— Je ne me trompais pas. Un Bélier. Le signe du médecin. Surprenant de rencontrer un guérisseur comme vous dans la peau d'un soldat. Prenez Ferguson, c'est un Scorpion, à n'en pas douter. D'après mon traité favori d'astrologie, publié au XVIIIe siècle, je le précise, c'est un amateur de meurtre et de vol, un intrigant, un individu parjure, obscène, grossier et inhumain. Ne reconnaissez-vous pas ses traits les plus attachants ?

Il leva la main et ajouta aussitôt :

— Je vous dispense de répondre.

Anne-Marie se tourna vers son assistant.

— Très bien, dit-elle en français. Allons au parc, maintenant. Ensuite, Buckingham Palace.

Ses yeux glissèrent sur Devlin. Puis elle se figea et revint lentement en arrière.

— Bonjour, jeune fille, dit-il en irlandais. Vous faites toujours du bon travail, je vois.

Anne-Marie devint blême sous son hâle. Il lui prit les deux mains et les porta à ses lèvres.

*

Malgré la pluie, Devlin et Anne-Marie s'assirent sur un banc du parc St. James. Non loin, les assistants de la photographe préparaient les prises de vue suivantes, près du lac.

Le français de Devlin était excellent ; il parlait vite et couramment, mais avec un accent affreux.

— Vous avez l'air en forme, dit-il à la jeune femme.

— Vous aussi, Liam. Encore dans votre Cause jusqu'aux yeux ? Je croyais que Londres restait un territoire dangereux pour vous.

— De l'histoire ancienne. Plus de « Cause » pour moi. Je vieillis, ma chère.

— Tu parles ! lança-t-elle en lui ébouriffant les cheveux.

Il lui tendit son vieil étui à cigarettes d'argent tout bossele. Elle secoua la tête. Il en prit une pour lui.

— Photographe de mode ? dit-il en regardant les assistants s'affairer, du côté du lac. N'est-ce pas déchoir pour le plus célèbre des correspondants de guerre français ? L'héroïne qui a remporté le prix Pulitzer ?

— Voici le professeur qui parle ! Ne soyez donc pas si snob, Liam. C'est le meilleur magazine de mode du monde, et je donne toujours le meilleur de moi-même. Vous devriez le savoir. Tout art qui connaît un grand succès populaire présente davantage d'intérêt que la plupart des critiques sont prêts à l'admettre. Quoi qu'il en soit, ce n'est pas la seule raison de ma présence ici. Dans la soirée, je dois faire un reportage pour la télévision française sur les clochards de Londres.

— J'aurais dû m'en douter, dit-il avec un sourire malin. Toujours pour la cause des femmes ? Et toujours célibataire à trente-cinq ans ?

— Trente-trois ! s'écria-t-elle furieuse, en lui lançant un coup de poing sur l'épaule.

— Mais sans mari, et nous savons tous les deux pourquoi.

Elle le fixa, le visage tendu, puis se tourna vers le lac.

— Vous l'avez vu récemment ? demanda Devlin à mi-voix.

— La dernière fois que j'ai essayé, c'était il y a trois ans. J'ai de bons amis haut placés à Madrid. J'ai obtenu la permission et je me suis rendue à La Hermosa. Il a refusé de me voir. Il m'a envoyé une lettre ensuite — sa dernière lettre — pour me demander de le considérer comme mort.

— Et ?

Elle esquissa un sourire amer.

— J'ai pris quelques bonnes photos de la forteresse, Liam. C'est un endroit affreux.

— Je m'en doute. Je vais le voir mardi. J'espère que ce sera une rencontre positive.

Elle se retourna brusquement.

— Vous allez voir Martin ? Vous ? Mais comment est-ce possible ?

Elle lança un coup d'œil à Fox qui s'abritait de la pluie sous un arbre.

— Qui est cet homme, Liam ? A quel jeu jouez-vous à présent ?

Il le lui expliqua, en quelques phrases précises, sans rien lui dissimuler. Quand il eut terminé, elle le fixa, stupéfaite.

— C'est incroyable. Insensé.

— Une chance de le sortir de là. Vous préféreriez qu'il passe le reste de sa vie sur ce rocher ?

— Non, bien sûr. Non... Je ferais n'importe quoi... N'importe quoi pour le voir libre, dit-elle d'une voix âpre. Pas pour moi, Liam, pas par amour. Pour lui.

Les doigts de la jeune femme se crispèrent sur le bras de Devlin.

— Je le sais, je le sais bien, dit-il d'un ton apaisant.

Une voix appela Anne-Marie. Son assistant, près du lac, lui faisait de grands signes.

— Je dois y aller... Ecoutez, il faut que je vous revoie.

— Je pars pour Barcelone demain matin.

— Ce soir à neuf heures. Je serai en train de faire le reportage dont je vous ai parlé. Dans une des cantines populaires qui donnent à manger aux sans-logis. Du côté sud de Lincoln's Inn Fields... Venez, Liam, je vous en prie, ajouta-t-elle d'une voix pressante.

Il lui prit la main.

— On a toujours du mal à vous dire non.

Elle l'embrassa sur la joue et descendit vers le lac.

*

Frank Barry arriva à Marsh End en début de soirée. En soi, Marsh End ne représentait pas grand-chose. Quelques fermes dispersées près de la route, abandonnées pour la plupart. L'endroit qu'il cherchait se trouvait à un peu moins de deux kilomètres, de l'autre côté du hameau. Des grilles ouvertes, une allée de gravier sous les hêtres, entre deux rangées de rhododendrons ; au-delà une maison de pierre grise. Une pancarte sur la grille précisait en lettres d'or : *Henry Salter — Pompes funèbres — Crématorium.*

Barry remonta l'allée et gara la Cortina devant le perron.

Quand il descendit, une jeune fille sortit de la grange, sur la droite, et s'arrêta pour le regarder. Elle portait des bottes de caoutchouc, un vieil imperméable et un foulard. Elle tenait un seau dans chaque main. De son visage serein irradiait, dans la lumière du couchant, une sorte de beauté insolite.

— M. Salter est là ? demanda Barry.

Elle répondit avec l'accent particulier du Cumberland, mais il y avait quelque chose de mort dans sa voix.

— Je vais voir, monsieur. Il n'y a personne d'autre le dimanche. Qui dois-je annoncer ?

— Je m'appelle Sinclair, répondit Barry d'un ton léger. Maurice Sinclair. Il m'attend, vous verrez.

— Je reviens de suite.

Elle monta les marches du perron et Barry la suivit.

*

Tout était silencieux dans la salle d'embaumement. Harry Salter travaillait seul, son tablier de caoutchouc taché de sang. Le cadavre sur lequel il opérait était celui d'une jeune femme. Il s'apprêtait à lui ôter les viscères. La porte s'ouvrit et la jeune fille entra. Elle avait ôté son foulard, révélant des cheveux bruns mal coiffés. Sa vieille robe de coton, beaucoup trop petite, craquait aux coutures.

— Je vous ai déjà demandé de ne jamais me déranger quand je travaille, Jenny, lança Salter.

— Un monsieur veut vous voir. Un certain M. Sinclair. Il attend dans le vestibule.

Salter s'arrêta et se tourna brusquement vers elle.

— Ah oui ! M. Sinclair. Il passera la nuit ici, Jenny. Vous vous assurerez que la chambre d'amis est en ordre, puis vous lui préparerez à dîner.

— Oui, monsieur, répondit-elle de sa voix curieusement éteinte, en regardant le cadavre sur la table. Elle était très belle, murmura-t-elle.

— Je sais, Jenny, mais nous finirons tous ainsi. Soyez gentille, mon enfant. Dépêchez-vous.

Elle sortit. Salter souleva le corps et le plongea dans une

grande baignoire de pierre remplie de formol. Le cadavre se mit à flotter entre deux eaux, à cinq ou six centimètres du fond, cheveux étalés en éventail autour du crâne. Il ôta son tablier et ses gants de caoutchouc, puis passa dans la petite salle de bains attenante et commença sa toilette.

Il enfila une veste noire d'alpaga et redressa sa cravate noire. Ses cheveux gris acier, son visage maigre et ses lunettes sans monture lui donnaient l'allure exacte que le monde est en droit d'attendre d'un croque-mort. La mort est une affaire sérieuse, et personne n'en était davantage conscient que Salter lui-même. Il y avait peu de points communs entre le visage grave et respectable qui le regardait dans le miroir et le cambrioleur à la manque qui avait fait dans sa jeunesse trois séjours en prison avant d'affronter dans une autre voie les réalités de la vie et de la mort.

Tout en longeant le corridor, il se demanda qui pouvait être ce Sinclair. On lui avait fait une proposition impossible à refuser. Les dix mille livres tombaient vraiment à point. Il venait de faire installer dans son crématorium, la semaine précédente, le nouvel incinérateur qui pouvait consumer un cadavre en quinze minutes. Pas comme l'ancien, si inefficace qu'il fallait écraser ensuite le crâne et les os du pubis.

L'autre raison pour laquelle il n'aurait pas pu refuser ce travail, même s'il en avait eu envie, était liée à l'origine de la requête : des gens importants du « milieu » de Londres, avec qui il avait souvent traité des affaires. Aux environs de Marsh End, la côte est un labyrinthe désert de petits cours d'eau et de marécages, un endroit idéal pour une sortie ou un retour rapide en mer, pendant la nuit, et Salter avait servi d'intermédiaire pour plus d'une livraison de drogue à destination de la capitale. Quand on a trempé une fois dans ce genre de chose, on ne peut plus jamais refuser par la suite.

Il descendit l'escalier et trouva Frank Barry debout près du bureau de réception.

— Monsieur Sinclair ? dit-il en lui tendant la main. Henry Salter... Passons dans mon salon privé. Beaucoup plus confortable.

Barry le suivit dans un corridor étroit. Salter ouvrit une porte donnant dans une pièce envahie de meubles de l'époque victorienne. Les murs étaient tendus de damas vert foncé sur lequel se détachaient des tentures de velours rouge fanées. Salter attisa le feu avec un tisonnier de cuivre.

— Un verre, monsieur Sinclair ?

— Pas encore, dit Barry. Les affaires d'abord.

Il sortit le Ceska de sa poche et le posa sur la table. Salter passa la langue sur ses lèvres, nerveux soudain. Barry ouvrit sa serviette. Il prit plusieurs liasses de billets de vingt livres et les poussa vers le croque-mort.

— Cinq mille. L'autre moitié quand ce sera fini. Satisfait ?

— C'est parfait, monsieur Sinclair.

Salter ramassa l'argent d'un geste et le glissa dans un tiroir.

— Maintenant, ce que j'ai réclamé. Vous avez tout ?

— Vous pourrez voir le bateau demain matin. Il est amarré dans l'estuaire non loin d'ici. J'ai pensé que vous aimeriez passer la nuit chez moi.

— Autre chose à m'offrir ?

— Une petite ferme au fond de la vallée, à six kilomètres d'ici. Les deux hommes que l'on m'a demandé de recruter sont arrivés cet après-midi. Ils sont là-haut en ce moment.

— D'où sortent-ils ?

— Des bas-fonds de Liverpool. Condamnés pour vol à main armée, vous voyez le genre. Des brutes.

— Exactement ce qu'il me faut, répondit Barry. Je les verrai demain. Et le matériel ?

— On m'a livré deux valises ce matin très tôt.

— Qui vous les a livrées ?

— Je n'en ai pas la moindre idée. Un jeune homme en imperméable sombre, le chapeau vissé sur la tête. Je ne l'avais jamais vu.

Barry sourit et Salter fit observer :

— Vos hommes semblent extrêmement efficaces, monsieur Sinclair.

— Pourquoi ne le seraient-ils pas ? Jetons donc un coup d'œil à ces valises.

Salter ouvrit un placard près de la cheminee. Il s'agissait de deux bonnes valises de cuir, pourvues de serrures à combinaison dont Barry avait mémorisé les chiffres sur sa liste.

Il aligna rapidement les chiffres qu'il fallait et ouvrit la première valise. Elle contenait deux pistolets-mitrailleurs Sterling, deux revolvers Smith and Wesson réglementaires de l'armée britannique, un automatique Browning et plusieurs grenades à gaz. Les yeux de Salter s'agrandirent. Barry referma la valise, brouilla la combinaison et ouvrit la deuxième : des uniformes « léopard » de l'armée, plusieurs bérets de parachutiste bleu foncé et des ceinturons à boucle de cuivre.

— Puis-je vous demander de quoi il s'agit, monsieur Sinclair ? lança Salter, de plus en plus nerveux. L'affaire paraît bien grosse pour un homme comme moi.

— C'est pour cela que vous êtes bien payé, lui répondit Barry en refermant la deuxième valise. Prenons donc un verre, à présent.

Au même instant, on frappa à la porte et Jenny entra avec un plateau.

— Je vous ai déjà demandé de ne pas me déranger, s'écria Salter, furieux.

— J'ai pensé que vous auriez envie de thé, le monsieur et vous, monsieur Salter.

Elle regarda Barry. A la lumière de la pièce et sans son foulard, il se rendit compte qu'elle était tout à fait quelconque : des pommettes hautes, le teint mat, des lèvres pleines.

— Merci, petite. Dépêchez-vous d'aller préparer le dîner de M. Sinclair.

Elle sortit. Frank Barry ne toucha pas au thé. Il se dirigea vers la desserte et se servit un scotch.

— Elle a toute sa tête ? demanda-t-il.

Salter se versa une tasse de thé.

— Oh oui. Un peu simplette, c'est tout. Elle vivait à la ferme dont je vous ai parlé, au fond de la vallée, avec son père, un vieil ivrogne. Une nuit, il a lancé sa voiture contre un mur et il s'est tué. Elle serait restée sans ressources si je ne l'avais pas recueillie. J'ai acheté la ferme.

— Philanthrope, dit Barry. Je l'aurais juré !

— Mais elle ne semble jamais s'animer, vivre vraiment, répondit Salter. Sa chair a... un côté mort. Elle ne réagit jamais.

On eût dit qu'il parlait à lui-même. Il leva les yeux.

— Vous me comprenez ?

— Oh oui, répliqua Barry écœuré. Je crois.

Salter avala très vite le reste de son thé.

— Si vous voulez bien m'excuser, j'ai un travail à terminer. Un enterrement demain après-midi, ça ne peut pas attendre. Jenny s'occupera de vous.

Il sortit. Barry termina son scotch. Le silence de la pièce n'était troublé que par une pendule ancienne, dans l'angle. Tout avait une odeur indéfinissable de moisissure, on se croyait dans une vieille pièce demeurée fermée pendant des années. Cela correspondait bien à l'accumulation de meubles et à la nature de l'établissement.

Quand il ouvrit la porte, l'odeur de cuisine parvint jusqu'à lui et il suivit le fumet le long du couloir jusqu'à une vieille cuisine pavée de dalles de pierre usées. La fille, debout devant la cuisinière, remuait quelque chose dans une casserole avec une cuillère de bois. Elle regarda Barry par-dessus son épaule.

— C'est presque prêt, dit-elle de sa voix morte.

Elle posa la cuillère et frotta ses deux mains à plat sur ses cuisses.

— Je vais dans la grange chercher encore du bois pour le feu, dit-elle.

Elle prit une grosse lampe-torche sous l'évier et se dirigea vers la porte. Barry y arriva avant elle et l'ouvrit.

— Je vous accompagne. Vous aurez besoin d'aide, non ?

Elle le regarda sans comprendre, puis lui tendit la lampe.

— C'est de l'autre côté de la cour, dit-elle.

Le sol était inégal et Barry avança avec précaution, en jurant chaque fois qu'il posait le pied au milieu d'une flaque. Quand la fille ouvrit la porte de la grange, il distingua plusieurs véhicules dans l'ombre. Un corbillard noir, une grande limousine noire, une fourgonnette et une Land-Rover.

Le tas de bois se trouvait d'un côté, sous une galerie pleine de foin.

— Par ici, monsieur Sinclair, dit-elle.

Pendant un instant, à la lumière de la torche, elle parut aussi belle qu'au moment de leur première rencontre, au coucher du soleil.

Elle se pencha sur le tas de bois, un genou en avant de sorte que sa vieille robe de coton se tendit sur ses cuisses. Barry avança la main et ses doigts glissèrent sur le tissu lisse. Elle regarda par-dessus son épaule — et il y avait une flamme, quoi qu'en eût pensé Salter, dans son regard...

Barry lui rendit la torche en souriant.

— Tenez ça, je vais porter le bois.

Elle attendit, le visage dans l'ombre au-dessus du rayon de la torche. Il prit une demi-douzaine de bûches sous son bras et passa devant.

*

Comme toutes les grandes villes du monde, Londres a son contingent de marginaux et d'épaves incapables de pourvoir à leurs besoins, et qui dorment à la dure parce qu'ils ne peuvent pas faire autrement.

Quand Devlin et Harry Fox arrivèrent à Lincoln's Inn Fields, juste avant neuf heures, la cantine mobile de l'Armée du Salut était déjà en place et l'équipe française d'Anne-Marie Audin avait préparé le matériel. Fox gara la voiture et se dirigea avec Devlin vers l'endroit où Anne-Marie, emmitouflée dans une longue veste de chèvre de Mongolie, bavardait avec une femme à l'air enjoué qui portait l'uniforme de major de l'Armée du Salut. Apercevant Devlin et Fox elle s'avança à leur rencontre.

— Il est temps de vous présenter, dit Devlin, Harry Fox.

— Enchanté, mademoiselle Audin.

— Que faites-vous donc? demanda Devlin. Ce sont des caméras de cinéma.

— De télévision, répondit-elle. Je réalise un documentaire sur les bas-fonds de Londres pour la télévision française.

Elle montra les silhouettes qui se rassemblaient en désordre sous les platanes.

— Des hommes sans espoir, dit-elle. Parfois des femmes. Des chômeurs, des alcooliques, des inadaptés à la société ou d'anciens taulards. Quand les asiles sont pleins, ceux qui n'ont pas pu y trouver un lit dorment à la dure. La soupe et le sandwich qu'on leur donne ici constituent sans doute leur unique repas de la journée.

Ils regardèrent pendant un moment les employés de la cantine servir le groupe humain le plus misérable que Harry Fox eût jamais vu de sa vie.

— C'est horrible, dit-il. Je ne me rendais pas compte.

— Certains dorment sur les grilles au coin de l'avenue, derrière l'hôtel, réchauffés par la vapeur de la buanderie et des chaudières. Les autres s'enveloppent dans de vieux journaux et se blottissent les uns contre les autres sous le kiosque à musique du jardin public, là-bas. Ils y sont au sec...

— Qu'essayez-vous de démontrer ? demanda Devlin. Que vous avez pitié ? Je le sais déjà...

Anne-Marie ne répondit pas.

— Pourquoi m'avez-vous demandé de venir ? ajouta l'Irlandais.

— Je veux partir avec vous, répondit-elle. Demain matin. A Barcelone. Si vous demandez à Martin de me voir, il risque d'accepter.

— Et ceci ? demanda Devlin en regardant autour de lui.

— Oh, je tournerai tout ce dont j'ai besoin ce soir. De toute façon, je comptais rentrer à Paris mardi.

Devlin se tourna vers Fox.

— Elle sera peut-être très utile.

— D'accord, mademoiselle Audin. Nous vous retrouverons à Heathrow demain matin. Pas plus tard que dix heures, je vous prie. Je m'occuperai de votre billet. Nous vous verrons dans le salon d'attente des lignes internationales.

— Très bien.

Elle embrassa Devlin sur chaque joue, l'air grave.

— Merci, Liam. Il faut que j'aille travailler.

Elle se dirigea vers les caméras. En tête de la queue de la cantine, quelqu'un se mit à vomir.

— Mon Dieu ! s'écria Devlin. C'est la seule chose au monde que je ne peux pas supporter. Filons d'ici.

Ils se dirigèrent vers la voiture d'un pas vif.

*

Salter précéda Barry dans un escalier étroit recouvert de linoléum bon marché. Le palier était tout en longueur. Il ouvrit la porte du fond et alluma la lumière. Barry le suivit avec les deux valises, qu'il posa par terre. Il y avait un lit de cuivre pour deux personnes, une armoire, une coiffeuse en acajou et une table de toilette à dessus de marbre.

— Vous serez à l'abri de tout, ici, lui dit Salter. L'escalier de service est très commode. Je suis à l'avant de la maison, il n'y aura à l'arrière que Jenny et vous.

Il esquissa un sourire.

— Je vous accompagnerai demain matin. Nous irons d'abord voir le bateau, puis nous monterons à la ferme, où sont les autres.

Il recula et referma la porte. Barry ôta sa veste et la posa sur le dossier d'une chaise. Il se regarda, sourcils froncés, dans le miroir brisé au-dessus de la table de toilette. Il se passait quelque chose d'étrange. C'était manifeste dans le silence de la fille, dans le regard fuyant de Salter.

— La plus belle planche pourrie que j'aie jamais vue, dit Barry à mi-voix en allant fermer la porte à clé.

Il se déshabilla, se mit au lit, ne laissa qu'une lampe de chevet allumée et s'adossa aux oreillers, une cigarette aux lèvres. Le travail qu'il avait à faire semblait vraiment très simple. Arrêter le camion, mettre les Allemands et leur escorte hors de combat, venir à Marsh End avec le lance-roquettes, le charger sur le bateau fourni par Salter et prendre la mer pour le rendez-vous avec le chalutier russe un peu plus tard dans la nuit. Absurdement simple. Tellement simple que quelque chose allait dérailler, c'était forcé.

Il alluma une autre cigarette. Presque au même instant, le bouton de la porte tourna lentement. Il prit le Ceska, traversa la pièce d'un bond silencieux et tourna la clé. Il entrouvrit la porte : Jenny s'éloignait dans le couloir — pieds nus, en chemise de nuit de coton blanc, un châle sur les épaules.

Elle se retourna et lui lança un regard soumis. Ses yeux se

posèrent sur le revolver qu'il avait à la main, mais elle ne réagit pas. Il fit un pas de côté. Elle passa devant lui, entra dans la chambre et s'allongea sur le lit sans un mot, les yeux au plafond, les mains croisées sur le châle. Barry referma la porte à clé, posa le Ceska à portée de sa main et s'allongea près d'elle.

La violence du désir qu'il éprouva soudain le surprit. Quand il l'embrassa, il tremblait comme un collégien. Il ne suscita aucune réaction. Aucune réaction non plus lorsque ses mains se mirent à errer librement sur le corps de la jeune paysanne, remontant la chemise au-dessus des cuisses.

Elle demeura d'une passivité totale, lui permettant de faire tout ce qu'il désirait mais sans le moindre geste. Les yeux grands ouverts, elle fixait le plafond... Mais déjà, il n'y songeait plus : il avait besoin d'elle comme il n'avait désiré aucune femme depuis des années.

Ensuite, il roula sur le côté, épuisé, et prit une cigarette. Elle resta allongée encore un instant puis se leva sans un mot, ouvrit la porte et s'en alla.

Barry demeura immobile, la cigarette aux lèvres, le regard perdu. C'était fou. Cela n'avait aucun sens. Depuis combien de temps n'avait-il pas désiré une femme avec autant d'intensité ? Une éternité. Il ferma les yeux et songea à Norah Cassidy.

SIX

La marée montante gargouillait dans les trous de crabe et recouvrait les bancs de vase d'une couche d'eau brillante qui glissait entre les marguerites de marécage. Quelque part un courlis cria, solitaire dans un monde sombre.

Barry et la fille suivirent une levée de terre étroite recouverte de pierres puis un sentier courant à travers les herbes et les roseaux sauvages du marais, qui poussaient à hauteur d'épaule. Plus loin, la masse de végétation s'étendait sans interruption jusqu'à la mer, de chaque côté de l'estuaire. Le vent faisait ondoyer cette étrange prairie, qui répondait à sa caresse par une sorte de sifflement angoissant.

— On a l'impression que des yeux vous observent derrière chaque touffe, dit Barry.

— Les esprits des morts, répondit-elle. Mon père m'a raconté que les Romains sont venus ici, il y a deux mille ans. Ravenglass, au nord, était déjà un port à l'époque.

Elle se figea un instant, silhouette étrange, d'un autre temps avec son fichu sur la tête et son vieil imperméable. Elle frissonnait.

— Je n'aime pas ce coin. Il me fait peur. Personne n'y vient de gaieté de cœur — les gens d'ici, je veux dire, ajouta-t-elle de sa voix morte, pareille à celle du chœur d'une tragédie grecque.

— Parfait, répondit Barry. Cela me convient à merveille.

Elle reprit sa marche et il la suivit. Quelques instants plus tard, ils parvinrent à une minuscule crique. Une jetée de bois à moitié pourrie s'avançait dans l'eau sur des piliers branlants. A la vive surprise de Barry, il n'y avait pas un bateau amarré, mais deux.

Le premier avait beaucoup de classe, une proue élancée, des lignes élégantes, tout blanc avec une mince bande noire le long de la ligne de flottaison. Un bateau visiblement soigné avec amour. Son nom, *Kathleen,* se détachait en belles lettres d'or à l'avant.

— C'est le bateau de M. Salter, dit-elle. Il a ramené l'autre hier du chantier de Ravenglass.

Rien de commun avec le *Kathleen* : une vedette rapide de douze mètres, peinte en noir, dont Barry eut du mal à déchiffrer le nom, *Jason-Fowey,* tant il était fané. Il franchit le bastingage et passa dans la petite timonerie, suivi par la fille.

— Il n'a pas une allure fantastique, mais il tient bien la mer, dit-elle.

— Vous êtes sortie avec lui ?

Elle acquiesça :

— M. Salter s'en sert de temps en temps.

— Pour quoi faire ?

Elle haussa les épaules.

— Aller à la pêche, quand ça lui prend. Il ne sort avec le *Kathleen* que si le temps est parfait.

— Et il passe ses loisirs à astiquer les cuivres, non ?

Elle le regarda, surprise :

— Comment le savez-vous ?

— Oh, ça se devine...

Il alluma une cigarette et lui en offrit une. Elle secoua la tête.

— Les hommes de la ferme, dit-il, vous les avez vus ?

— Je leur ai monté le lait ce matin.

— De vieux amis de M. Salter ?

— Je ne saurais dire. C'est la première fois que je les rencontre.

— Mais vous ne les aimez pas.

Ils étaient très près l'un de l'autre, leurs épaules se touchaient et il éprouva de nouveau la même excitation irrationnelle. Elle se tourna, presque instinctivement, les yeux baissés, et il lui caressa doucement le visage avec le dos de la main. Elle se rapprocha davantage. Non loin, des pas retentirent sur la jetée.

Barry passa sur le pont à l'instant où Salter montait à bord.

— Ah, vous êtes là, monsieur Sinclair. Est-ce qu'il fera l'affaire ?

— L'autre me paraît mieux, lui répondit Barry.

Salter fut épouvanté et ne le cacha pas.

— Mais c'est mon bateau, monsieur Sinclair ! Un beau bateau, comme vous le voyez. On peut naviguer jusqu'en Méditerranée avec un bateau pareil. Le *Jason* ne paie peut-être pas de mine, mais je vous le garantis. Descendez voir le moteur : c'est un Penta en état parfait. Le *Jason* file vingt-deux nœuds, monsieur Sinclair, et il est équipé d'une sonde électronique et d'un système de pilotage automatique.

— Très bien, dit Barry. Je vous crois sur parole.

Salter parut soulagé.

— Bon... Si cela ne vous fait rien, j'aimerais vous accompagner tout de suite à la ferme pour vous présenter Preston et Varley. Comme je vous l'ai dit, j'ai un enterrement aujourd'hui et je suis vraiment bousculé.

*

Hedley Preston s'éveilla et regarda le plafond. Pendant un instant il se demanda où il pouvait bien se trouver, puis il se souvint. Il avait un mauvais goût dans la bouche et sa gorge était sèche. Il se leva et prit la bouteille de whisky dans le placard. Elle était vide. Il la lança dans un coin puis il enfila un jean et un chandail. C'était un homme mince, au regard cynique, avec des cheveux bruns en broussaille et un visage sur lequel on commençait à lire les traces d'une vie de débauche.

Il alluma une cigarette, toussa à l'instant où la fumée atteignit le fond de sa gorge et regarda par la fenêtre les collines baignées de pluie.

— Merde, dit-il à mi-voix. Les joies de la campagne.

Il ouvrit la porte.

Jenny Crowther, bouche ouverte de frayeur, faillit tomber dans ses bras. Sur ses talons se trouvait Sam Varley — une espèce de gorille en tricot de corps dégoûtant et pantalon de velours côtelé, avec des yeux fous enfoncés dans la chair de son visage lourd. Preston prit la fille par la taille et écarta Varley.

— Eh bien, quel est le problème ?

— J'avais une cartouche de deux cents clopes dans ma chambre hier soir. Elles n'y sont plus. Cette garce a dû les piquer.

Il avait l'haleine aigre, et pas seulement de la saoulerie de la veille car on devinait des relents tout frais, démontrant qu'il avait déjà tâté de la bouteille.

— Tu as perdu toutes tes cigarettes au poker hier soir, lui dit Preston d'un ton patient. Tu étais trop saoul pour t'en souvenir, c'est ça ton drame.

— Va te faire voir, répondit Varley. Tu essaies de la protéger, hein ?

Jenny s'arracha du bras de Preston et s'enfuit. Varley bouscula son ami et partit à la poursuite de la jeune fille. Elle ouvrit la porte. Il posa la main sur son épaule juste au moment où elle franchissait le seuil. Au même instant, il parut trébucher. Il s'étala sur les pavés de la cour.

Il essaya de se relever, mais un coup de pied bien placé le fit retomber sur le dos. Le pied de son adversaire se posa sur sa gorge. Il se débattit puis se figea, les yeux sur le visage implacable de Frank Barry. Barry augmenta la pression et Varley commença à suffoquer. Puis la pression diminua, Barry sortit le Ceska de sa poche et le braqua vers le front de Varley.

Jenny poussa un cri, une main contre sa bouche, et Henry Salter, affolé, lança :

— Pour l'amour de Dieu, monsieur Sinclair.

— Touche-la une deuxième fois, je te briserai les membres, murmura Barry entre ses dents.

Varley connut alors la peur absolue, la peur qui vous tord les tripes et les réduit en eau. Barry ôta son pied et recula. Au moment où le gros bonhomme se releva, Preston, dans l'embrasure de la porte, éclata de rire.

— Quelle scène touchante, dit-il en s'avançant tandis que Barry reprenait sa serviette. Je m'appelle Hedley Preston, monsieur Sinclair. Cette relique d'une ère primitive se nomme

Sam Varley. Pardonnez-lui, il n'y a pas très longtemps qu'il a appris à marcher en position verticale.

— Un de ces quatre, je fermerai ta grande gueule pour de bon, lança Varley avant de disparaître dans la maison.

Preston s'écarta, un sourire moqueur sur les lèvres, et Barry entra à son tour, suivi par Jenny et Salter. Ils passèrent dans la salle de séjour ; Varley était assis dans un fauteuil près du feu, une bouteille à la main.

Barry posa la serviette sur la table et dit à la fille :

— Allez dans la cuisine nous préparer une bonne tasse de thé.

Comme elle hésitait, il lui fit un signe de tête rassurant.

— Allez, tout ira bien.

Elle sortit. Salter ferma la porte et s'adossa contre le battant. Barry montra Varley d'un geste.

— Il commence tôt, dit-il à Preston.

— Une petite faiblesse. Comme on dit dans le show-bisness, monsieur Sinclair, il sera à point pour le lever de rideau.

— Vous en êtes sûr ?

Barry posa le Ceska sur la table à côté de la serviette et déboutonna son imperméable.

— De quoi s'agit-il ? demanda Preston.

— Simple comme bonjour. On arrête un camion sur une route de campagne à trente-cinq kilomètres d'ici, mercredi matin. On décharge ce qu'il contient et on le rapporte ici.

— Et que contient-il ? demanda Preston.

— Cela ne vous concerne pas, lança Barry en ouvrant la serviette. Voici ce qui vous concerne.

Il posa sur la table plusieurs liasses de billets de vingt livres.

— Cinq mille tickets chacun. L'autre moitié quand tout sera terminé.

Varley se leva et se dirigea vers la table, la main tendue. Preston lui tapa sur les doigts.

— Et vous ne nous racontez rien d'autre ? dit-il.

— Un travail simple. Très simple. Vous recevrez les instructions précises mercredi matin. Trois heures de travail au maximum et vous serez libres. Bien entendu, si ça ne vous intéresse pas...

— Oh, mais ça nous intéresse ! répondit Preston en rassemblant l'argent en un paquet bien net. A vos ordres, monsieur Sinclair. Comme disait le bonhomme dans la petite lampe de cuivre : « J'écoute et j'obéis. »

— C'est ce que j'attends de vous, ne l'oubliez pas.

Barry referma sa serviette et se tourna vers Salter.

— Je rentre avec vous tout de suite. J'ai besoin de votre Land-Rover. Je veux faire un tour cet après-midi.

— Vous reviendrez ? demanda Preston.

— Oh oui, vous pouvez y compter.

Au moment où Salter et Barry sortirent dans le vestibule, Jenny apparut à la porte de la cuisine, un plateau à la main.

— Vous partez ?

— Je reviendrai dans la soirée, répondit Barry en souriant. Ne vous en faites pas. L'orang-outan ne vous touchera pas. Le petit malin y veillera.

Il lui lança un clin d'œil de conspirateur et sortit. Ils montèrent dans la conduite intérieure de Salter et s'éloignèrent.

Derrière la fenêtre de la salle de séjour, Varley lança d'une voix mauvaise :

— Quand j'en aurai terminé avec ce petit salaud...

— Ne fais pas l'andouille, Samuel, coupa Preston. Sauf erreur de ma part, il est capable de te réduire en miettes en trois secondes.

Il posa la main sur le paquet de billets devant lui.

— Dix mille livres sur la table, Samuel, et dix mille à venir. Ce qui signifie que le contenu du camion en question doit être très intéressant.

Varley esquissa un sourire.

— Tu penses à la même chose que moi ?

— J'ai appris le latin à l'école, Samuel. *Festina lente.* Hâte-toi lentement. C'est comme ça qu'on réussit.

— Et lui ? On pourra l'avoir aussi ?

— Pourquoi pas ?

Le sourire de Varley s'épanouit et il reprit sa bouteille.

— Ça s'arrose, lança-t-il.

*

Barry et Salter s'arrêtèrent près de la Land-Rover, dans la grange.

— Je n'ai pas essayé de leur faire la leçon, dit Salter. On m'avait demandé des durs, capables de tout. C'est vraiment le cas, non ?

— A quel milieu appartenait Preston ?

— La bourgeoisie moyenne. Tout à fait respectable. Son père était comptable à Bradford et Preston a fait ses études au lycée. Une éducation convenable. Je crois qu'il a même obtenu son diplôme d'expert-comptable. Il a dû aller en prison pour une fraude quelconque. Ensuite, il n'a jamais repris le droit chemin. Il a été libéré il y a six mois après trois ans de détention — une condamnation à cinq ans pour vol à main armée dans un supermarché. Varley, bien entendu, n'est qu'une bête.

— Une bête ivre, corrigea Barry. Mais peu importe. Au moins, je sais à qui j'ai affaire. Je vous verrai plus tard.

Il fit sortir la Land-Rover de la grange et traversa la cour. Salter se dirigea vers le corbillard où se trouvait maintenant un cercueil. Il prit un mouchoir et inspecta le véhicule avec soin, s'arrêtant de temps à autre pour faire reluire un chrome terni.

*

L'avion d'Iberia se posa juste à l'heure à l'aéroport de Barcelone. Il y avait peu de monde et les passagers accomplirent les formalités de douane et d'immigration sans délai. Quarante-cinq minutes après avoir atterri, Devlin et Anne-Marie longeaient la côte dans une Seat de location.

— Nous passerons la nuit à La Cala del Moro, le port d'où part le bateau qui livre les provisions à la prison.

Elle hocha la tête sans répondre, concentrée sur la route, et Devlin ajouta :

— Vous comprenez que vous ne pouvez pas m'accompagner demain ? Je veux dire : il faut que je tâte le terrain.

— Je le sais, Liam, répondit-elle en souriant. Je sais aussi qu'il refusera peut-être de me voir. J'ai appris depuis longtemps à ne rien attendre de Martin.

— Vous le pensez vraiment ?

— Un jour au Vietnam, alors que tout portait à croire que nous allions mourir, nous avons parlé d'un rendez-vous à Paris. Une terrasse de café sous la pluie, l'odeur des marronniers humides.

— Absolument essentiel, dit Devlin.

Elle sourit sans le regarder.

— Cher Liam ! Pourquoi n'est-ce pas vous que j'aime ?... Je devais porter une robe de Paris, très chic.

— Exactement comme dans les spots publicitaires de la télévision. Du rêve pour les masses.

— Sauf que notre rêve est devenu réalité, Liam. Il a quitté l'Ulster pour me rejoindre à Paris. Nous avons trouvé notre terrasse de café et les marronniers ont été à la hauteur de leur réputation. Deux semaines et il est reparti.

Elle haussa les épaules.

— Il avait une maîtresse qui l'attendait, vous comprenez. Une maîtresse plus secrète, et infiniment plus exigeante que moi : l'Irlande.

Ils continuèrent leur route en silence · tout avait été dit.

*

Le bar du pub de Brisingham était une vaste salle confortable avec un plafond bas, aux poutres apparentes, plusieurs bancs à haut dossier et quelques tables de bois. Le feu brûlait dans la cheminée.

Barry, seul et unique client, se tenait au bout du comptoir et dévorait le dernier des sandwichs au rosbif que la patronne, une grande blonde aux formes débordantes, lui avait servis.

— Magnifique, dit-il en prenant sa chope de bière. Jamais rien mangé de meilleur... Où sont donc passés les clients ?

— Nous n'avons pas beaucoup de touristes en hiver. On travaille surtout le soir. Des gens de l'endroit.

— Mais je croyais qu'il y avait un aérodrome de la RAF ici. C'est bien Brisingham, non ?

— Fermé, il y a des années. C'est tout juste s'ils ont une

douzaine de bonshommes. Oh, il y a encore des avions qui se posent, mais pas souvent.

Elle soupira.

— Je me souviens, il y a une dizaine d'années... On ne pouvait pas s'approcher du bar le soir, tellement il y avait de jeunes aviateurs en uniforme...

— C'est la vie, répondit Barry. Tout change. Merci pour les sandwichs.

Dix minutes plus tard, il arrivait devant la clôture de la base aérienne. La Land-Rover ralentit à la hauteur de l'entrée principale cadenassée, puis reprit de la vitesse et s'éloigna. Sept kilomètres plus loin, un poteau indicateur signalait Wastwater vers la droite. Une route de campagne étroite montait entre les montagnes basses.

Il trouva sans trop de mal ce qu'il cherchait. Un petit bois, une étendue de prairie sur le bord de la route. Quand il coupa le moteur, il n'entendit aucun bruit hormis l'appel d'un courlis au loin. Il aurait pu être le seul homme vivant sur la Terre.

Il descendit de la Land-Rover et fit quelques pas, le sourire aux lèvres.

— Frank, mon cher ami, dit-il à mi-voix, je crois que cet endroit conviendra à merveille.

*

Le granit de La Hermosa était réputé dans toute l'Espagne. La demande augmentait régulièrement et les autorités avaient fait construire une nouvelle jetée en eau profonde, permettant le chargement de grands porte-conteneurs. La carrière proprement dite était creusée dans les falaises du nord. Quand Antonio Calvo s'avança, le drapeau rouge flottant au vent, les artificiers étaient en train de poser les explosifs.

Lorsque l'explosion survint, elle retentit de falaise en falaise comme un coup de tonnerre ; une énorme bande verticale de rocher se détacha, se fendit en mille morceaux puis tomba en cascade. Un coup de sifflet, puis les détenus et leurs gardes armés sortirent de l'abri et se remirent à la tâche.

Brosnan et Savary travaillaient ensemble. Savary chargeait

un wagonnet, sur la voie étroite qui permettait de dégager la carrière, et Brosnan faisait éclater les blocs trop gros avec une masse et un coin. Il était torse nu, les cheveux maintenus en arrière par un serre-tête. Les muscles de son dos vibraient chaque fois que le marteau tombait. On lisait très bien son numéro de détention, tatoué sur son avant-bras droit.

A l'arrivée de Calvo, Savary s'arrêta, s'appuya au wagonnet, et s'essuya le visage avec un chiffon.

— Je deviens vieux, don Antonio. Pourquoi ne me donnez-vous pas une bonne place aux cuisines ou à la bibliothèque. Je ne blague pas...

— Je m'en voudrais, lança Calvo. Vous êtes en forme splendide pour un homme de votre âge. C'est grâce au travail que vous faites.

Il se retourna vers Brosnan et sortit de sa poche une feuille et un stylo à bille.

— Vous avez un visiteur au bateau de demain matin, mon ami. Acceptez-vous de le voir ?

Brosnan s'arrêta de travailler et s'appuya à sa masse.

— Qui est-ce ?

Calvo consulta la feuille.

— Señor Charles Gorman, solicitor, Lincoln's Inn Fields, Londres.

Il parut surpris.

— *Solicitor ?* demanda-t-il.

— C'est le nom que les Anglais donnent à leurs avocats, don Antonio, lança Savary.

— Objet de la visite : affaire juridique, continua Calvo avant de répéter sa question : Acceptez-vous de le voir ?

— Pourquoi pas ? dit Brosnan.

Calvo lui tendit la feuille et le stylo.

— Alors signez à l'endroit où il y a une croix.

Brosnan signa et lui rendit l'imprimé.

— D'accord. Remettez-vous au travail, dit le gardien en pliant la feuille pour la ranger dans sa poche. J'aurai peut-être un autre cadeau pour vous ce soir. Un autre cadavre. Un vieux de l'infirmerie qui va passer d'une minute à l'autre.

— Comme c'est aimable à vous, don Antonio, répondit

Savary en soulevant un bloc de granit. Intéressant, Martin ! lança-t-il à Brosnan. Tu ne m'avais pas dit que ton avocat venait te voir.

— Le plus intéressant, c'est que ce n'est même pas mon avocat. Je n'ai jamais entendu parler de Charles Gorman de toute ma vie.

Il abattit la masse de toutes ses forces et le bloc qu'il avait pris pour cible se fendit en deux.

*

Quand Barry entra dans la cour de la ferme et arrêta la Land-Rover, il faisait déjà nuit. Au moment où il coupa le moteur, il entendit un hurlement de femme. Il descendit d'un bond. La porte d'entrée s'ouvrit à la volée et un flot de lumière éclaira la cour. Jenny Crowther faillit s'échapper, mais Varley la rattrapa.

Sa robe était déchirée, une épaule nue. Varley éclata d'un rire d'ivrogne et tenta de l'embrasser. Elle essaya de le repousser, toutes griffes dehors, le visage convulsé de dégoût et de haine. Barry fonça sur Varley et le frappa dans les reins, puis il le saisit au collet et le tira en arrière.

Varley hurla de douleur et tomba sur un genou. Il demeura immobile un instant, puis secoua la tête et fixa Barry. Il se releva lentement, secoua de nouveau la tête, comme s'il s'ébrouait, et chargea, les mains en avant — prêt à tuer.

Barry fit un pas de côté, lui saisit le poignet droit, tordit le bras de Varley dans son dos et, mettant à profit l'élan de son adversaire, le lança contre le mur. Varley tomba à genoux pour la deuxième fois. Au moment où il voulut se relever, Barry lui envoya un coup de pied dans le ventre.

Varley s'étala sur le dos en gémissant. Hedley Preston parut sur le seuil, ivre lui aussi. Il riait.

— Je t'avais dit qu'il te réduirait en miettes sans se salir les doigts, Sam. Tu aurais dû m'écouter. J'ai toujours raison, je ne me trompe jamais.

Il leva son verre.

— A la bonne vôtre, monsieur Sinclair...

— Vous auriez pu empêcher ça, espèce de salaud. Je vous avais dit de le faire marcher droit.

La main droite de Barry se releva soudain. Le Ceska toussa une fois. Preston laissa tomber son verre et poussa un cri en portant la main à son cou.

Il se pencha contre le chambranle de la porte. Du sang suintait entre ses doigts. Barry lui donna deux ou trois petits coups entre les yeux avec le canon de son arme.

— Ne vous en faites pas, Preston. Une simple égratignure pour vous montrer que je sais me servir de ces jouets. La prochaine fois, vous serez mort.

Il se retourna, prit la fille par le bras et l'entraîna vers la Land-Rover.

— Je vous ramène à la maison de Salter. J'y passerai la nuit moi aussi.

Elle tremblait. Elle s'agrippa à son bras et, de nouveau, il sentit monter en lui une étrange bouffée de désir.

— Tout va bien, lui dit-il en sortant de la cour. Tout va bien.

Il se pencha vers elle et lui prit la main.

*

Plus tard dans la soirée, debout à la fenêtre de sa chambre une cigarette aux lèvres, il la vit sortir de la cuisine, la lampe à la main, et traverser la cour vers la grange. Il ouvrit la porte et descendit quatre à quatre l'escalier de service.

Lorsqu'il entra dans la grange, elle garnissait un panier de bois.

— Laissez-moi faire, dit-il.

— Oh, je me débrouille très bien, répondit-elle à voix basse, sans se retourner.

Il alluma une autre cigarette. Quelque chose s'était noué dans sa gorge et l'empêchait de respirer. Elle avait ôté sa robe de coton déchirée et la robe noire qu'elle portait maintenant, trop petite comme l'autre, se tendait sur ses hanches et ses cuisses.

Elle se releva. Barry jeta sa cigarette et s'avança. Il glissa les bras autour d'elle et l'attira contre lui. Il la tint ainsi pendant un instant, les lèvres contre le cou de la jeune fille, puis il la poussa doucement pour la faire tomber dans le foin.

Et là, soudain, elle s'anima. Ses mains s'accrochèrent aux cheveux de Barry, sa bouche chercha ses lèvres en de longs baisers violents, d'une intensité presque effrayante.

SEPT

En tant que gardien responsable de la travée de Brosnan, Antonio Calvo devait l'accompagner au parloir le mardi matin. Quand il ouvrit la porte pour faire entrer le détenu, Devlin leur tournait le dos, debout près de la fenêtre. Au moment où le petit Irlandais se retourna, Brosnan reçut le plus grand choc de sa vie.

— Ah, monsieur Brosnan. Je m'appelle Charles Gorman. La Brosnan Corporation de Boston, Massachusetts, a engagé mon cabinet pour discuter de certains problèmes juridiques engageant votre avenir. Et nous comptons nous occuper également d'un recours en grâce, que nous présenterons en votre nom au roi Juan Carlos. Votre mère estime...

— Ma mère perd son temps, monsieur Gorman, coupa Brosnan. Je ne quitterai ce rocher que dans un linceul.

— Je vous en prie, señor Gorman, dit Calvo. Vous devez vous asseoir à cette table en face de votre client. Vous pourrez rester seuls. En tant que conseiller du détenu, vous y avez droit. Je fermerai la porte à clé. Quand vous voudrez partir, il vous suffira de sonner.

— Nous pouvons fumer ? demanda Devlin.

— Mais bien entendu, señor.

Calvo sortit, la clé tourna dans la serrure. Brosnan tendit la main par-dessus la table et Devlin la lui prit et la serra longtemps dans les siennes.

— *Cead mile failte,* dit Brosnan en irlandais. Bienvenue, cent mille fois.

Devlin sourit.

— *Go raibh maith agat,* répondit-il. Merci. Tenons-nous-en à l'irlandais, pour embêter ces bougres si jamais ils nous écoutent.

Il s'assit, alluma une cigarette et fit passer le paquet à son ami.

— Quel plaisir de te voir, *Marteen.*

C'était le diminutif affectueux de son nom, celui que Devlin aurait employé s'il s'était agi d'un enfant. Au début, Brosnan n'avait pas apprécié qu'un homme beaucoup moins grand que lui l'appelle « Petit Martin ». Ensuite, bien sûr, il avait appris à connaître Devlin.

— Tu as l'air en forme, étant donné la situation.

— Je ne me suis jamais mieux porté, répondit Brosnan. Je travaille toute la journée à la carrière. Tu as l'air en forme toi aussi. Toujours à Trinity College ?

— On me garde par gentillesse. Je devais aller faire des conférences à Yale cette année...

— Que Dieu les protège !

— Ça n'a pas abouti. Le Département d'Etat m'a refusé le visa d'entrée.

Devlin regarda autour de lui, le visage sombre.

— Comment ça se passe ici, en toute sincérité ?

— Les Français avaient l'île du Diable, les Espagnols ont La Hermosa. Parle-moi plutôt de toi, Liam. As-tu trouvé ces Plaines de Mayo que tu as toujours cherchées ? Tu te souviens du poème de Blind Raftery ?

— Une fois, il y a mille ans. En novembre 1943 pour être exact, au moment le plus dangereux de ma vie.

— L'affaire Churchill ?

— Un adorable laideron de petite paysanne, cita Devlin. Qui ne m'a pas fait tourner la tête une fois, mais deux. Elle avait dix-sept ans et j'en avais trente-cinq.

— Trop vieux ?

— Pas pour celle-là. Mais il y avait un problème. J'étais l'ennemi.

— Tu essaies de me dire que tu as trouvé tes Plaines de Mayo il y a vingt-six ans ?

Devlin sourit avec une tristesse infinie.

— Et je les ai perdues en même temps que je les ai trouvées. N'y a-t-il pas de quoi rire, d'ici jusqu'à l'enfer et retour ?

— Je ne crois pas. Et pourquoi ta visite ?

— C'est assez simple. Aimerais-tu sortir d'ici ?

Brosnan ne prit pas la question au sérieux.

— Une petite intervention divine serait la bienvenue. Parce que c'est un miracle qu'il faudrait. Même ma mère, qui est une redoutable *lady* dans son genre, a découvert depuis longtemps que brûler des cierges, dire des prières et offrir d'énormes sommes d'argent ne peut rien y changer.

— Est-elle venue te voir ?

— Une fois, il y a quatre ans. Je n'ai accepté de la voir que pour bien lui faire comprendre que ce serait la dernière fois.

— Et Anne-Marie ?

Brosnan se figea, silencieux.

— Pourquoi parles-tu d'Anne-Marie ?

— Je l'ai laissée à La Cala del Moro ce matin. Elle te supplie de la voir.

— Non, répondit Brosnan d'une voix imperceptible. Je ne veux pas.

Il se leva brusquement et se dirigea vers la fenêtre. Il saisit les barreaux à deux mains et posa la joue contre la pierre. Au bout d'un instant il se retourna.

La fenêtre aux barreaux rouillés n'avait pas de vitres et le vent passait librement. Devlin frissonna.

— Dieu me pardonne, *avic,* mais je ne supporte pas de te voir ici.

Brosnan revint vers la table, prit une autre cigarette et s'assit.

— Dis-moi, Liam. De quoi s'agit-il ? Qu'attends-tu de moi ?

Devlin esquissa un sourire complice.

— Considère que je suis l'intervention divine que tu appelais de tes vœux. Tais-toi un instant et écoute-moi bien.

*

Quand Devlin eut terminé, Brosnan s'appuya au dossier de sa chaise, perdu dans ses pensées. Ses yeux gris ne trahissaient aucune émotion.

— Eh bien ? demanda son ami.

— Je ne sais pas. Dans le temps, je m'accrochais à des slogans dans le genre « Irlande libre ». C'était lié à un certain amour de la littérature, la joie des belles phrases. Ensuite on découvre que dans la réalité il faut accepter de marcher sur des cadavres pour parvenir à ses fins.

— Et le jeu n'en vaut pas la chandelle ?

— Je commence à me demander s'il existe une seule cause qui puisse justifier la perte d'une vie humaine.

— Je sais que ton ardeur révolutionnaire s'est un peu refroidie, Marteen. La mienne aussi, et j'étais dans le coup depuis plus longtemps que toi.

Brosnan se leva, s'accrocha aux barreaux de la fenêtre et regarda dehors.

— Soudain, je me sens vieux, Liam. Vraiment vieux, tu comprends ce que je veux dire ? Je suis devenu incapable de m'insurger contre telle ou telle situation... Même pas contre Frank Barry et le KGB, ou Ferguson, sa DI5 et les jeux sanglants, sans le moindre sens, auxquels ils se livrent tous.

— Même pas pour sortir d'ici ?

— Ferguson ne pourra jamais me faire sortir d'ici, répondit Brosnan.

— Il est persuadé du contraire.

Brosnan ne répondit pas et Devlin en vint à la question qu'il aurait aimé éviter — mais il n'avait pas d'autre moyen de pression.

— Martin, tu sais ce qui est arrivé à Norah ?

Brosnan acquiesça, sans se retourner.

— J'ai appris sa mort il y a dix-huit mois.

Devlin se racla la gorge.

— Mais ce qui compte, c'est la façon dont elle est morte.

Brosnan se retourna, le regard dur.

— Tu as quelque chose à me dire ?

— Je ne sais pas par où commencer, Marteen.

Brosnan traversa la salle en trois foulées et souleva Devlin de la table, les mains autour de sa gorge.

— Parle, dit-il d'une voix âpre. Parle !

*

Ensuite, il se rassit devant la table et enfouit son visage dans ses mains sans rien dire. Soudain il se leva et appuya sur la sonnette.

— J'ai besoin de réfléchir, dit-il à Devlin. Je te donnerai ma réponse plus tard.

Avant que Devlin ait pu répliquer, la clé tourna dans la serrure et Calvo apparut.

— M. Gorman a des papiers à me faire signer. J'ai besoin d'un délai de réflexion. Est-ce que je peux revenir dans ma cellule pendant une heure ?

Calvo se tourna vers Devlin.

— Pas d'objection, señor ?

— Aucune

— Attendez-moi ici. Je reviendrai vous chercher pour vous conduire au Foyer des surveillants. On vous servira un Tio Pepe, cela vous fera patienter.

*

Savary venait de rentrer dans la cellule pour l'arrêt de midi. Quand Calvo ouvrit la porte et fit entrer Brosnan, il fumait une cigarette, allongé sur sa couchette.

— Dans une heure, lança le gardien en refermant.

— Comment ça s'est passé ? demanda aussitôt Savary.

L'oreille collée à la porte, Brosnan lui fit signe de se taire.

— Un mystère ? demanda le vieil homme quand Brosnan vint s'asseoir en face de lui sur son lit. Oh, je comprends... Ce Gorman, tu le connaissais déjà, n'est-ce pas ?

— Tais-toi et écoute-moi, je n'ai pas beaucoup de temps.

Quand Brosnan eut terminé, Savary, tout excité, ne cessait de serrer et de desserrer les poings.

— Nom de Dieu, Martin, saisis cette occasion à deux mains. Pars !

— Non, Jacques. Ecoute-moi encore un peu. Tout d'abord,

je ne crois pas Ferguson capable de régler la question avec les autorités espagnoles. Je ne suis pas un petit truand, un monte-en-l'air ou un escroc. J'ai tué un homme de la Guardia Civil et tu sais de quel œil on considère ce genre de chose à Madrid. En second lieu, même si Ferguson pouvait s'occuper de tout, cela prendrait du temps — trop de temps à mon gré.

— Qu'est-ce que tu proposes d'autre ?

— L'évasion, répondit Brosnan.

— Mais c'est impossible, Martin. Personne ne s'est jamais évadé de ce maudit rocher.

— J'ai toujours pensé qu'on pouvait sortir de la forteresse par les égouts, expliqua Brosnan. Je t'en ai parlé. Mais cela ne rime pas à grand-chose, parce qu'on est encore dans l'île. Or, le soir de l'enterrement avec Calvo, j'ai trouvé : nous forçons la porte du magasin, nous volons deux gilets de sauvetage chacun et nous plongeons depuis le rocher où l'on jette les corps.

Savary le fixa, stupéfait.

— Nous ? Tu as dit « nous » ?

— Bien sûr. Toi et moi, Jacques. Si tu restes ici, tu finiras de toute façon à la mer, dans un sac de toile. Pourquoi ne pas tenter ta chance tant que tu peux encore te battre contre la mer.

— Mais le Grand Rapide ? dit Savary. Le courant nous tuera.

— Ou nous sauvera, ne comprends-tu pas ? s'écria Brosnan. En surface, le courant de dix nœuds nous fera dériver vers La Cala del Moro. Et si un bateau nous attend au bon endroit...

Savary secoua la tête.

— Aucun bateau de pêche ne peut s'approcher à moins de quatre mille nautiques de l'île, tu le sais.

— Le courant nous fera franchir ces quatre mille en moins d'une demi-heure.

— Mais comment veux-tu que le bateau nous trouve ? Raisonne un peu, Martin. En pleine mer, au milieu de la nuit...

— J'y ai pensé, répondit Brosnan. Il nous suffit d'avoir une de ces nouvelles balises électroniques de signalisation. On en donne à tous les aviateurs, à présent. Cela fait partie de leur équipement classique. Elles sont cousues au gilet de sauvetage des pilotes : s'ils sont perdus en mer, le bateau de sauvetage peut les repérer et les retrouver.

— Et si on nous manque ? murmura Savary.

— Et si ton cœur lâche ? Et si tu ne supportes pas le froid ?

— D'accord, d'accord, répondit Savary. Ta folie m'a contaminé. Quand partons-nous ?

— Inutile de traîner. Il ne nous manque que la balise électronique. Elle est de la taille d'un paquet de cigarettes. Il va falloir que Devlin en trouve une et me la glisse en douce. Pas de problème de ce côté-là.

— Et le bateau ?

— Je pensais que ton fils pourrait s'en charger.

— Jean-Paul ?

— Si l'Union corse ne peut pas organiser un sauvetage de ce genre avec un chalutier au large de La Cala del Moro, elle a beaucoup baissé.

— Enfantin... C'est enfantin ! s'écria Savary rayonnant. Bon Dieu, Martin, jamais je ne me suis senti aussi bien dans ma peau depuis des années.

Il embrassa Brosnan sur les deux joues et celui-ci frappa aussitôt sur la porte de la cellule.

— Don Antonio ! cria-t-il. Don Antonio ! Dépêchez-vous donc !

*

Depuis le balcon de l'hôtel, Anne-Marie avait vu le bateau de la prison rentrer dans le port de La Cala del Moro. Quand Delvin parut sur le balcon voisin quelques minutes plus tard, elle ne s'étonna pas. Il franchit la grille qui les séparait et s'assit dans le fauteuil de rotin en face d'elle.

— Vous l'avez vu ? demanda-t-elle aussitôt.

— Oui.

— Il va bien ?

— On ne peut mieux. En pleine forme.

Le visage de la jeune femme se détendit un peu.

— Que s'est-il passé ?

— C'est tout simple. Au début, quand je lui ai exposé

l'affaire, cela ne l'a pas intéressé. Il ne croyait pas Ferguson capable de le faire libérer. Et pour être sincère, j'ai tendance à être du même avis que lui.

— Ensuite ?

— Je lui ai parlé de Norah, dit-il en secouant la tête. Il l'a pris très mal. Si Frank Barry s'était trouvé à portée de ses mains, il l'aurait étranglé.

Anne-Marie se leva et entra dans la chambre lui servir un whisky.

— Et cela a changé son point de vue ? demanda-t-elle à son retour.

— Du tout au tout.

Devlin avala une gorgée de scotch.

— Bon Dieu, j'en avais besoin ! Il a l'intention de s'évader dans deux ou trois jours, en compagnie de son camarade de cellule, un Français nommé Savary.

— Mais comment est-ce possible ?

Devlin le lui expliqua. Quand il eut terminé, il alla se servir un autre whisky.

— C'est le projet le plus insensé que j'aie jamais entendu, dit-il.

A sa vive surprise, Anne-Marie se leva et s'accouda au garde-fou, les yeux perdus sur la mer à l'endroit où devait se trouver La Hermosa, derrière l'horizon.

— Je ne sais pas, dit-elle enfin. Je comprends sa logique. C'est d'une telle simplicité. Il a sans doute raison. Il réussira.

— Rien n'est moins certain, répondit Devlin en s'appuyant au garde-fou près d'elle. J'ai parlé au capitaine du bateau, pendant le trajet de retour. Certaines nuits, le courant qu'ils appellent le Grand Rapide est aussi violent qu'un fleuve en pleine crue.

— Qu'avez-vous répondu à Martin ? Que vous l'aideriez ?

— Je n'avais guère le choix. Il m'a dit que si je n'avais pas mis quelque chose au point jeudi soir, il partirait de toute façon. Il se laisserait flotter jusqu'à La Cala. Dix milles...

— C'est impossible. Le froid les tuera avant, murmura Anne-Marie en secouant la tête. Mais ce Savary, n'est-ce pas Jacques Savary, le gangster ?

— Si. Il a un fils, Jean-Paul, qui suit avec brio les traces de son père. Je suis censé le contacter dès que possible dans une boîte de nuit de Marseille : *La Maison d'or.*

— Ah bon ? C'est la boîte la plus célèbre de la ville. Mais comment allez-vous vous débrouiller avec votre accent, mon cher Liam ? Je crois que vous aurez besoin d'un interprète... Et d'un chauffeur, si vous voulez faire l'aller et retour avant demain. La vitesse est limitée, même sur l'autoroute.

Elle s'était retournée, prête à partir.

— Vous êtes bien décidée ? Si les choses tournent mal, si l'on apprend votre participation, vous risquez de finir en prison vous aussi.

— Mon cher Liam ! répondit-elle en l'embrassant. Si intelligent, si tortueux et pourtant si naïf ! Comment pourriez-vous m'empêcher de vous accompagner ?

*

Il pleuvait encore quand Frank Barry et Jenny Crowther reprirent le raccourci à travers les roseaux de Marsh End. Les deux bateaux se balançaient au bout de leurs amarres près de la jetée ; Barry monta à bord du *Kathleen,* le bateau de Salter, et fit passer la valise qu'il portait par-dessus le bastingage.

Il entra dans le poste de pilotage où tout était astiqué à miroir et il l'examina avec soin. Il se mit à quatre pattes et fureta jusqu'à ce qu'il trouve ce qu'il cherchait. Sous le tableau de bord, un large panneau de visite donnait accès à l'appareillage électrique. Il actionna le loquet et le panneau tourna sur ses charnières.

— Sois gentille, dit-il à Jenny. Fais le guet sur le pont au cas où Salter aurait soudain envie de venir.

Il sortit de sa poche plusieurs articles qu'il avait achetés le matin même à la quincaillerie du village ; un tournevis, des vis, un poinçon et une petite scie à métaux. Il avait aussi plusieurs colliers du type que l'on utilise pour fixer des outils sur un mur.

Il fit les avant-trous, proprement et méthodiquement, pour fixer les colliers sur le panneau mobile. Puis il ouvrit la valise, en sortit l'une des mitraillettes Sterling, la chargea et l'installa sur les colliers. Il chargea ensuite, en prenant tout son temps, l'un des Smith and Wesson et le mit en place au-dessous de la Sterling. Il referma le panneau. Le loquet fit un déclic très doux.

Jenny, debout sous la pluie, surveillait la côte mais se tournait de temps en temps vers Barry.

— Pourquoi tout cela ? demanda-t-elle.

Sa voix était entièrement différente, celle d'une autre personne.

— C'est ce que j'appelle « un as dans la manche ».

Il prit l'autre Sterling et en quelques coups de scie coupa le bout du percuteur. Pas trop, juste assez. Il essaya de tirer, pour bien s'assurer du résultat. Puis il fit de même avec le deuxième Smith and Wesson.

Il les remit dans la valise avec les grenades à gaz et se retourna vers Jenny qui le regardait sans comprendre.

— Ils ne fonctionnent plus, dit-elle.

— C'est bien ça, lui répondit Barry en sortant sous la pluie. Je suis un homme d'ordre, Jenny. J'aime toujours savoir où j'en suis.

Il la prit par la taille, elle se blottit contre lui, le visage radieux, et il l'embrassa.

— J'adore la pluie. Rien ne peut aiguiser mes sens davantage que la pluie. Une belle journée, Dieu merci ! s'écria-t-il en souriant. Et à peine commencée... Je te propose de m'emmener dans cette métropole animée que tu appelles Ravenglass et de me montrer un peu les monuments et les curiosités.

*

Vingt minutes plus tard, à huit kilomètres de Marsh End sur la route de Ravenglass, il freina brusquement et monta sur le bas-côté de la route.

— Qu'y a-t-il ? demanda Jenny.

— Cet endroit-là, qu'est-ce que c'est ?

On voyait une sorte de tour de contrôle, plusieurs hangars abandonnés et deux pistes d'atterrissage en croix, envahies par les mauvaises herbes. Les barbelés de la clôture étaient rouillés.

— L'aérodrome de Tanningley, répondit-elle, construit par la Royal Air Force pendant la guerre. Il y a quelques années, un type a essayé de monter un aéro-club, mais ça n'a pas pris. Il y a une éternité qu'aucun avion n'a atterri.

— Tu es sûre ? C'est vraiment bon à savoir.

Il lança le moteur et s'éloigna.

*

La Maison d'or se trouve dans le vieux quartier de Marseille et l'on n'y accède qu'à pied, par une étroite ruelle pavée bordée de maisons de quatre ou cinq étages dont les façades s'ornent de petits balcons de fer. Le soir, tous les volets se ferment. Malgré les lois très strictes que la police française est censée appliquer, les prostituées se tiennent sur le seuil de presque chaque porte, dans la tiédeur de la nuit, vêtues de mille façons différentes pour attirer le client. Elles bavardent gaiement d'un côté de la rue à l'autre.

Lorsque Devlin passa avec Anne-Marie à son bras, le couple fut pris pour cible de plus d'un quolibet. Les filles rivalisaient de drôlerie et de vulgarité. Devlin s'étonna de voir Anne-Marie répliquer, parfaitement à l'aise, avec le même vocabulaire du trottoir.

— Une chose est certaine, lui dit-il, les femmes qui exercent le plus vieux métier du monde n'ont pas du tout l'air opprimées. Comment intégrez-vous cela dans votre cause féministe ?

— Les femmes devraient pouvoir choisir, répondit-elle, choisir librement, c'est tout ce que nous demandons. Quant à ce qu'elles choisiraient, c'est leur affaire.

La porte de *La Maison d'or* n'avait pas de poignée extérieure et Anne-Marie sonna. Un petit panneau-judas s'ouvrit aussitôt et deux yeux bleus, au regard dur, les examinèrent.

— On voudrait s'amuser un peu, dit la jeune femme.

— C'est ce que tout le monde dit, mon chou. Vous êtes membres ?

— Non. Nous ne sommes pas d'ici. Mais j'ai promis à mon ami qu'il passerait du bon temps.

Elle fit un geste obscène avec les doigts d'une main.

La porte s'ouvrit. Le portier avait l'air d'un lutteur de foire en rupture de ban, les arcades sourcilières gonflées par les bourrelets de ses cicatrices. Il regarda Anne-Marie de la tête aux pieds en sifflant entre ses dents.

— Vous n'êtes pas mal dans votre genre.

Le vestibule était décoré de rouge grenat et d'or. Les deux filles derrière le comptoir du vestiaire portaient des robes noires élégantes et l'une d'elles s'avança pour prendre leurs manteaux.

— Je vous ai prévenu que *La Maison d'or* était assez spéciale, dit Anne-Marie à Devlin.

Dans le miroir au cadre tarabiscoté, l'Irlandais vit un jeune homme sortir d'une petite porte presque dissimulée par les draperies vieil or de l'entrée du club. Des traits réguliers, des cheveux bruns légèrement bouclés et des yeux noirs qui se posaient sur tout avec une sorte d'ironie dédaigneuse. Son nez, cassé sans doute au cours d'une rixe, lui donnait de la personnalité, et son complet Yves Saint-Laurent, de flanelle bleu nuit, ne manquait pas d'élégance. Il observa Devlin et Anne-Marie pendant un instant, une Gauloise au coin des lèvres, puis il s'avança vers eux.

— Monsieur, dit-il à Devlin, voulez-vous me permettre ?

Devlin leva les bras en souriant et le jeune homme le fouilla rapidement d'une main habile.

— Qu'est-ce que ça signifie ? demanda Anne-Marie, indignée.

— Chut ! lui dit Devlin. Pas de problème. Je suis sans arme.

— Pardonnez-moi, monsieur, dit le jeune homme, quand il fut satisfait.

— Il n'y a pas d'offense, répondit Devlin d'un ton joyeux. Cela permet de faire connaissance. Nous aimerions voir M. Savary.

— Ce n'est pas possible, répondit le jeune homme. M. Savary n'est pas ici. Je peux prendre un message ?

— Je ne crois pas. C'est le genre de message qu'il préférera recevoir personnellement. De la part de son père.

— Que se passe-t-il ? lança le portier.

Le jeune homme le fit taire d'un geste. Son sourire demeurait figé sur ses lèvres, mais ses yeux ne souriaient plus du tout.

— Intéressant, monsieur...

— Quand Savary viendra, signalez-lui notre présence. Nous ne sommes pas pressés.

Devlin prit Anne-Marie par le coude et se dirigea vers les tentures dissimulant l'entrée du club. Le jeune homme fit claquer ses doigts et un maître d'hôtel se matérialisa de nulle part pour les conduire à une table.

— Champagne, commanda Anne-Marie. Et un whisky irlandais pour monsieur.

— Auriez-vous par hasard une bouteille de Bushmills? demanda Devlin.

— Mais bien entendu, monsieur, répondit le maître d'hôtel. *La Maison d'or* se flatte d'offrir à sa clientèle tout ce qu'elle peut désirer.

— Et je pense que cela couvre un domaine assez vaste, dit Devlin en parcourant la salle des yeux.

L'ambiance était celle de ce genre d'établissement partout dans le monde : trois musiciens jouant de la musique intime, une petite piste de danse, des tables serrées les unes contre les autres, une salle de jeu séparée par une arche. Le seul élément de surprise était le bon goût de la décoration. Revêtement des murs, rideaux, tapis et meubles : aucune fausse note.

Le maître d'hôtel apporta lui-même leur commande.

— Désirez-vous souper? demanda-t-il.

— Pour le moment, nous attendons M. Savary, répondit Anne-Marie.

— N'avez-vous pas l'impression que nous ne sommes pas les bienvenus? demanda Devlin quand le maître d'hôtel eut tourné le dos.

Il leva son verre, elle dégusta le champagne. Il était encore trop tôt pour que la soirée batte son plein et l'on assistait à une sorte d'accalmie, fréquente dans ce genre d'établissement peu de temps avant le coup de feu de la soirée.

Le portier, accoudé au bar, un verre à la main, ne les quittait pas des yeux. Il vida son verre et s'avança vers leur table.

— Préparez-vous, chuchota Devlin. Si je ne me trompe, il va y avoir de l'action.

— Ecoutez, dit le portier. M. Savary ne viendra pas ce soir ; alors, à votre place, je viderais mon verre et je filerais. Bien sûr, la poule peut rester.

Sa main se posa sur l'épaule d'Anne-Marie, et ses gros doigts glissèrent dans l'échancrure du corsage.

La jeune femme ne broncha pas.

— Pourrais-je avoir un peu plus de champagne ? demanda-t-elle à Devlin.

— Bien entendu.

Il tendit la main vers la bouteille.

— Et à propos, lança-t-il au portier, vous me ferez le plaisir de retirer votre main. Je veux dire que cette jeune femme ne désire pas votre présence.

Très lentement le portier ôta sa main.

— Espèce de petit connard, dit-il. Tu sais ce que je vais faire de toi ?

— Non. Expliquez-moi..., répondit Devlin.

Il était en train de verser du champagne à Anne-Marie et d'un geste presque naturel il retourna sa main sur le goulot de la bouteille qu'il projeta sur le crâne du portier. L'homme poussa un cri, tomba sur un genou et s'accrocha à la nappe. Les verres tombèrent par terre.

La réaction fut instantanée. Des dîneurs se mirent à crier, effrayés. L'orchestre cessa de jouer et plusieurs videurs en smoking s'avancèrent à grands pas. On entendit des ordres secs et le jeune homme au nez cassé apparut en faisant de grands gestes.

Tout le monde s'écarta. Le portier se releva en secouant la tête comme un taureau ; il s'essuya le front avec une serviette sur laquelle du sang se mêlait au champagne.

— Vous aviez raison, patron, dit-il. Ce type n'est pas ce dont il a l'air.

Le jeune homme inspecta la blessure.

— Rien de grave, Claude. Tu as connu pire. Va te faire soigner au vestiaire.

Déjà, une demi-douzaine de garçons nettoyaient les dégâts. Le jeune homme se retourna vers Devlin.

— Efficace. Monsieur... ?

— Devlin.

— Votre style me plaît.

— J'apprécie le vôtre. Vous êtes Jean-Paul Savary ?

— Pour vous servir, répondit le jeune homme en s'inclinant très bas, non sans ironie.

— Pourquoi tout ce numéro ?

— Parce que j'ai reconnu Mlle Audin, répondit-il en baisant galamment la main de la jeune femme. Personne n'admire votre travail plus que moi. Et de toute façon, cela m'a donné le temps de réfléchir un peu. Je n'aime pas être pris au dépourvu.

Il s'assit et fit signe au maître d'hôtel de venir.

— Un message de mon père ? demanda-t-il. Comment est-ce possible ?

— Il est dans la même cellule qu'un de mes amis, à La Hermosa.

— Détenu 38930 Martin Brosnan, dit Savary.

— Exact. Vous connaissez même son numéro.

— Rien de ce qui touche mon père et La Hermosa ne m'est inconnu. Sur ce rocher, chacun garde son numéro jusqu'à sa mort. Ils le tatouent sur l'avant-bras droit.

— Votre père se trouve là-bas depuis longtemps, intervint Anne-Marie. Je suis surprise que l'Union corse n'ait rien tenté.

— Ah, s'il avait été condamné pour autre chose...

Il secoua la tête.

— Un attentat contre de Gaulle, ajouta-t-il à mi-voix. Et surtout il a failli réussir. On ne le lui pardonnera jamais. Il restera là-bas jusqu'à sa mort.

Sa voix était devenue très amère soudain.

— Vous n'avez jamais essayé de le faire évader ? continua Anne-Marie.

— De La Hermosa ? lança-t-il, incrédule. Personne ne s'est jamais évadé de ce maudit rocher. Personne.

— Eh bien, jeudi soir, Martin Brosnan et votre père vont tenter une « première », répondit Devlin d'un ton léger. Avec votre aide ou sans votre aide. Tel est le message que je vous apporte de votre père.

Jean-Paul Savary se figea, les deux mains à plat sur la table, le regard plongé dans les yeux de Devlin. Lentement, il se tourna vers Anne-Marie.

— C'est vrai ?

— Absolument.

Il respira à fond et se leva.

— Je vous propose de monter dans mon appartement pour discuter du projet.

*

Il faisait très chaud dans le salon. Anne-Marie ouvrit les fenêtres du balcon et sortit. Au bout de la rue, le Vieux Port... Quelques minutes plus tard, elle se retourna et rentra.

Devlin et Jean-Paul, en bras de chemise, se penchaient au-dessus d'une carte marine à grande échelle des environs de La Hermosa, étalée sur la table.

— Est-ce possible ? demanda Devlin.

— En théorie oui. L'appareil de signalisation dont vous a parlé Brosnan ne pose aucun problème. J'ai de bonnes relations avec le milieu de la contrebande. Nous récupérons souvent des livraisons larguées en haute mer par un cargo de passage en nous servant du même appareil. Et le bateau ne présente aucune difficulté. Nous avons pris le contrôle d'une société de pêcherie l'an dernier. Six chalutiers. Je peux en envoyer un du côté de La Cala del Moro dès demain.

— En d'autres termes, sur le plan technique rien ne s'oppose au projet.

— Rien. Mais... Sauter du rocher dans ce courant n'est pas une petite aventure. Je ne leur donne pas cinquante chances sur cent.

— Vous semblez pourtant enthousiaste...

— Depuis quatorze ans, La Hermosa est pour mon père une pierre tombale, monsieur Devlin. C'est la seule occasion qu'il aura jamais d'en sortir. De quel droit lui refuserais-je cette chance ? Mais d'autres facteurs entrent en ligne de compte. Vous semblez avoir négligé plusieurs points importants.

On frappa à la porte et Claude, le portier, passa la tête.

— Le docteur Cresson vient d'arriver.

— Fais-le entrer.

— Pourquoi un docteur ? demanda Anne-Marie.

Jean-Paul alluma une Gauloise en souriant.

— Vous verrez, vous verrez...

*

André Cresson était un grand bonhomme aux yeux tristes, dont le double menton tremblait. Son costume de gabardine marron n'avait pas vu le teinturier, semblait-il, depuis des mois, et il fumait cigarette sur cigarette, allumant l'une au mégot de la précédente. De temps en temps la cendre tombait sur sa chemise noire.

— Vous dites qu'ils sortiront de la forteresse par les égouts ? demanda-t-il.

— Oui, répondit Devlin.

Cresson fit la grimace.

— Mauvais. Les égouts sont un enfer dans toutes les circonstances, mais dans un endroit comme La Hermosa... Probablement les canalisations originales du XVIIIe siècle. Un cloaque depuis des dizaines et des dizaines d'années.

— Quelle importance ? demanda Jean-Paul.

— Il y a souvent des poches de gaz carbonique et de méthane. Le premier vous étouffe. Le second vous étouffe aussi, mais risque en plus d'exploser à la moindre étincelle si les conditions sont réunies. Cela fait partie des risques à courir.

— Donc, ni bougies ni allumettes ? dit Devlin.

— Exactement. Vous devez revoir ce Brosnan avant la tentative, monsieur ?

— Oui. J'ai parlé au directeur adjoint... Je lui ai signalé que j'avais des problèmes à résoudre avant d'en terminer avec mon client. Il n'a fait aucune difficulté. Je reverrai Brosnan jeudi matin.

— Alors je vous suggère une petite lampe de poche. Difficile a trouver en prison, je pense. Voyez-vous, s'ils tombent dans le liquide, ils sont perdus : nausées, vomissements et mort rapide en quelques heures s'ils avalent une gorgée. Il y a tellement d'agents pathogènes. Sans parler des risques d'hépatite virale

Le silence se prolongea.

— Et que peut-on faire pour ça, docteur ? demanda Anne-Marie.

— Oh, un traitement immédiat quand on les récupérera... Si on les récupère, ajouta-t-il avec un sourire triste. Les eaux du Grand Rapide, même par une nuit calme, vont réduire très rapidement la température de leur corps. Surtout dans le cas de mon vieil ami Jacques qui, pour ne rien vous cacher, n'a plus l'âge de ce genre de sport.

— Très bien. Vous nous accompagnerez sur le chalutier pour effectuer les traitements nécessaires dès que nous les aurons recueillis. Bien entendu, vous serez généreusement rétribué pour vos services.

Cresson secoua la tête.

— Non, Jean-Paul. Je connais ton père depuis plus d'années que je n'ai envie de me le rappeler. Notre amitié ne s'est jamais démentie. Je peux bien faire ça pour lui, non ?

Jean-Paul sourit.

— J'accepte en son nom, avec reconnaissance.

— Supposons que tout se déroule comme prévu et qu'ils réussissent, dit Devlin. Que se passera-t-il ensuite ?

— Comme je vous l'ai dit, répondit Anne-Marie, je possède une petite ferme dans l'arrière-pays de Nice. J'y vais chaque fois que je veux m'échapper un peu du tourbillon de Paris. C'est assez isolé, très haut dans les collines. On voit les gens venir à des kilomètres. Ils pourront y séjourner aussi longtemps qu'il le faudra.

— Vous avez du personnel ?

— Pas de problème. Il n'y a que des moutons, une espèce espagnole adaptée à la montagne. Et mon berger, le vieux Louis, reste dans les alpages la plupart du temps.

— Cela me semble parfait, dit Devlin.

— Je vous remercie de votre proposition, répondit Jean-Paul, mais je m'occuperai moi-même de mon père.

— Il va falloir qu'ils se cachent un certain temps, insista Devlin. L'évasion va faire beaucoup de bruit. Tous les flics d'Europe seront en état d'alerte.

— Oui. Mais prenons les choses sous un autre angle. Supposons qu'ils périssent en mer. Supposons qu'ils meurent de froid et que le Grand Rapide apporte leurs cadavres sur les rochers de La Cala del Moro ?

Dans le silence qui suivit, Anne-Marie dit à voix basse :

— Si je suis bien votre pensée, les cadavres ne seront pas ceux de Jacques Savary et de Martin Brosnan ?

— Mais il y aura une autopsie. N'importe quel médecin légiste s'apercevra de la substitution, objecta Devlin.

— Des cadavres déchiquetés, portant des uniformes de la prison, avec le même numéro tatoué sur le bras, flottant dans des gilets de sauvetage volés à La Hermosa ? s'écria Jean-Paul en secouant la tête. Il est fort peu probable que les autorités espagnoles aillent chercher plus loin.

Il se redressa, cambra son dos pour détendre ses muscles, puis se pencha de nouveau sur la carte marine.

— J'ai gagné des sommes énormes avec nos salles de jeu. Nous gagnons toujours parce que les probabilités avantagent la maison. Je vais vous faire un pronostic sur la partie qui va se jouer : une intuition de flambeur. Je pense que si les autorités recueillent ces deux cadavres, elles s'en débarrasseront le plus vite possible et annonceront simplement que les détenus Brosnan et Savary sont décédés de mort naturelle, ou peut-être à la suite d'un accident dans la carrière.

— Vous voulez dire qu'ils étoufferont du même coup la tentative d'évasion ? demanda Devlin. En d'autres termes, il ne se sera rien passé ?

— C'est logique, réfléchissez : les autorités n'auront pas reçu de gifle et la réputation de La Hermosa demeurera intacte — la prison dont personne ne s'est jamais évadé.

— Il a raison, acquiesça Anne-Marie. Cela tombe sous le sens.

— Peut-être, répondit Devlin. Nous verrons bien. Et maintenant ?

Jean-Paul se tourna vers Cresson.

— Nous dépendons de vous, André. Fouillez toute la ville. Les morgues, les pompes funèbres, les hôpitaux. Le chalutier partira pour La Cala del Moro demain matin. Et je veux qu'il s'en aille avec dans sa chambre froide deux cadavres ressemblants.

André Cresson ôta le mégot de sa bouche et s'en servit pour allumer une autre cigarette. Il sortit de sa poche un carnet d'ordonnances et un stylo.

— Je sais à quoi m'en tenir pour Jacques, dit-il à Devlin. J'ai été son médecin pendant des années. Mais voulez-vous me décrire avec précision votre ami Brosnan ?

HUIT

Frank Barry fumait, allongé sur le lit, les yeux fixés au plafond. Il était sept heures du matin et une pluie froide de novembre crépitait sur les vitres de la fenêtre. Jenny Crowther, endormie à ses côtés, respirait doucement, lèvres entrouvertes. Dans son abandon elle avait un air incroyablement innocent et même enfantin. Il la regarda d'un œil indifférent, l'esprit occupé par des problèmes plus importants.

Il se glissa hors du lit et se dirigea à pas de loup vers la chaise sur laquelle il avait posé ses vêtements. Il enfila un pantalon de toile et un vieux chandail, releva ses cheveux d'un geste et prit ses valises.

Jenny se retourna puis s'assit dans le lit.

— Tu t'en vas ? dit-elle d'une voix inquiète.

Il reposa les valises et se dirigea vers elle.

— Non... Reste ici. Je ne veux pas que tu montes à la ferme aujourd'hui, tu m'as bien compris ?

Elle le fixa d'un regard inquisiteur.

— Tu reviendras ?

— Plus tard.

Elle lui sauta au cou et l'embrassa avec passion. Cela ne lui fit absolument aucun effet et il en éprouva un certain regret.

— Sois gentille..., dit-il.

Il reprit ses valises et sortit. Dans le couloir, il sentit aussitôt une odeur de bacon frit. Il trouva Salter dans la cuisine, devant les plaques chauffantes.

— Ah, monsieur Sinclair, dit-il. Puis-je vous offrir un petit quelque chose ?

— Non, merci, répondit Barry en se versant une simple tasse de thé, qu'il avala à la hâte. Je préfère toujours travailler l'estomac vide.

Le sourire se figea sur les lèvres de Salter.

— C'est donc le grand jour ?

— J'aurais cru qu'un vieux renard comme vous aurait compris depuis longtemps que moins il en savait, mieux cela valait pour lui, répondit Barry en se dirigeant vers la porte, ses valises à la main. J'ai recommandé à Jenny de ne pas monter à la ferme aujourd'hui. C'est également valable pour vous.

La menace était claire. Salter se figea, la main crispée sur le manche de la poêle, de plus en plus inquiet. Barry traversa la cour en direction de la grange.

Quinze minutes plus tard, il gara la Land-Rover au bout de la jetée. La pluie fine se mêlait au brouillard et il n'y avait, comme d'habitude, absolument personne. Il enjamba le bastingage de la *Kathleen* et se dirigea vers le poste de pilotage. Avant tout, il ouvrit le panneau de visite, sous le tableau de bord, pour vérifier que le Smith and Wesson et la Sterling se trouvaient toujours à leur place. Satisfait, il ressortit. Le canot de la *Kathleen,* un pneumatique jaune pourvu d'un moteur hors-bord, se balançait à l'arrière du bateau, au bout de son amarre. Barry le tira jusqu'à la jetée, monta à l'intérieur et rentra le câble de nylon à bord. Le hors-bord, comme tout sur le bateau de Salter, était flambant neuf. Il démarra au quart de tour et Barry se dirigea vers l'estuaire.

Il obliqua dans un chenal latéral, le suivit pendant un moment, puis en essaya un autre... Pendant vingt minutes, il ne cessa d'aller et venir, rebroussant chemin de temps en temps vers la terre. Puis il franchit un rideau de roseaux et découvrit ce qu'il cherchait : un bassin de forme à peu près circulaire, d'une vingtaine de mètres de diamètre. Vers le centre il devait avoir cinq ou six mètres de profondeur et la pente semblait abrupte.

Il eut l'impression que jamais personne n'était entré là avant lui. Pas un bruit, hormis la pluie. Il frissonna au souvenir des histoires de « trous du diable » qu'il avait entendu raconter dans son enfance en Irlande. Etrange, mais il avait la certitude que cet endroit l'attendait... Comme s'il le connaissait de longue date. C'était insensé, bien sûr, mais de toute façon, ce refuge convenait admirablement à ses desseins. Il lança de nouveau le moteur du pneumatique et mit le cap vers la jetée.

*

Hedley Preston, debout devant le miroir de la penderie, inclina le béret bleu sur le côté pour se donner un air crâne. La tenue de combat camouflée l'avantageait. Il ajusta le ceinturon à sa taille.

— Parfait, dit-il à mi-voix. Qui l'aurait cru ?

Il descendit dans la salle commune. Varley, dans le même uniforme, se tenait devant le feu, un verre à la main. Il lui lança un coup d'œil par-dessus l'épaule.

— Mais regarde-toi donc ! lança-t-il d'une voix acide. Un vrai héros !

— Une chose est certaine, lui répondit Preston. Tu n'en auras pas l'air, toi, si Sinclair te trouve encore en train de boire.

— Qu'il aille se faire voir, répondit Varley, mais dès qu'il entendit des pas dans le couloir, il se hâta de glisser son verre derrière une photo, sur l'appui de la cheminée.

Barry apparut sur le seuil, une de ses valises à la main. L'uniforme lui allait à merveille. Il avait l'air d'un soldat jusqu'au bout des ongles et le Browning dans l'étui de fil tressé, à sa taille, complétait bien le personnage.

— Nous voici, dit Preston. C'est le moment de nous expliquer de quoi il retourne.

— Pas plus que vous n'avez besoin de savoir.

Barry posa la valise marron sur la table, l'ouvrit et en sortit une carte de la région qu'il déplia.

— Un camion, peut-être deux, vont passer à cet endroit, sur la route de Wastwater. Une demi-douzaine de soldats dans l'un d'eux, c'est certain. Et il y aura également une escorte. Je ne connaîtrai son importance que plus tard.

— Des soldats ? dit Varley. Qu'est-ce que c'est, cette histoire ?

— Ne mouillez pas vos langes, répondit Barry. On ne permet pas à des soldats armés de crapahuter dans la campagne anglaise. Pas de soucis à se faire. Nous bloquerons la route avec la Land-Rover pour les arrêter.

Il sortit de la valise une des grenades à gaz.

— Vous lancerez un de ces trucs-là à l'arrière du camion. Le gaz agit à la seconde. Les soldats resteront sans connaissance pendant une heure.

— Et nous ? demanda Preston.

— Tout est prévu.

Barry lui tendit un petit masque à gaz de couleur kaki, pourvu d'une petite boîte de métal.

— Donc, ils dorment tous comme des bébés, dit Preston. Que faisons-nous ensuite ?

— Nous chargeons dans la Land-Rover ce que nous trouvons dans le camion. Trente minutes de route jusqu'à la côte, où un bateau m'attend. Nous embarquons le colis et votre rôle est terminé, vous pouvez fiche le camp.

— Avec cinq mille livres de plus dans la poche de chacun, ajouta Preston. N'oubliez pas le plus important.

Barry sortit de la valise le pistolet-mitrailleur Sterling et le Smith and Wesson.

— Ces deux armes sont chargées de balles explosives, au cas où les choses tourneraient mal, mais personne ne tire sans mon ordre. Compris ?

— Parfaitement, monsieur Sinclair, répondit Preston en caressant amoureusement la Sterling. Un bel objet d'art vous donne une éternelle joie...

Varley fit sauter le Smith and Wesson dans sa grosse main puis le glissa dans l'étui de sa ceinture.

— Ce que j'aimerais bien savoir, lança-t-il d'une voix agressive, c'est ce qu'il peut bien y avoir de si important dans ce fichu camion.

Barry referma la valise et fixa les deux hommes en silence, longuement. Puis il lança :

— Très bien, allons-y.

Il se retourna et sortit.

— Ecoutez, merde..., commença Varley, mais Preston le fit taire d'un coup de coude.

— Ferme-là, Sam ! Compris ? Tout vient à point à qui sait attendre, je te l'ai déjà dit. Alors, pour le moment, fais ce qu'il te dit...

Il prit la Sterling et suivit Barry.

*

L'établissement des pompes funèbres se trouvait sur une petite place pavée de la vieille ville. A l'arrivée de Jean-Paul Savary, de Devlin et d'Anne-Marie, il y avait devant la porte un corbillard à cheval, magnifique création baroque, entièrement noire avec des anges dorés en larmes dans chaque angle et des plumets noirs entre les oreilles des chevaux.

— Des plumes d'autruche, dit Jean-Paul. C'est devenu illégal, mais les gens sont conservateurs, et ces vieilles coutumes demeurent bien enracinées.

Il tira sur la corde d'une cloche, près de l'entrée. Un vieillard grand et mince, vêtu d'un costume noir luisant, lui ouvrit aussitôt.

— Par ici, monsieur Savary.

Ils le suivirent dans un couloir sombre. Une odeur d'encens et de cierge éteint emplissait l'atmosphère, lourde et oppressante. Il y avait des chapelles de chaque côté du couloir, et dans la plupart d'entre elles un cadavre gisant dans un cercueil ouvert, pour que les parents et les amis puissent rendre à leur mort une dernière visite.

— C'est très intéressant, dit Devlin, mais je préférerais partir d'une autre manière.

— Est-ce vraiment important ? demanda Anne-Marie. Quand on est mort, on est mort.

Ils s'arrêtèrent sur le seuil d'une porte pour regarder un vieillard allongé dans un cercueil doublé de satin blanc. Il portait un costume bleu, col dur et cravate, ses cheveux étaient bien coiffés et son visage maquillé avec soin avec une touche de rouge sur les lèvres.

— Que lui importe, à lui, qu'on l'ait transformé en mannequin du musée Grévin ?

— Vous voulez dire, du moment que ça fait plaisir à sa famille ? demanda Devlin en frissonnant. Non merci. En mauvais catholique que je suis, je crois que j'exigerai la crémation.

Leur guide ouvrit une porte au bout du couloir et s'écarta pour les laisser entrer. La pièce dans laquelle ils pénétrèrent était la salle de préparation, où l'on procédait à la toilette et à l'embaumement éventuel des cadavres avant la mise en bière. Le docteur Cresson, son éternelle cigarette aux lèvres, se tenait près d'un grand évier de pierre et discutait avec un homme au visage de rat, vêtu d'un complet bleu pétrole, une sacoche noire à la main. Cresson se retourna vers les nouveaux venus.

— Ah, vous voici...

Il y avait deux tables mortuaires à dessus de marbre, avec sur chacune d'elles un cadavre recouvert d'un linceul.

— Tout se passe comme prévu ? demanda Jean-Paul.

— J'espère. Ces deux hommes viennent de mourir dans un accident de voiture.

— Nous pouvons jeter un coup d'œil ?

— Je ne vous le recommande pas. Sauf si vous aimez particulièrement ce genre d'horreur. Ils n'ont pas belle allure.

— Feront-ils l'affaire ? demanda Devlin.

Cresson acquiesça.

— Je crois, mais il me reste encore un peu de travail sur eux, dit-il en prenant par le bras l'homme au visage de rat. Jean-Paul, voici le tatoueur dont je t'ai parlé : M. Black. C'est un Anglais installé à Marseille depuis de nombreuses années.

Jean-Paul serra la main du petit homme.

— Je vous remercie de votre aide en cette affaire. L'Union corse n'oublie pas ses amis, faites-moi confiance.

— C'est un plasir, monsieur. Puis-je commencer de suite ? dit Black.

— Bien entendu, vous connaissez les numéros ? demanda Jean-Paul à Cresson.

— Oui.

— Il suffit donc de s'assurer que chaque numéro correspond bien au cadavre.

Anne-Marie et Devlin regardèrent, fascinés, le petit homme ouvrir sa sacoche et en sortir une aiguille à tatouer fonctionnant sur pile et une bouteille d'encre spéciale. Il se mit au travail.

— Un petit détail, dit Jean-Paul, mais qui demeure essentiel...

Sous leurs yeux, l'Anglais de Marseille tatoua à petits gestes précis le numéro de Brosnan sur l'avant-bras du plus grand des deux cadavres. Il frotta avec la teinture puis essuya la peau et souleva le bras du mort.

— Satisfait, monsieur Savary ?

— Excellent, vous êtes un véritable artiste, mon ami. Au tour de mon père : 28917.

— Très bien, monsieur.

Jean-Paul se tourna vers Anne-Marie et Devlin.

— Le reste, je pense, est entre les mains du destin.

*

De son poste d'observation parmi les arbres du bord de la route, à deux cents mètres au nord de l'aéroport de Brisingham, Frank Barry surveillait avec ses jumelles le déchargement de l'avion de transport de la Luftwaffe. Il ne vit que deux véhicules : un camion de trois tonnes et une jeep. Sous ses yeux, les soldats de la Bundeswehr chargèrent trois caisses à l'arrière du camion, puis montèrent à côté d'elles.

Leur officier bavarda encore quelques instants avec un jeune homme en uniforme de capitaine de l'armée anglaise, puis les deux hommes montèrent dans la jeep, qui traversa bientôt les pistes d'atterrissage, suivie par le camion. Barry attendit que les deux véhicules eussent franchi la grille pour s'assurer de la direction qu'ils prendraient, puis sauta dans la Land-Rover et s'en fut.

*

La pluie avait redoublé depuis le départ de Barry — une véritable ondée — et demeurer accroupi derrière un mur de pierres sèches sous les arbres du bord de la route n'était pas particulièrement agréable. Varley avait emmené une demi-bouteille de scotch et il en prenait de fréquentes lampées.

— Tu es vraiment un sale con, lui dit Preston.

— Occupe-toi de tes pieds trempés, lança Varley en ricanant. Je ne reçois d'ordres de personne. Pas de toi en tout cas, ni de ce Sinclair qui se prend pour Dieu le père.

Il vida la bouteille d'un trait et la laissa tomber sur les feuilles sèches.

— Je lui réglerai son compte quand je serai fin prêt, dit-il en esquissant un salut militaire. Tu verras si je me dégonfle...

Preston secoua la tête, écœuré. Varley était un poids mort, non seulement en ce moment mais pour l'avenir. Cela ne faisait aucun doute. Et qui avait besoin de lui ? Preston caressa le canon de la Sterling puis se raidit, entendant soudain un bruit de moteur.

— Attention, il revient.

Un instant plus tard, la Land-Rover apparut. Barry l'arrêta en travers de la route, descendit et courut vers les deux hommes, sous les arbres.

— Tout va bien ? demanda Preston.

— Parfait. Deux véhicules. En tête, une jeep avec trois hommes, puis un camion de trois tonnes. Le chauffeur et un sergent dans la cabine, une demi-douzaine de Schleuhs à l'arrière. Donc, trois grenades. Je glisserai la première dans la jeep quand j'irai leur parler. Vous vous occuperez tous les deux du camion : une grenade dans la cabine, une autre à l'arrière.

— Très bien, mon général, répondit Varley d'une voix d'ivrogne.

Barry se baissa, ramassa la bouteille de whisky vide et la jeta au loin avec un juron. Il saisit le gros bonhomme par le devant de sa tenue de combat.

— Si tu me salopes cette affaire, gros porc, je te fais sauter la gueule. Tu peux y compter.

Il n'eut pas le temps d'ajouter un mot : on entendait déjà un bruit sourd de moteurs. Les véhicules montaient la côte.

— Vos masques ! lança Barry.

Il courut sur la route, ouvrit la portière de la Land-Rover, prit son masque à gaz, le passa autour du cou et attendit, jambes légèrement écartées.

*

Le major allemand se trouvait à l'arrière de la jeep et le jeune capitaine anglais à l'avant, à côté du conducteur; il s'était tourné vers l'autre officier pour bavarder. Il ne vit Barry qu'au moment où le chauffeur attira son attention et ralentit.

— Je me demande bien ce que c'est que cette histoire, dit le capitaine en baissant la glace. Que se passe-t-il? cria-t-il à Barry qui s'avançait.

— Contrordre, vieux, on ne t'a rien dit? lança Barry. Ça ne m'étonne pas, toujours la pagaille...

Il ôta la goupille, lança la grenade à gaz par la glace baissée, et se détourna aussitôt pour remonter son masque à gaz sur son visage.

Preston et Varley quittèrent le rideau d'arbres au pas de course. Preston se dirigea vers l'arrière du camion et lança sa grenade par-dessus le hayon.

Et Varley cafouilla. Il ôta la goupille de sa grenade en courant, trébucha et s'étala de tout son long. La grenade se mit à rouler sur la route, dégageant un tortillon de fumée blanche.

La porte du camion s'ouvrit et un gros sergent de l'artillerie sauta à terre. Barry, qui n'avait pas le choix, dégaina son Browning et tira deux fois à l'instant où le sergent se jetait sur Varley. Une seconde plus tard, il ramassa la grenade fumante et la lança dans la cabine du camion, où le chauffeur n'avait pas bougé.

Tout devint très silencieux soudain, Preston contourna le camion tandis que Barry, furieux, aidait Varley à se relever, en le secouant de toutes ses forces et lui lançant des insultes que le masque à gaz étouffait.

Il le lâcha, courut à l'arrière du camion, baissa le hayon, enjamba les corps sans connaissance des artilleurs allemands et examina les trois caisses métalliques vertes.

Preston et Varley le rejoignirent. Il leur fallut exactement quatre minutes pour transborder les caisses dans la Land-Rover. Moins de cinq minutes plus tard, ils s'éloignaient, laissant les deux véhicules militaires silencieux sous la pluie battante.

*

Jenny Crowther, toujours sous la pluie, suivait le sentier de l'estuaire, silhouette pitoyable avec son foulard et son vieil imperméable. Sa vie avant l'arrivée de Barry n'était qu'un néant, une succession interminable de journées grises. Maintenant, cet homme ne cessait de tourner dans sa tête et elle ne pouvait penser à rien d'autre.

Elle s'avança sur la jetée, les mains dans les poches, et regarda les deux bateaux pendant un instant. Puis elle enjamba le bastingage de la *Kathleen* et passa dans le poste de pilotage. Elle s'assit sur le banc, le dos appuyé au cloisonnement, les yeux fixés sur le tableau de bord. Enfin, elle tendit le bras et ouvrit le panneau de visite. La Sterling et le revolver étaient là, mortels, sur leurs colliers. Elle les toucha puis remit le panneau en place et ressortit.

Elle s'avança ensuite à la hauteur du *Jason* et le regarda. A quoi rimait toute cette histoire ? se demanda-t-elle les sourcils froncés. Elle passa par-dessus le bastingage et entra dans le poste de pilotage, sans trop savoir ce qu'elle faisait là. Soudain, dans le lointain, elle entendit un bruit de moteur.

Lorsqu'elle ressortit sur le pont, le bruit était très proche. Elle hésita, puis descendit rapidement dans la cabine et referma la porte.

*

La Land-Rover s'arrêta au bout de la jetée. Barry en descendit et se dirigea vers l'arrière où Preston et Varley étaient assis sur les trois caisses.

— Parfait, transportons-les à bord du *Jason,* sans traîner. Faites-moi passer la première. Je m'en débrouillerai seul.

— A vos ordres, répondit Preston en la poussant vers lui.

La caisse était relativement légère. Barry n'eut aucun mal à franchir le bastingage et à descendre l'escalier. Jenny, en entendant ses pas, partit à l'autre bout de la cabine et s'enferma dans les toilettes.

Barry ouvrit la porte et entra avec la caisse. Il la posa sur le sol. Preston et Varley apparurent avec la deuxième caisse, plus grande.

— Très bien, dit Barry. Encore une et c'est terminé. Vous pourrez dégager.

Varley lança à Preston un regard complice, mais ils remontèrent l'escalier sans rien dire. Barry les suivit. Près de la Land-Rover, il les regarda manipuler la troisième caisse. Lorsqu'ils repartirent sur la jetée, il glissa la main sous le siège du chauffeur, en sortit sa serviette et les suivit.

Il se demanda quand ils allaient passer à l'attaque. Une seule certitude : Preston en ferait tout un spectacle. Barry alla s'installer à l'arrière du bateau, posa la serviette par terre à ses pieds et ouvrit l'étui de son Browning, à sa ceinture. Il entendit leurs voix dans la cabine, au-dessous. Il prit l'automatique, l'arma et le remit en place dans l'étui. Il alluma une cigarette et attendit.

Ils remontèrent sur le pont et Preston lança :

— Vous avez l'argent ici, j'espère ?

— Oui.

— Eh bien, on aimerait discuter. De ce qu'il y a en bas dans les caisses, et de tout ce qui reste dans cette serviette.

— En d'autres termes, gros malin, coupa Varley, on veut tout.

Barry se retourna, le visage souriant à demi, la cigarette collée au coin de ses lèvres. Preston le couvrait avec la Sterling et Varley venait de braquer son Smith and Wesson.

— Je ne m'en sortirai pas, hein ?

— Je crains que non, monsieur Sinclair, répondit Preston en haussant les épaules. Vous perdez sur toute la ligne.

— Une vraie honte, dit Barry en jetant sa cigarette par-dessus bord. Quand je pense que vous auriez pu toucher votre pognon et partir tranquilles.

Sa main glissa vers le Browning et Preston appuya sur la

détente de la Sterling. On n'entendit que le déclic métallique de la culasse mobile. Preston cessa de sourire : en une fraction de seconde, il comprit tout.

A l'instant où Barry tira, Jenny jaillit de l'escalier.

— Non ! hurla-t-elle en se jetant sur Preston pour détourner son arme.

La balle la toucha dans le dos et la projeta contre le truand.

Preston la serra contre lui comme un bouclier et tenta de reculer vers la jetée ; mais Barry visa sa tête. Le haut du crâne éclata et il s'écroula contre la cloison du poste de pilotage, les mains encore crispées sur la jeune fille.

Varley, affolé, ne cessait de tirer dans le vide avec son Smith and Wesson, qui ne répondait que par un cliquetis ridicule. Avec un cri de désespoir, il lança vers Barry son arme inutile et se retourna pour fuir. Barry lui tira deux fois dans le dos, brisant sa colonne vertébrale. Varley s'écroula sur le bastingage, bras ballants.

Des oiseaux, pris de panique, tournoyaient au-dessus des roseaux, emplissant l'air de leurs cris et de leurs battements d'ailes. Barry rengaina son Browning, mit un genou à terre et prit Jenny Crowther dans ses bras. Elle était morte, les yeux agrandis, fixes. Il les referma d'un geste tendre.

— Pauvre petite sotte ! dit-il en l'embrassant sur le front. C'était inutile... Complètement inutile. J'avais tout prévu.

Il la souleva dans ses bras, descendit l'escalier et la déposa sur une couchette. Il remonta ensuite sur le pont et s'agenouilla à côté de Preston. Il ouvrit la tenue de combat et fouilla rapidement le cadavre. Comme il s'y attendait, Preston gardait les cinq mille livres sur lui et Varley de même. Il les fit basculer l'un après l'autre dans l'escalier, puis récupéra sa serviette, enjamba le bastingage et courut vers le *Kathleen.*

Il entra dans le poste de pilotage et regarda autour de lui. Les endroits les plus simples étaient toujours les meilleurs — il avait eu l'occasion de s'en apercevoir. Il y avait un coffre servant de siège contre la cloison. Le dessus de cuir capitonné se soulevait. A l'intérieur, un tas de cordages, de bidons d'huile, de sacs de plastique. Il dissimula sa serviette sous les sacs de plastique et s'en alla.

Ensuite, il enveloppa les caisses métalliques dans un grand sac de plastique étanche, détacha le canot pneumatique du *Kathleen,* le traîna le long de la jetée et l'amarra à l'arrière du *Jason.* Puis il remonta à bord, largua les amarres, descendit dans la timonerie et lança les moteurs. Dix minutes plus tard, il franchissait le banc de roseaux dissimulant le bassin qu'il avait découvert le matin même.

Il coupa les moteurs. Le *Jason* continua sur son erre puis ralentit. Barry descendit dans la cabine, sans un regard pour les cadavres, et parcourut le bateau sur toute sa longueur, ouvrant au passage tous les sabords. Quand il remonta sur le pont, le *Jason* était presque immobile. Il hala le pneumatique, sauta dedans et se dirigea vers le bord du bassin.

Le *Jason* sombrait de plus en plus vite. L'eau arrivait déjà à la hauteur du pont. Barry alluma une cigarette et attendit. Soudain, emporté par le poids, le bateau disparut sous la surface et se posa au fond. Barry ne lança le hors-bord qu'à ce moment-là, puis il mit le cap vers les roseaux et l'estuaire.

*

Henry Salter prenait le thé dans la cuisine. Il était à bout de nerfs et sa main tremblait légèrement lorsqu'il ajouta un doigt de cognac. Le vent secouait la fenêtre et la pluie crépitait contre les vitres. Il détestait l'hiver. L'hiver l'angoissait, le mettait mal à l'aise — mais beaucoup moins que Barry. Il ne pouvait supporter le bruit de ses pas au-dessus de sa tête et, un instant plus tard, dans l'escalier.

Quand Barry entra dans la pièce il portait le même imperméable sombre qu'à son arrivée et il tenait à la main une des valises de cuir marron. Il s'assit sur la chaise en face de Salter et posa la valise sur la table.

— C'est terminé, dit-il. J'ai nettoyé la ferme. Comme si personne n'y avait séjourné.

— Preston et Varley ?

— Ils étaient impatients de toucher leur argent. Ils ont filé aussitôt. A propos d'argent...

Il ouvrit la valise, en sortit les cinq mille livres de Preston et les fit glisser sur la table.

— Comme promis, ajouta-t-il.

Lorsqu'il tendit la main pour toucher les billets, Salter avait le front en sueur.

— J'ai écouté la radio, monsieur Sinclair. Jusqu'ici, les informations locales n'ont signalé aucun incident.

— Et pourquoi cela concernerait-il un sujet respectable de Sa Majesté comme vous, monsieur Salter ?

— C'est juste... Oui, pourquoi ? Vous allez partir avec le *Jason*, à présent ?

— Le *Jason* est déjà parti, mon cher, répondit Barry en souriant. Je suis très organisé, voyez-vous.

Il plongea la main dans la valise, en sortit l'argent de Varley et le fit glisser sur la table, liasse par liasse. Salter regardait, fasciné.

— Une prime, monsieur Salter. Vous m'avez été très précieux, n'est-ce pas, et comme je le dis toujours, toute peine mérite salaire. Je compte revenir par ici très bientôt. Rien de très délicat cette fois, mais j'aimerais vous trouver ici, prêt à pourvoir à mes besoins.

— Bien entendu, monsieur Sinclair, balbutia Salter. Tout ce que vous me demanderez.

— Très bien. Je m'en vais.

Barry prit la valise et se dirigea vers la porte.

— Encore une chose, monsieur Sinclair, dit Salter. Jenny ?

Barry se retourna lentement.

— Inutile de vous faire du souci pour Jenny, monsieur Salter. A partir de maintenant, c'est moi qui m'en occupe.

— Je vois, répondit Salter avec un sourire entendu. Cela ne m'étonne pas. Cette fille était folle de vous. L'amour-passion, n'est-ce pas ?

Barry parvint à ébaucher un sourire.

— Ma foi, comme on dit, c'est ce qui fait tourner le monde.

Il sortit. Salter attendit, l'oreille aux aguets. Quand il entendit la voiture de location s'éloigner, il se mit à compter l'argent, d'une main qui tremblait.

NEUF

Lorsqu'il arriva à l'aéroport de Manchester, Frank Barry avait de nouveau les cheveux inondés de brillantine et coiffés à la raie. Il portait ses lunettes à grosse monture. Il n'avait que vingt minutes à tuer avant de prendre l'avion de Jersey ; et il s'enfonça dans son siège avec un soupir de soulagement — il n'aurait pas l'occasion de se reposer avant le lendemain.

Il commanda un grand scotch à la jolie hôtesse en uniforme bleu des British Airways, alluma une cigarette, regarda par le hublot et repassa toute l'aventure dans sa tête, songeant en particulier à Romanov.

— Pauvre Nikolaï, murmura-t-il. Tu vas recevoir un de ces chocs, vieux filou !...

Son scotch arriva et il le dégusta lentement, tout à son plaisir. Les choses se passaient bien, vraiment très bien.

Une heure plus tard, il sortait de l'aéroport de Jersey, hélait un taxi et se faisait conduire au port. Ce fut là qu'il tomba sur le premier écueil. Une phrase écrite à la craie sur le tableau noir indiquait que les départs pour Saint-Malo étaient annulés. Barry s'adressa au bureau, où l'employé fit preuve de l'indifférence habituelle à ce genre de personne.

— Des ennuis techniques, je suppose. Pas de problème pour le départ du matin. Et s'il y en a, on fera venir un autre bateau.

S'inclinant devant l'inévitable, Barry longea le quai jusqu'au centre ville et retint une chambre pour la nuit au Royal Yacht Hotel.

*

Assise sur le balcon de l'hôtel, à La Cala del Moro, Anne-Marie parcourut l'horizon des yeux, à la recherche de La Hermosa. La journée avait été calme et la visibilité excellente. Elle découvrit enfin le point minuscule, à peine une ombre, bien que ses jumelles fussent parfaitement au point.

Devlin sortit de sa chambre en peignoir, tout en séchant ses cheveux avec une serviette.

— Si cela vous intéresse, le remorqueur a accosté il y a une heure dans le port des pêcheurs.

— Jean-Paul Savary est à bord ?

— Non, il arrivera demain après-midi avec Cresson par la route. Il doit me téléphoner quand je reviendrai de la prison pour s'assurer que tout va comme prévu.

— Vous irez avec eux demain soir ?

— Oui.

— Puis-je venir ?

Elle ne le suppliait pas, ce n'était pas son genre.

— Quel *scoop*, pour vous ! lança Devlin. Quelles photos sensationnelles ! Un autre prix Pulitzer...

— Salopard, répondit-elle gentiment.

— Avez-vous envisagé le pire ? Il est très possible que nous ne les retrouvions pas...

— Et peut-être seront-ils déjà morts quand nous les retrouverons, ajouta-t-elle d'une voix grave. De toute manière, j'aime mieux être là-bas, Liam.

— Rien ne s'y oppose.

— Merci.

— Pourquoi « merci » ? répondit-il. Que Dieu nous protège... De toute façon, il faut que je file passer un coup de téléphone que je repousse depuis plus de vingt-quatre heures.

— Important ?

— Ferguson.

*

Ferguson venait d'être appelé d'urgence par le directeur général. Quand le téléphone sonna dans l'appartement de la place Cavendish, Harry Fox se trouvait derrière le bureau, penché sur des documents.

— Le général Ferguson, je vous prie.

— Il n'est pas chez lui. Que puis-je faire pour vous ?

— Harry, mon petit ! C'est ton vieil oncle Liam que l'on croyait perdu.

Fox se pencha sur l'appareil.

— Bon sang, professeur, où étiez-vous passé ? Ferguson est en train de démolir les meubles à coups de pied. Vous deviez rester en contact.

— Enfin, Harry, quand vas-tu cesser de m'appeler « professeur » ? J'ai l'impression d'être un vieil acteur de composition en train de jouer Einstein dans une mauvaise émission de télé. Tu diras à Ferguson que j'ai travaillé comme un chien.

— Que s'est-il passé ? Vous avez vu Brosnan ?

— Oui, mais je n'ai pas obtenu grand-chose tant que je n'ai pas parlé de Norah. Maintenant, il ne songe plus qu'à se venger.

— Il accepte donc de jouer le jeu ?

— Façon de parler. Ecoute, Harry, Ferguson ne va pas apprécier, mais pour tout dire, Martin ne croit pas que le MI5 ait la moindre chance de le faire sortir de La Hermosa. Il va s'en occuper lui-même.

— S'occuper de quoi ? répondit Fox, suffoqué. Mais c'est de la folie. C'est impossible.

— Il n'est pas de cet avis. Tu enregistres tout cela sur ton petit appareil, n'est-ce pas ?

Fox ne put s'empêcher de rire.

— Bien entendu. Mlle Audin est avec vous ?

— Mais oui. Je vous quitte.

— Une seconde, cria Fox. Où pouvons-nous vous appeler ?

Devlin gloussa de rire.

— Ne vous donnez pas cette peine. Nous vous téléphonerons.

Et il raccrocha.

*

Ferguson arriva une demi-heure plus tard. Il avait l'air épuisé. Il se dirigea aussitôt vers la desserte et se servit un cognac.

— Quelle journée !

— Le directeur général voulait vous voir pour un problème particulier ?

— Nous étions tous convoqués, Harry. Tous les chefs de service et de section. Une vilaine affaire dans la région des Lacs, ce matin même. Un groupe d'artilleurs ouest-allemands devait se rendre par la route au champ de tir de Wastwater pour faire une démonstration d'un nouveau modèle de lance-roquettes. Ils sont tombés dans une embuscade sur une route secondaire, en pleine campagne. Très professionnel. Des grenades à gaz à l'arrière du véhicule — du type que le SAS utilise pour ses coups de mains...

— Des morts ?

— Un seul, un sergent de l'artillerie. Apparemment, les personnages impliqués étaient en uniformes de combat, avec masques à gaz et tout. Ils ont pris le lance-roquettes, bien sûr, et ils ont filé.

— En quoi cela nous concerne-t-il ?

— Je ne sais pas. En principe l'affaire relève de la police locale. Bien entendu, les services spéciaux vont collaborer, et j'ai envoyé Carter sur place, à tout hasard. Etant donné le côté délicat de la situation, le directeur général a imposé des mesures de sécurité draconiennes. Pas un mot aux médias. Les Allemands de l'Ouest ne vont pas apprécier du tout.

— Devlin a téléphoné, mon général, dit Fox.

Les yeux de Ferguson s'illuminèrent.

— Ah bon ? Qu'est-ce qu'il a mijoté ?

— Il vaut mieux que vous écoutiez l'enregistrement.

Il lança l'appareil et Ferguson s'assit. Peu à peu son visage se rembrunit. A la fin de la conversation il se leva soudain et se mit à arpenter la pièce.

— Maudit Devlin !

— Franchement, mon général, je ne vois pas ce que Devlin aurait pu faire d'autre ; c'est Brosnan qui a pris sa décision.

— De la folie ! répondit Ferguson. Si par miracle il en

réchappe cela va causer une sensation extraordinaire. Il va devenir un héros populaire et les autorités espagnoles remueront ciel et terre pour le retrouver.

Il se dirigea vers la fenêtre, tremblant de colère.

— Vous pouvez tout arrêter, mon général, dit Fox d'un ton léger. Rien n'est plus simple.

— En prévenant le gouverneur de La Hermosa de la tentative d'évasion ? En seriez-vous capable, Harry ?

— Non, mon général, je ne crois pas.

— Moi non plus, et Devlin le sait très bien, sinon il ne nous aurait rien dit.

Il secoua la tête.

— Et Anne-Marie Audin est encore avec lui...

— On le dirait. Que voulez-vous que je fasse ?

— Et que croyez-vous pouvoir faire, Harry ? Rien.

Mais à peine avait-il parlé qu'il se ravisa.

— Si, une chose. Rédigez un bref compte rendu de cette affaire jusqu'ici. Les faits saillants, les personnes impliquées, nos interventions ! Tout sauf ce qui concerne Norah Cassidy

— Puis-je vous demander pourquoi, mon général ? s'écria Fox, surpris.

— Je vous expliquerai plus tard, Harry. Un exemplaire pour mon dossier personnel et un exemplaire pour le Premier Ministre — confidentiel.

— Dois-je le faire parvenir 10, Downing Street ?

— Pas encore. J'aime être préparé, c'est tout. Cette femme est capable de me convoquer à n'importe quel moment. On ne sait jamais. Elle a l'esprit comme une montre suisse. Sécurité numéro un, inutile de le préciser. Dites à Meg Johnson de le dactylographier elle-même et que personne d'autre n'y touche.

*

Meg Johnson était une redoutable matrone aux cheveux gris, veuve depuis 1951 — son mari avait été tué en Corée. Elle était première secrétaire administrative dans le département de Ferguson depuis ses débuts.

Le rapport sur l'affaire Brosnan que Harry Fox lui avait dicté tenait sur une seule feuille d'imprimé A4. Il était tapé sans une faute, avec une marge de la taille exacte. Le Premier Ministre le lirait, tout devait être parfait, sans la moindre concession

Elle l'apporta à Fox, qui le relut rapidement et hocha la tête, satisfait.

— Excellent, madame Johnson. Vous vous êtes surpassée. Une copie s'il vous plaît, pour le Premier Ministre. Vous la classerez pour l'instant avec l'original, dans le dossier rouge du général Ferguson.

Elle longea le couloir jusqu'à son bureau en relisant le texte une dernière fois. Simple vérification, le contenu ne l'intéressait pas. Jamais elle ne mémorisait les détails d'un rapport. Elle avait découvert depuis des années que c'était la meilleure méthode pour repérer les fautes de frappe.

Satisfaite, elle ouvrit la porte de son bureau, qui communiquait avec la salle de photocopie. La femme de service était Mary Baxter, secrétaire adjointe. Elles avaient travaillé ensemble pendant des années et s'étaient liées d'amitié.

— Bonjour, Mary, que faites-vous ici? demanda Meg Johnson.

— La petite Jeanie s'est sentie souffrante à l'heure du déjeuner. Je bouche le trou.

Meg Johnson lui tendit le rapport.

— Un seul exemplaire, je vous prie.

Mary Baxter mit la machine en marche. *A l'attention du Premier Ministre. Confidentiel,* eut-elle le temps de lire, puis le téléphone sonna dans le bureau de Meg Johnson. Meg se retourna et courut répondre.

Une affaire de routine, qui ne lui demanda que trois ou quatre minutes. Tandis qu'elle en prenait note sur son bloc, une toux discrète lui fit lever la tête : Mary Baxter lui apportait le rapport.

— Une seule copie, n'est-ce pas?

— Merci, Mary. Posez-les sur le bureau, répondit Meg Johnson, toujours concentrée sur ses notes.

Mary Baxter obéit et sortit. Elle referma avec soin la porte de la salle de photocopie puis regarda les deux autres copies du rapport sur Brosnan qu'elle venait de tirer. Elle les plia et les glissa dans la poche de sa jupe de tweed. Elle consulta sa montre. Bientôt l'heure de rentrer. Elle éteignit la lumière et sortit.

*

Mary Baxter, comme Nikolaï Romanov l'avait indiqué à Barry, possédait des antécédents impeccables. Son père avait fait une excellente carrière de médecin militaire et, comme sa mère était morte quand elle avait cinq ans, elle avait passé ses années de jeunesse et d'adolescence dans toute une série d'internats.

Quelconque et même plutôt laide, elle avait peu d'amies. Elle était devenue fonctionnaire dans un ministère. Son efficacité et sa discrétion lui avaient assuré une promotion rapide, puis une mutation à la DI5 après une vérification complète de son passé

Son père lui avait laissé de l'argent, un bon appartement à St. John's Wood et pas grand-chose d'autre. A quarante-deux ans elle était toujours aussi quelconque : ses cheveux tirés en chignon, ses tailleurs de tweed et ses chaussures plates « pratiques » ne contribuaient pas à améliorer son allure.

Puis elle avait rencontré Peter Yasnov. Elle avait été invitée à une réception culturelle de l'ambassade du Brésil — le genre de carton qu'elle recevait de temps à autre. En général, elle ne sortait pas, mais pour une fois... Ce serait l'exception. Et elle y avait fait la connaissance de Yasnov.

Il s'était montré empressé, voire galant. Il ne l'avait pas quittée de la soirée. Non seulement il l'avait raccompagnée chez elle mais il l'avait invitée à un concert à l'Albert Hall, la semaine suivante.

Les manœuvres lentes et prudentes du séducteur avaient enfin abouti dans un lit, où Mary avait découvert les délices du sexe pour la première fois de sa vie. Elle avait appris en même temps qu'il était attaché commercial à l'ambassade soviétique. Comme elle était amoureuse, elle ne s'en soucia guère. Tout ce qu'il voulait, elle le lui donnait — y compris les renseignements de valeur sur lesquels il lui arrivait de tomber au bureau. En général, elle n'avait pas accès à des documents essentiels, mais le rapport qu'elle venait de photocopier était vraiment particulier.

Elle ne devait pas le revoir avant quatre jours — une éternité — et il lui avait interdit de se rendre à son appartement. Mais dans un cas comme celui-ci...

Elle avait pris deux copies pour être certaine d'en avoir une bonne. Elle en glissa une dans le tiroir de sa coiffeuse, mit l'autre dans son sac à main et sortit.

*

Peter Yasnov était attaché commercial à l'ambassade soviétique de Londres depuis deux ans. Capitaine du KGB, son poste précédent, à Paris, l'avait mis en contact avec Nikolaï Romanov, et il avait fait d'énormes progrès. Beau jeune homme brun, toujours élégant, il plaisait beaucoup aux femmes — détail qui avait son importance et qui expliquait pourquoi ses supérieurs avaient jugé utile de lui louer une petite maison bourgeoise d'Ebury Court, non loin du palais St. James.

Il sortit de la douche en fredonnant, enfila une robe de chambre et passa dans le living-room prendre une cigarette. Il était debout à la fenêtre, les yeux dans le vide, quand Mary Baxter tourna au coin de la rue, dépassa deux employés du téléphone installés sous leur petite tente verte, au-dessus de la trappe de visite, en plein milieu du trottoir, puis se dirigea vers la maison. Yasnov jura entre ses dents et descendit au rez-de-chaussée.

*

La branche spéciale de la Police métropolitaine, basée à Scotland Yard, forme le bras exécutif des services de sécurité. La surveillance constitue une de ses principales missions et les deux détectives déguisés en employés du téléphone, sous la tente d'Ebury Court, surveillaient Peter Yasnov de toutes les manières possibles depuis un bon mois.

Mary Baxter sonna puis se retourna pour jeter un coup d'œil

dans la rue vide, ce qui permit au détective de prendre plusieurs clichés excellents.

— C'est la première fois qu'on la voit, non ?

— Pas du tout son genre, répondit son collègue. Il ne fréquente que des poupées.

La porte s'ouvrit et Yasnov apparut dans son peignoir de bain blanc. Mary Baxter lui sauta au cou et l'embrassa sur la bouche. L'appareil du détective se remit à mitrailler.

— Ça, c'est intéressant, reprit-il au moment où Mary Baxter entra et referma la porte. Il n'avait pas l'air content du tout. Tu fileras cette femme quand elle sortira, George. Découvre de qui il s'agit. Il y a peut-être quelque chose derrière cette histoire.

*

Yasnov était fou de rage.

— Je t'ai dit de ne jamais venir me voir ici, cria-t-il en la secouant par les épaules. Tu essaies de tout gâcher, ou quoi ?

— Peter, je t'en prie, je ne savais pas...

Elle avait les larmes aux yeux et Peter eut du mal à dissimuler son dégoût. Il la serra contre lui pendant un instant.

— D'accord, je regrette d'avoir perdu mon calme, mais tu dois comprendre ma situation.

— Je sais, Peter, je suis désolée. Mais j'étais tellement sûre que cela t'intéresserait, dit-elle en ouvrant son sac à main. J'ai pensé que tu aimerais être au courant tout de suite.

A l'attention du Premier Ministre — Confidentiel. A l'instant où il lut l'en-tête, Yasnov sentit son estomac se nouer. L'excitation fit trembler la feuille dans ses mains tandis qu'il prenait connaissance du contenu. Il se détourna de Mary et se dirigea vers la cheminée. *Son plus gros coup jusqu'ici, et de très loin.* Il était inconcevable que ce bloc de bois en jupe de tweed fût venu lui apporter une chose pareille !

Elle s'avança vers lui, hésitante.

— Ai-je bien fait ? Cela t'intéresse ?

Il se retourna, un sourire radieux sur les lèvres, et l'attira contre lui.

— Pour une femme exceptionnelle, un baiser exceptionnel ! dit-il en l'embrassant sur la bouche.

Elle s'accrocha à lui, toute tremblante.

— Oh, Peter, je ferais n'importe quoi pour toi... N'importe quoi.

Il lui prit la tête, l'appuya contre son épaule et consulta sa montre. Il ne lui faudrait pas plus de quinze minutes pour la rendre heureuse... Il glissa la main autour de sa taille.

— Montons dans la chambre, mon amour, lui murmura-t-il en l'entraînant vers la porte.

*

Mary Baxter repartit une heure plus tard. Jamais elle ne s'était sentie aussi pleine de vie. Comme si Peter Yasnov venait de libérer une chose enfermée en elle pendant des années. Débordante d'énergie, elle marcha longtemps avant de prendre le métro qui la ramènerait chez elle — sans s'apercevoir qu'un employé du téléphone la filait.

*

Yasnov sortit quelques dizaines de minutes plus tard et traversa plusieurs rues avant de héler un taxi. Il descendit dans Kensington High Street et continua à pied jusqu'à l'ambassade soviétique, Kensington Palace Gardens. Cinq minutes plus tard, il s'enfermait avec son supérieur direct, le colonel Josef Golchek.

Golchek lut le rapport deux fois de suite et hocha la tête.

— Très intéressant, dit-il en allumant une cigarette américaine. Bien entendu, ce n'est pas un document de ce genre qui peut retarder ou accélérer le début de la Troisième Guerre mondiale. Son importance réelle n'est pas dans son contenu lui-même, mais dans le fait que cette Mary Baxter soit en mesure de mettre la main sur un rapport confidentiel destiné au Premier Ministre. Les possibilités d'avenir paraissent fantastiques !

— Et ce rapport ? Que dois-je en faire ? demanda Yasnov.

— Envoyez-le à Nikolaï Romanov à Paris. Code trois, pour lui seul. Il saura l'exploiter au mieux.

— Très bien.

Il s'éloigna vers la porte. Au moment où il posa la main sur le loquet, Golchek le retint.

— Autre chose, Peter...

— Pardon ?

— Vous devez continuer à la rendre heureuse.

Peter soupira.

— Je mériterais pour cela d'être déclaré Héros de l'Union soviétique.

*

A neuf heures ce soir-là, une femme détective de la branche spéciale fit entrer Mary Baxter dans le bureau de Charles Ferguson. Il congédia la femme d'un signe de tête et elle sortit.

— Asseyez-vous, mademoiselle Baxter.

Elle obéit, épuisée soudain. Elle n'avait pas peur. Le choc de son arrestation l'avait en quelque sorte paralysée et elle n'était plus en mesure d'absorber quoi que ce fût. Pas un seul instant elle n'avait envisagé qu'une telle chose puisse lui arriver...

— Vous savez pourquoi vous êtes ici ? dit Ferguson.

— Je n'en ai aucune idée. Ai-je commis une erreur dans mon travail ?

Il poussa les photos vers elle. Elle regarda les premières sans réagir, mais elle s'arrêta sur celle qui la montrait en train d'embrasser Yasnov sur le seuil de la porte.

— Vous n'avez pas le droit..., commença-t-elle.

— Nous avons tous les droits, répondit Ferguson sans élever la voix. Vous travaillez pour les services de sécurité de l'Angleterre. A un poste secondaire, sans aucun doute, mais cela rend vos relations avec un homme comme Yasnov plus que suspectes.

— Il est attaché commercial à l'ambassade soviétique, dit-elle, quelle importance ?

— Il est également capitaine du KGB, mademoiselle Baxter.

Elle le fixa avec des yeux ronds.

— Je ne vous crois pas.

— Voici une photo de lui en uniforme. Très ressemblant, n'est-ce pas ?

On frappa à la porte. Harry Fox entra, le visage grave. Il regarda Mary Baxter puis posa sur le bureau, devant Ferguson, la deuxième photocopie qu'elle avait faite du rapport Brosnan.

— J'ai trouvé ceci dans l'un des tiroirs de sa coiffeuse, dit-il d'une voix blanche.

Ferguson se leva brusquement, fit signe à Fox de le suivre et passa dans le couloir.

— Surveillez-la, ordonna-t-il à la femme détective.

Elle entra dans le bureau et referma la porte.

— Que faisons-nous, mon général ? demanda Harry Fox.

— Que pouvons-nous faire, Harry, sinon espérer et prier pour que Devlin nous rappelle. Cela risque de lui causer de très graves problèmes.

— Mais cette Mary Baxter ?

— Il faut réfléchir.

Ils retournèrent dans le bureau et la femme détective ressortit. Mary Baxter tenait encore sur ses genoux la photo de Yasnov en uniforme. Elle avait cessé de pleurer, et son visage gonflé exprimait visiblement une colère sourde. Ferguson saisit aussitôt l'occasion.

— Il s'est moqué de vous royalement, n'est-ce pas ?

— Il m'a dit qu'il m'aimait, avoua-t-elle avec amertume. Des mensonges. Uniquement des mensonges. Je le tuerai ! dit-elle en déchirant la photo.

— Ne serait-il pas plus efficace de lui rendre la monnaie de sa pièce ?

Ferguson lui offrit une cigarette et du feu.

— Que voulez-vous dire ?

— Vous pouvez aller en prison. Pour longtemps. D'un autre côté, cela semble vraiment dommage quand il existe une autre manière de procéder. Après tout, lança-t-il en montrant la photocopie, ce rapport est de l'histoire ancienne. Et ce qui est fait est fait, nous n'y pouvons plus rien.

— Je ne comprends pas.

— C'est assez simple. Continuez de voir Yasnov comme si

rien ne s'était passé. Vous lui donnerez les renseignements que je vous communiquerai.

Elle secoua la tête, choquée.

— Je n'en suis pas capable.

— Et pourquoi ? demanda Ferguson. Il vous a utilisée à ses propres fins, non ? Je trouve tout à fait normal et juste que vous l'utilisiez pour les vôtres.

Il la regarda : elle serrait les mâchoires. On eût dit une personne différente, son visage s'était durci.

— Savez-vous, général, je crois que cela va me plaire, dit-elle en se levant. Où puis-je faire un brin de toilette ?

Ferguson lui montra la porte.

— La salle de bains est par là.

— Mon Dieu ! murmura Fox quand elle fut sortie.

— Je sais, Harry. Je vous avais prévenu : nous faisons un sale boulot. Vous pouvez rendre sa liberté à la jeune femme de la branche spéciale, nous n'aurons plus besoin d'elle.

*

A Paris, la machine du code crépitait dans la salle radio de la section des renseignements, à l'ambassade d'Union soviétique. L'opératrice regarda le message apparaître, une ligne après l'autre, sur l'écran de contrôle. Quand ce fut fini, elle ôta la bande enregistrée et appela le chef du service.

— Un « code trois » de Londres pour le colonel Romanov. Avec en complément trois photos par câble. Voici les numéros de série.

— Il est à Berlin, répondit l'homme. Il rentre demain dans l'après-midi ou la soirée. Gardez l'enregistrement. De toute façon, on n'y peut rien, il faut son chiffre personnel pour le décoder. J'irai chercher les photos dans la salle du câble. Vous les garderez également.

Il sortit et l'opératrice rangea la bande dans son tiroir, le ferma à clé et se remit au travail.

*

Presque minuit. Il faisait très froid sur le balcon de la chambre d'hôtel d'Anne-Marie, à La Cala del Moro. Elle rentra prendre sa veste de chèvre de Mongolie puis revint s'asseoir à côté de Devlin.

— Demain soir à cette heure-ci, tout sera terminé.

— Oui...

La cigarette de l'Irlandais n'était qu'un point rouge dans le noir.

— Comment vais-je le trouver, Liam ?

— Changé. Beaucoup changé. Attendez-vous à de très grandes différences.

— Peu m'importe. Tout être humain doit progresser, évoluer ou apprendre à se résigner à ses limites.

— Ah... Vous parlez de la route normale qui mène à la maturité, répondit Devlin en hochant la tête. Je pensais à autre chose. Il n'est pas l'homme sauvage qui vous a sauvée dans une rizière du Vietnam, et il n'est pas non plus le soldat courageux que j'ai connu à mes côtés en 1969 à Belfast. Pour être sincère avec vous, s'il a appris une chose, c'est qu'on l'a beaucoup trop exploité pour les fins d'autres gens. Je pense qu'il ne croit plus en rien ni en personne.

— Je ne peux pas l'admettre.

— Ma chère Anne-Marie, répondit Devlin, n'essayez pas de faire de lui je ne sais quel héros mythique. Il n'en est pas un... Je vais me coucher, à présent. Le bateau part à sept heures.

Il passa la jambe par-dessus la grille du balcon et gagna sa chambre, laissant la jeune femme seule, les yeux perdus dans le noir.

DIX

Lorsque Calvo ouvrit la porte du parloir et fit entrer Brosnan, Devlin, debout à la fenêtre, regardait à travers les barreaux. Il se retourna, le sourire aux lèvres.

— Ah, vous voici.

— Monsieur Gorman...

Brosnan lui serra la main et s'assit. Devlin prit le siège en face de lui.

— Si vous avez besoin de moi, señor, pensez à la sonnette.

Calvo sortit et referma la porte. Les deux amis parlèrent en irlandais.

— Va-t-il te fouiller avant de te ramener dans ta cellule ?

— Don Antonio ? Il est partisan du moindre effort. Que m'as-tu apporté ?

— Des cigarettes, dit-il en posant un paquet sur la table, puis un deuxième paquet identique. L'un contient le système électronique de repérage, l'autre une lampe-torche. Je n'étais pas sûr que tu puisses en trouver une. Je songeais aux égouts.

— Nous avons des bougies et des allumettes.

— Surtout pas ! Vous vous feriez sauter. Ecoute-moi bien...

Il lui expliqua ce qu'il avait organisé avec Jean-Paul Savary. Brosnan hocha la tête.

— Très bien calculé, tu as toujours été un organisateur hors pair. J'aime beaucoup l'idée des deux cadavres. Cela amusera Jacques : le fils tient de son père.

— A quelle heure partirez-vous ?

— On nous enferme pour la nuit à huit heures et demie. Il

fait déjà sombre, nous partirons aussitôt. Il n'y a pas d'autre appel avant minuit.

— Ils découvriront à minuit que vous vous êtes enfuis ?

— Pas de la façon dont Calvo vérifie les cellules. Avec un peu de chance, ils ne s'apercevront de rien avant sept heures du matin.

Devlin sourit.

— Combien de temps dans les égouts ? dit-il.

— Nous avons d'abord une petite ascension. Disons une bonne heure. Avec un peu de chance, nous serons à la falaise des morts vers neuf heures et demie. Le courant devrait nous entraîner à la limite des quatre milles nautiques vers dix heures et quart.

Devlin ne bougea pas, les sourcils froncés.

— C'est une tentative sans grand espoir, tu le sais ? dit-il.

— Bien sûr.

Devlin se leva et fit rouler une petite balle de plastique sur la table.

— Quand on arrache l'extérieur, l'intérieur devient lumineux. Un truc que nous utilisions pendant la guerre. Une balle de ce genre m'a sauvé la vie. Je sais qu'il y a des lampes sur pile fixées aux gilets de sauvetage, mais...

Il haussa les épaules, se dirigea vers la fenêtre et regarda à travers les barreaux. On distinguait très bien le Grand Rapide, parsemé de moutons d'écume malgré le beau temps.

Brosnan lui donna une claque sur l'épaule.

— Ne t'en fais pas, Liam. Nous savons dans quoi nous nous lançons, Jacques Savary et moi. De toute façon, nous finissons tous entre quatre planches, n'est-ce pas ? Ce qui compte, c'est d'aller jusqu'au bout de soi-même.

*

L'hovercraft de Jersey à Saint-Malo fit la traversée en une heure environ. Frank Barry passa le temps à parcourir tous les grands journaux anglais qu'il avait achetés avant de quitter Saint-Hélier.

Pas une seule allusion, même voilée, à l'affaire de Wastwater.

Intéressant en soi. D'un autre côté, c'était bien normal : personne, et surtout pas les Allemands de l'Ouest, n'avait envie d'ébruiter ce genre de chose.

Il passa la douane sans difficulté en utilisant son passeport français et se dirigea aussitôt vers une cabine publique pour appeler Romanov à son appartement de Paris.

La secrétaire personnelle de Romanov à l'ambassade, Irana Vronsky, décrocha l'appareil. Elle venait justement de parler à Romanov qui se trouvait encore à Berlin-Est. Il ne rentrerait que par l'avion de minuit.

— S'il vous rappelle, lui recommanda Barry, dites-lui que je reprendrai contact dans la matinée de demain.

Il sortit de la cabine, sa valise à la main. Le train de Paris partait vingt minutes plus tard, mais il n'avait aucune raison de se hâter. Il avait encore presque toute la journée devant lui, une belle journée tempérée — pourquoi ne pas en profiter ? Il traversa la place et s'arrêta devant les bureaux d'un loueur de voitures. Quinze minutes plus tard, il s'engageait sur la route nationale dans un coupé Peugeot, capote baissée.

*

Il faisait noir, le chalutier venait de quitter les quais du petit port de La Cala del Moro. Devlin suivit Jean-Paul Savary dans l'escalier conduisant à la cale. La porte de la chambre froide était grande ouverte. Le docteur Cresson et le grand Claude de *La Maison d'or* se tenaient près de la table à éviscérer les poissons : ils découpaient les sacs de plastique contenant les deux cadavres.

Dans la pénombre, Devlin entrevit deux visages défigurés, méconnaissables. Il jura entre ses dents.

— Etant donné la violence avec laquelle le Grand Rapide frappe les rochers de granit, près de La Cala del Moro, il faut s'attendre à un résultat de ce genre, dit Jean-Paul.

Devlin toucha la jambe de l'un des morts. Elle était comme du marbre.

— S'il y a une autopsie, le médecin légiste découvrira le moment exact de leur mort, n'est-ce pas ?

— Nous avons congelé les corps pour y remédier dans une certaine mesure. Le froid arrête le processus de décomposition. Mais sincèrement, cher ami, notre substitution ne passera que si les autorités acceptent ces deux messieurs pour ce qu'ils ont l'air d'être, sans chercher plus loin.

Devlin remonta sur le pont avec Jean-Paul et ils se dirigèrent ensemble vers le poste de pilotage. Le capitaine était plus âgé que Devlin ne s'y attendait, avec un visage parcheminé sous une casquette élimée. Il portait un ciré noir. Le crapulo qu'il fumait répandait une odeur infecte et Devlin resta sur le seuil.

— Eh bien, Marcel, demanda Jean-Paul, comment cela se présente-t-il ?

— Pas bien, patron, répondit le vieux marin. Mauvaise météo. Des vents de force sept à huit. Pas assez pour arracher le rouf d'un bateau, mais beaucoup trop pour des hommes dans les eaux du Grand Rapide...

Il secoua la tête. Jean-Paul se tourna vers Devlin. Son visage semblait plus pâle dans la pénombre.

— Ne vous en faites pas, ce vieux rat des mers est le meilleur pilote de toute la Méditerranée. Si un homme est capable de réussir, c'est bien lui — avec l'aide de notre gadget, bien entendu, ajouta-t-il en posant la main sur un caisson bleu clair, qui trônait au milieu de la table des cartes. Le dernier modèle. Je l'ai fait installer hier. Entièrement miniaturisé, écran digital. Il pense tout seul. Une fois verrouillé sur la longueur d'onde de la balise qui se trouve entre les mains de Brosnan, il nous dirigera droit sur elle, quel que soit le temps.

— Parfait, répondit Devlin en souriant. Mais si vous aviez des cierges, j'aimerais bien en allumer un ou deux, à tout hasard...

Jean-Paul se retourna vers les cartes marines, et Devlin sortit sur le pont où Anne-Marie l'attendait, appuyée au bastingage, emmitouflée dans sa veste mongole. On distinguait l'écume de la houle dans le noir, et chaque fois que le chalutier percutait dans une vague, un nuage d'embrun inondait le pont.

— Cela s'annonce mal, n'est-ce pas ? dit-elle.

— Autant vous le dire tout de suite, répondit-il en serrant le bastingage entre ses doigts noueux. Le capitaine estime que cela va encore empirer.

— Suffisamment pour les arrêter ? Martin et Savary je veux dire ?

— Je ne peux parler que pour Martin, mais à mon avis, rien ne pourra l'empêcher de plonger quand il sera sorti des murs, si mauvaise que soit la tempête. Il est prêt à mourir, vous comprenez.

— Mon Dieu ! murmura-t-elle en saisissant soudain le bras de Devlin.

Le vent leur apportait un grondement étrange, venu de loin.

— Vous avez entendu, Liam ? Qu'est-ce que c'est ?

— Sûrement le Grand Rapide. Que voulez-vous que ce soit ?

Elle ne répondit pas. Il la prit par l'épaule et ils tendirent de nouveau l'oreille vers le bruit qui se rapprochait.

*

Antonio Calvo ouvrit le judas de la cellule. Brosnan et Savary étaient assis face à face, une caisse de bois entre eux. Savary avait un jeu de tarot à la main. Il retourna la carte posée devant Brosnan : la Roue de la Fortune.

— Voici une réponse précise à une question précise, dit-il. Et elle exprime le résultat des événements dans l'avenir immédiat.

— Ah bon ? lui dit Brosnan. Tu ne cesseras jamais de me surprendre. Je ne te connaissais pas ces talents.

— Je te l'ai déjà dit : j'ai du sang gitan dans les veines.

— Vous devriez être couchés tous les deux, cria Calvo. J'éteins.

La cellule fut plongée soudain dans le noir.

— Dieu vous bénisse, don Antonio, cria Savary. Et merci pour tout. Vous avez été chic.

— Imbécile ! murmura Brosnan.

Calvo vérifia les cellules suivantes et les deux détenus entendirent ses pas s'éloigner dans la travée. La grille du palier claqua, puis le gardien descendit l'escalier de métal et ses pas s'estompèrent.

— Allume la torche, dit Savary. Je veux tout de même voir ma carte !

Brosnan sortit la petite lampe de poche que lui avait remise Devlin. Le faisceau était d'une puissance surprenante. Savary retourna la carte posée devant lui : la Mort, un squelette à cheval au milieu d'un champ de cadavres. Savary ramassa les cartes et les posa sur son étagère.

— C'est vraiment de la blague. Je n'y toucherai plus. Partons.

Brosnan retourna son matelas, glissa la main dans la couture, sur le côté, et en sortit un rouleau de corde de nylon et deux ceintures de sécurité pourvues de mousquetons, dont il s'était souvent servi dans la carrière pour poser des charges de dynamite sur le plan vertical de la falaise. Il en sortit également un tournevis à manche court et une paire de grosses cisailles que Savary avait échangée contre des cigarettes à un détenu travaillant à l'atelier.

Ils garnirent leurs lits avec leurs vêtements de rechange, leurs livres et les oreillers pour simuler la présence d'une forme humaine.

— Tu crois que ça passera ? demanda Savary.

— Avec Calvo ? La plupart des nuits, il ne jette même pas un coup d'œil, et s'il le fait, il n'y verra que du bleu. Dépêchons-nous. On nous attend...

Ils enfilèrent leurs grosses vestes de toile de bâche fournies par la prison pour qu'ils puissent travailler sous la pluie, puis ils mirent de gros gants de cuir doublés de toile. Brosnan prit la corde et Savary s'agenouilla devant la porte avec sa cuillère à café. Un léger déclic, puis il se releva.

— Ça y est, Martin. Partons.

Ils sortirent et refermèrent soigneusement la porte derrière eux. Ils demeurèrent dans l'ombre un instant, plaqués au mur, puis se dirigèrent sans bruit vers le fond du couloir.

Le hall central n'était éclairé que par une seule ampoule. La musique d'un poste de radio montait jusqu'à eux depuis le bureau vitré de la salle de garde. Le toit et le dôme étaient plongés dans l'ombre. Brosnan monta sur le garde-fou et s'élança vers le grillage tendu au-dessus du bloc cellulaire. Il plaça les mousquetons de sa ceinture dans les mailles pour assurer sa position, et prit les cisailles.

Il lui fallut environ cinq minutes pour faire un trou d'un mètre de diamètre, dans lequel il se hissa. Une fois de l'autre côté, il se leva sur l'une des poutrelles de fer et se pencha vers Savary, pâle dans le noir. Il lui fit signe et le Français le suivit.

Ils sautèrent de longeron en longeron. Puis Brosnan fixa le bout de la corde à la ceinture de Savary et lui toucha l'épaule. Ils n'avaient rien à se dire : ils avaient discuté en détail de toutes les difficultés qu'ils rencontreraient.

Ils abordaient un des passages les plus délicats, car la grille de ventilation que devait atteindre Brosnan se trouvait à dix mètres au-dessus de lui dans le noir, et le grillage était en dévers, parallèle à la voûte. Brosnan fit passer sa ceinture autour d'une poutrelle, fixa les mousquetons à sa taille et se mit à grimper en saisissant la poutrelle à pleines mains, selon une technique d'ascension classique.

Sa force physique et son excellente forme étaient son meilleur atout. Il se hissa, centimètre par centimètre, jusqu'à son objectif : une grande grille de ventilation.

Elle était maintenue en place par quatre vis. Il sortit son tournevis, s'arc-bouta contre le grillage et se mit au travail. C'étaient des vis de cuivre et elles cédèrent assez facilement. Il laissa en place celle d'en bas à gauche, à moitié dévissée, pour que la grille puisse pivoter autour d'elle, dégageant l'entrée mais en demeurant solidement fixée.

Jusqu'ici, tout allait pour le mieux. Il se tourna vers Savary, lui fit signe et tira sur la corde. Le Français commença à grimper.

Brosnan maintenait la corde tendue, pour aider Savary de son mieux. L'ascension se passa très bien pendant un moment, puis une porte claqua tout en bas... Savary, surpris par le bruit, lâcha prise et glissa.

Brosnan serra les dents et s'arc-bouta au longeron, un pied contre le mur. La corde mordait ses épaules et son dos. Il tint bon. Savary tournait lentement sur lui-même, tandis qu'au-dessous un gardien traversait le hall pour gagner le poste de garde. On entendit des voix assourdies, des éclats de rire...

Savary lança le pied vers la grille, s'accrocha et recommença à grimper. Enfin, il rejoignit Brosnan.

Ils demeurèrent immobiles un instant, puis Brosnan murmura :

— Passe devant, Jacques.

Savary ôta sa ceinture, se pencha en avant et s'élança, tête la première dans la conduite d'aération. Brosnan enroula la corde avec soin autour de sa taille et le suivit.

Des nuages de fine poussière emplirent ses narines. Il prit la torche et l'alluma. Le faisceau dépassa Savary, éclairant les parois métalliques de la conduite, complètement encrassées. Le Français commença à se tirer en avant avec les bras, il n'y avait pas assez d'espace pour ramper sur les coudes. Brosnan le suivit. Bientôt ils sentirent un courant d'air et entendirent un bourdonnement, très loin vers le bas. La conduite débouchait dans une sorte de chambre centrale, dans laquelle s'ouvraient plusieurs autres canalisations.

Le bourdonnement venait d'un trou d'un mètre de diamètre au centre de la chambre. Brosnan s'accroupit près de Savary et tourna sa torche vers le bas.

— C'est bien ça, dit-il. J'ai vu les plans du système de ventilation, il y a deux ans, quand j'étais de corvée avec l'ingénieur chauffagiste, à l'infirmerie. Si je me souviens bien, cette conduite descend verticalement dans la chaufferie : vingt à vingt-cinq mètres. Comment te sens-tu ?

— En pleine forme, répondit le Français. Ne t'en fais pas pour moi. Je ne me suis pas senti aussi bien depuis des années.

Brosnan examina l'intérieur de la conduite à la lumière de sa torche. Les buses de métal, cylindriques, étaient maintenues en place par des rivets dont la tête dépassait.

— De bonnes prises pour les pieds, dit-il. Si tu es fatigué, coince-toi en faisant le dos rond pendant quelques secondes. Je passe devant. Si tu dérapes, je te retiendrai.

Les dents de Savary brillèrent dans le noir.

— Bonne chance, Martin.

Bronan commença à descendre, la torche dans une main. C'était assez facile, plus facile que l'ascension jusqu'à la grille, dans le hall central. Le bourdonnement des groupes électrogènes augmenta à mesure qu'il se rapprochait du bas de la conduite. Il distingua de la lumière à travers une grille. Il s'arc-bouta contre les parois métalliques et essaya de regarder à travers. Il ne put voir que le sol de la chaufferie. En général, il n'y avait personne de garde pendant la nuit, et si par hasard il y avait quelqu'un, ce serait un détenu des services auxiliaires. De toute façon, il n'avait pas le choix.

Il tourna sa torche vers le haut. Savary attendait juste au-dessus de lui.

— Accroche-toi, murmura Brosnan. Je vais passer à travers.

Il glissa la torche dans sa poche, s'appuya aux parois et sauta sur la grille à pieds joints. Elle grinça, céda un peu, puis, au troisième essai, lâcha complètement et tomba par terre, deux mètres plus bas, suivie par Brosnan lui-même.

Il se releva, un peu étourdi mais indemne, et regarda autour de lui. La chaufferie était dans la pénombre. La seule lumière venait d'une petite ampoule suspendue au-dessus d'une console de contrôle, à l'autre bout de la pièce. Surtout, il n'y avait personne.

Il leva la tête vers la conduite.

— A toi, Jacques. Je te reçois. Laisse-toi glisser.

L'instant suivant, il saisissait les jambes du Français.

Ils se dirigèrent aussitôt vers la porte. Brosnan l'ouvrit et passa la tête. Il pleuvait à seaux. L'eau ruisselait sur la cour pavée.

— La trappe de l'égout est là-bas, dit-il. A droite de l'entrée de l'infirmerie. Baisse la tête et suis-moi.

Il resta dans l'ombre du mur, contournant la cour au lieu de la traverser, Savary sur ses talons. A la hauteur de la trappe de visite, il s'accroupit. Avec son tournevis, il nettoya la terre autour des poignées fixées à la plaque de fonte. Il souleva de toutes ses forces, mais la plaque refusa de bouger.

— Qu'est-ce qui se passe, nom de Dieu ?

Pour la première fois, il y avait de la panique dans la voix de Savary.

— Rien, répondit Brosnan. On ne l'a pas soulevée depuis des années. Je vais arranger ça, ne t'en fais pas.

Il fit glisser le tournevis autour de la plaque, méthodiquement, en étouffant un désir insensé d'éclater de rire. Sur le panneau où l'on affichait les ordres de mission, à Khé-San, il y avait une phrase : *Pour ceux qui combattent, la vie a un parfum que les planqués ne connaîtront jamais.* Celui qui l'avait écrite savait de quoi il parlait.

Il essaya de nouveau, faisant appel à toutes ses forces, et Savary noua ses mains autour de sa taille pour l'aider. La plaque céda brusquement, Brosnan perdit l'équilibre et les deux hommes tombèrent à la renverse.

L'odeur monta aussitôt, épouvantable, accentuée par la fraîcheur de la pluie.

— Bon Dieu, dit Savary. Je ne me rendais pas compte.

— Il n'y a pas d'autre moyen, Jacques, lui dit Brosnan. Passe devant...

Savary disparut dans le noir et Brosnan le suivit sur la petite échelle de fer, ne s'arrêtant que pour faire glisser la plaque à sa place. Lorsqu'il alluma la torche, il vit Savary debout dans un mètre d'eau puante où nageaient des excréments. Le Français s'appuya au mur et vomit.

Il se retourna, le visage livide.

— Je ne pourrai pas supporter ça longtemps. Martin...

— Tu n'en auras pas besoin, mentit Brosnan. Deux cents mètres, pas plus, je te le promets.

Le tunnel, de deux mètres de haut, était très ancien. La maçonnerie de brique s'écroulait. A mesure qu'ils avançaient, la lumière de la torche révélait des rats par douzaines, fuyant le long des rebords, de chaque côté. A une cinquantaine de mètres, le tunnel se vidait dans un bassin, par-dessus un tablier de béton. C'était manifestment le principal collecteur de tout le système. Plusieurs autres tunnels s'y déversaient.

Brosnan se laissa glisser sur le tablier, la torche au-dessus de sa tête, et se retrouva avec du liquide à hauteur de la poitrine. Savary le suivit, perdit l'équilibre et tomba. Brosnan le saisit au collet. Le Français fit surface dans un état épouvantable, le visage couvert d'ordure. Il tremblait.

— Allez, Jacques ! lui lança Brosnan. Continue. Continue...

Il traversa le bassin, se hissa sur une plate-forme de ciment et souleva Savary derrière lui. Il suivit la plate-forme jusqu'à une échelle de fer. L'eau de l'égout tombait en cascade à côté, sur une dizaine de mètres.

Ils descendirent l'échelle et poursuivirent leur chemin. Ils en trouvèrent deux autres, puis le trottoir de béton s'arrêta.

— Nous devons être tout près de la côte, dit Brosnan. C'est forcé.

Il se glissa dans l'eau de l'égout et Savary le suivit. Le niveau ne cessait de s'élever à mesure qu'ils avançaient. Le liquide bouillonnait et l'odeur semblait moins suffocante. Puis, brusquement, à un mètre ou deux devant eux, le tunnel, simplement, disparut.

— Et maintenant ? dit Savary.

— L'égout doit déboucher sous la surface, dit Brosnan, je ne m'attendais pas à ça.

— Que faisons-nous ?

— On nage.

— Sous l'eau ? Je ne pourrai pas.

Le Français secoua la tête. Brosnan lui donna la torche.

— Tiens-moi ça. Je vais jeter un coup d'œil.

Il respira à fond, plongea et nagea vers l'avant en glissant contre le plafond du tunnel. Trois mètres, cinq mètres, sept mètres... puis il ne sentit plus rien au-dessus de lui. C'était fini, il fit surface aussitôt dans une sorte de chenal entre des rochers, au pied des falaises.

Il faisait noir, la pluie tombait, la houle était courte mais sèche. Il se laissa flotter un instant, respira à fond de nouveau et plongea dans la sortie du tunnel. Le retour fut plus difficile, mais il refit surface auprès de Savary quelques instants plus tard. Il s'appuya à la paroi du tunnel, à bout de souffle.

— Mauvais ? demanda Savary.

— Même pas sept mètres, Jacques. Et tu seras libre.

— Je ne pourrai pas.

Brosnan déroula la corde passée autour de sa taille et la fixa à la ceinture de Savary.

— Tu veux rebrousser chemin ? lui demanda-t-il.

— Non. Plutôt crever.

— Je vais repartir. Quand tu seras prêt, donne deux petits coups secs à la corde et retiens ton souffle. Je te tirerai.

Sans laisser à Savary le temps de réfléchir, il plongea de nouveau sous l'eau et retraversa le tunnel. Il se laissa flotter un instant à l'air libre, puis se rapprocha des rochers. Il essaya de toucher le fond : il y avait environ un mètre cinquante d'eau. Il réduisit le mou de la corde jusqu'à ce qu'elle soit bien tendue et il attendit. Les deux coups de Savary furent très nets. Il se mit à tirer de toutes ses forces, à une cadence régulière, sans jamais s'arrêter, jusqu'à ce que Savary fasse surface à ses côtés, près de suffoquer.

Brosnan le soutint pendant un instant.

— Filons d'ici !

Ils pataugèrent dans l'eau vers la berge puis se mirent à escalader la pente. Les murailles de La Hermosa se dressaient, menaçantes, au-dessus de leurs têtes.

*

Un éclair déchira le ciel au loin. Ils s'étaient accroupis près de la porte du dépôt et Savary essayait de forcer la serrure. Enfin, elle s'ouvrit. Ils entrèrent, Brosnan referma la porte et alluma sa lampe.

— Ça va ? demanda-t-il au Français.

Savary hocha la tête, nerveux, excité. L'eau de mer avait lavé son corps de toutes les saletés et il semblait avoir repris courage.

— Nous avons battu ces salopards, Martin !

— Pas encore, répondit Brosnan. Prépare-toi... Vite ! Deux gilets de sauvetage, n'oublie pas. Un seul ne suffirait pas. Nous aurons besoin d'un supplément de flottaison dans le courant.

Cinq minutes plus tard, ils étaient prêts. Brosnan prit l'appareil de signalisation que Devlin lui avait donné, le mit en marche, puis l'attacha à l'un des gilets.

— Partons, lança-t-il.

Il éteignit la lumière, ouvrit la porte, et ils sortirent.

La pluie avait redoublé. A la lueur d'un éclair ils virent des vagues couronnées d'écume s'étendant à perte de vue. Ils descendirent la falaise en suivant le ruissellement d'un ravin qui se vidait dans la mer.

La falaise des morts se dressait dans le noir au-dessus de leurs têtes et Savary leva les yeux vers elle.

— Nous sommes en train d'éviter une corvée à Calvo, dit-il.

Brosnan déroula la corde et la fixa tout d'abord à la ceinture de sécurité de Savary, puis à la sienne : un cordon ombilical de deux mètres les reliait.

— Ensemble ou pas du tout ? dit le Français.

— Exactement.

Ils se donnèrent une poignée de main, puis se dirigèrent vers une plate-forme de rocher que la mer léchait en grondant. Brosnan se retourna pour interroger Savary du regard, Savary hocha la tête et ils sautèrent, se confiant aux eaux du Grand Rapide.

*

Le courant les emporta à une allure fantastique; il devait s'éloigner de l'île à la vitesse de neuf à dix nœuds. Curieusement, l'eau ne leur parut pas froide — cela viendrait plus tard. Les vêtements chauds y contribuaient, ainsi que les vestes de toile.

Brosnan ne sentait pas le temps passer : seulement la mer, le bruit et la traction de la corde sur sa taille lorsque Savary tirait. De temps à autre, un éclair, mais il n'illuminait que la mer, désert d'eau et d'écume où ils se trouvaient entièrement seuls.

Au bout d'un quart d'heure ou vingt minutes, Brosnan commença vraiment à sentir le froid. Il se demanda comment Savary s'en sortait. Il donna un coup sec sur la corde et, l'instant suivant, obtint une réponse. La Hermosa était si loin dans le noir qu'ils n'avaient plus rien à craindre de ce côté-là. Brosnan alluma la lumière de son gilet de sauvetage. Savary l'imita et ils continuèrent, ballottés par les vagues, tels deux feux follets dans les ténèbres.

*

Sur le pont du chalutier, Anne-Marie et Devlin n'avaient pas quitté le bastingage. Ils portaient tous les deux des cirés et des suroîts, ruisselants de pluie et d'embruns. Le bateau plongeait dans les vagues puis se relevait.

Un éclair illumina la mer : une houle énorme, couronnée d'écume, à perte de vue.

— Mauvais, s'écria Devlin, désespéré. Très mauvais.

Puis Jean-Paul passa la tête par la porte du poste de pilotage.

— Nous les recevons ! cria-t-il, enthousiaste.

Anne-Marie et Devlin se précipitèrent. Jean-Paul et Claude étaient penchés sur la boîte bleue de la table des cartes. Des lignes traversaient l'écran, on entendait un bruit sourd régulier, les chiffres rouges sur le lecteur digital permutèrent à une vitesse incroyable puis se figèrent.

Jean-Paul fit un calcul rapide.

— C'est ça ! cria-t-il au vieux Marcel qui avait pris la barre. Environ un mille nautique au nord-est. Cap à deux cent quarante-deux.

Tandis que le bateau modifiait son cap, il expliqua à Devlin :

— Quand le signal deviendra presque continu et très aigu, nous y serons.

Anne-Marie prit la main de Devlin. Ils fixaient l'écran vert, incapables de bouger.

*

Brosnan avait froid, l'eau salée brûlait son visage et ses yeux. Il était épuisé, au bout du rouleau. Quand la lumière du gilet de Savary s'éteignit, il tira sur la corde mais n'obtint pas de réponse. Il essaya de haler le Français vers lui : il s'aperçut qu'il n'en avait plus la force.

Un instant plus tard, la lumière de son gilet s'éteignit à son tour. C'était donc la fin. Au point où il en était, cela ne semblait plus avoir d'importance. Il continua de flotter, les yeux clos, la tête en arrière...

Les vagues le soulevaient sans effort. Tout en haut, sur la crête, il ouvrit les yeux et aperçut les lumières d'un bateau sur sa droite.

Aussitôt, il retomba dans un creux. Sa bouche s'ouvrit et il poussa un cri perçant, mobilisant toute son énergie. Dans le tumulte de la mer, il ne s'entendit même pas hurler.

Une autre vague le souleva, ainsi que Savary. Le bateau était plus près, assez près pour qu'il distingue le chalut relevé au-dessus du pont. Il cria et agita le bras. Sans aucun effet. Il retomba dans un autre creux, puis se souvint du cadeau de Devlin avant de quitter le parloir : la petite balle.

Il tâta sa poche de droite : elle s'y trouvait. Il la sortit. Ses doigts engourdis ne parvenaient plus à serrer. Il ôta la couche de plastique avec ses dents. La phosphorescence l'éblouit par sa beauté. La balle brillait dans la nuit comme un ver luisant. Il la posa au milieu de sa main droite et la souleva.

Ce fut le grand Claude qui aperçut le premier la lueur par tribord. Il courut aussitôt vers le poste de pilotage. Marcel coupa les moteurs et mit la barre à droite. Devlin et Anne-Marie se précipitèrent vers le bastingage où Jean-Paul et Claude jetaient par-dessus bord un filet d'embarquement.

— Qu'en pensez-vous ? demanda Devlin.

— Qui voulez-vous que ce soit ? C'est eux, voyons ! répondit Jean-Paul d'un ton âpre.

Il prit le projecteur que Claude lui tendait, l'alluma et éclaira la surface de l'eau.

— Rien ! dit Anne-Marie. Absolument rien.

Puis Brosnan apparut sur la crête d'une vague, le bras levé, Savary à sa remorque.

ONZE

Quand le whisky lui toucha le fond de la gorge, Brosnan toussa. Il leva les yeux vers Devlin, assis sur le bord de la couchette.

— Du Bushmills ? demanda-t-il d'une voix cassée.

— Quoi d'autre ? J'ai apporté la bouteille pour la circonstance. Et maintenant que te voici revenu sur la terre des vivants, quelqu'un veut te voir. Je vais prendre des nouvelles de Savary.

Il s'écarta et Anne-Marie s'assit. Elle portait encore son ciré, elle repoussa les cheveux mouillés qui lui tombaient sur le front, en un geste que Brosnan reconnut aussitôt.

— Nous voilà, dit-il.

— Oui...

Elle tendit la main pour effleurer sa joue.

— Tu as encore froid, murmura-t-elle.

— Gelé jusqu'à la moelle. J'aurai des cauchemars de Grand Rapide pour le restant de mes nuits. Comment va Jacques ?

— Le docteur Cresson s'occupe de lui dans l'autre cabine.

— Il n'a pas encore repris conscience ?

— Non.

Brosnan s'assit et enroula la couverture autour de lui.

— Je veux le voir.

Elle le conduisit dans la cabine voisine. Jacques Savary était allongé sur la couchette au milieu des couvertures. Son visage, livide, semblait s'être contracté, il avait les yeux clos. Jean-Paul et Devlin, angoissés, regardaient le docteur.

— Il a eu froid, dit-il. Trop froid. A son âge...

Il emplit une seringue hypodermique et en injecta le contenu dans l'avant-bras de Savary.

— C'est le stimulant le plus puissant que je sois en mesure d'utiliser, expliqua-t-il à Jean-Paul. Le pouls est très faible. Il faut l'hospitaliser dès que possible.

— Qu'est-ce que tu chantes, morticole ? dit Jacques Savary d'une voix très basse.

Il ouvrit les yeux et esquissa un sourire. Jean-Paul lui prit la main et se mit à genoux près de la couchette.

— Tu essayes de me faire peur ou quoi ? demanda-t-il à son père.

— Tu parles !...

Il chercha Brosnan du regard et le trouva.

— On les a eus, ces salopards, hein ? dit-il.

— Et comment ! répondit Brosnan.

Cresson s'interposa.

— Que tout le monde sorte. Il faut qu'il dorme.

Quand Jean-Paul se leva, son père saisit son ciré.

— Je ne retournerai pas là-bas. Jamais. Tu comprends ?

— Oui, papa.

— Maintenant que nous sommes tirés d'affaire, le plus important est de jeter les cadavres au bon endroit. Occupe-toi de ça et ne t'en fais pas pour moi. J'aurai tout le temps de dormir plus tard.

Brosnan retourna dans l'autre cabine, suivi par Devlin et Anne-Marie. Il s'assit sur la couchette.

— Que va-t-il se passer ensuite ?

— Le capitaine va nous débarquer dans quelques heures à Port-Vendres. Jean-Paul a tout organisé pour son père. Nous partirons tous les trois dans la ferme d'Anne-Marie, au-dessus de Nice.

— Et Barry ?

— Il y a tout le temps. Tu dois d'abord prendre quelques jours de repos. Je te suggère de t'allonger un peu et de dormir jusqu'à ce que nous débarquions en France.

— Il a raison, Martin, dit Anne-Marie. Nous allons te laisser.

Ils sortirent. Brosnan s'enveloppa dans la couverture, s'allongea et ferma les yeux — mais sans trouver la paix : des images déformées ne cessaient de tournoyer dans sa tête, des vagues déferlaient dans les ténèbres, le sel lui brûlait les yeux... Mais il était libre — et c'était fantastique. De nouveau libre après quatre années dans l'une des prisons les plus sinistres d'Europe. Or, chose étrange, cela ne lui faisait aucun effet.

Il finit tout de même par s'endormir, puis s'éveilla en sursaut et s'aperçut que le chalutier était presque immobile. Il resta allongé un instant puis se leva et enfila les vêtements qu'on lui avait apportés — un jean, un gros chandail de pêcheur et un caban de drap.

Quand il arriva sur le pont, il pleuvait toujours mais la mer semblait plus calme. Ils longeaient la côte. Près du bastingage, Anne-Marie regardait Devlin et Jean-Paul faire passer un des cadavres à Claude, qui se trouvait dans un canot pneumatique. L'autre cadavre gisait sur le pont, allongé sur le dos. Un sac jeté sur le visage dissimulait la mutilation. On l'avait vêtu de l'uniforme de détenu de Brosnan, de sa veste de toile et des deux gilets de sauvetage.

— Ton autre moi, dit Devlin.

Il s'agenouilla près du corps et remonta la manche, exposant le numéro tatoué sur le bras.

— Tu as pensé à tout, répondit Brosnan.

— Jean-Paul, pas moi. Je comprends pourquoi ce garçon réussit si bien en affaires...

Jean-Paul était descendu avec Claude dans le pneumatique. Devlin et Brosnan leur firent passer le mort.

— N'oubliez pas de les encorder. La touche d'authenticité.

— Je le ferai.

Jean-Paul lança le hors-bord et mit le cap vers les rochers de La Cala del Moro.

— Comment se sent-on quand on assiste à ses propres funérailles ? demanda Devlin, accoudé au bastingage près de Brosnan et d'Anne-Marie.

— Comme Lazare : ressuscité, répondit Brosnan. Et tout propre.

— Pour quoi faire ? dit Anne-Marie. Reprendre la vie d'autrefois ou bien repartir sur d'autres bases ?

— Quand j'en aurai fini avec Frank Barry, peut-être.

Elle secoua la tête.

— Il y a sur toi une odeur de mort, Martin, le sais-tu ? Tu ne changeras jamais.

Elle quitta le bastingage et descendit vers les cabines.

— Qu'est-ce qui lui prend ? demanda Brosnan.

— Si tu ne le sais pas, ce n'est pas moi qui pourrai te l'expliquer, lui répondit Liam Devlin.

*

Le quai des pêcheurs de Port-Vendres était très animé. Une vingtaine de chalutiers déchargeaient leur poisson. Jacques Savary se trouvait au côté de Cresson à l'arrière d'une BMW noire. Il était redevenu lui-même : chandail de cachemire et veste sport coûteuse. Jean-Paul se pencha dans la voiture pour glisser un plaid autour des genoux de son père.

Brosnan, Devlin et Anne-Marie regardaient. Quand Jean-Paul se recula, Brosnan passa la tête dans la voiture et échangea avec Savary une longue poignée de main.

— Peut-être recommencerons-nous un jour ?

Savary retint sa main pendant un instant puis attira Brosnan plus près et, dans un élan d'émotion, l'embrassa.

Brosnan se retourna et Jean-Paul lui serra la main. Son visage prit un air grave dans la lumière jaune de la lampe, sur le mur de l'entrepôt au-dessus de leur tête.

— Jamais je ne pourrai rembourser ma dette à votre égard. Mais n'oubliez jamais que l'Union corse peut faire bien des choses.

Il prit son portefeuille, en sortit une carte de visite et la lui tendit.

— Mes numéros privés, dit-il en souriant. Tous les quatre. Et si vous avez besoin de quoi que ce soit, je dis bien : quoi que ce soit, n'importe quand...

Il embrassa Brosnan, le tint par les épaules pendant un instant, échangea des poignées de main avec Devlin et Anne-Marie, puis entra dans la BMW et fit signe à Claude, qui avait pris le volant. La conduite intérieure quitta le quai des pêcheurs.

Brosnan la regarda s'éloigner, fatigué soudain. Une page de sa vie venait de se tourner. Il regarda Devlin et Anne-Marie.

— Et maintenant?

Anne-Marie lui prit le bras.

— Viens, soldat. A voir ton allure, tu vas dormir une semaine d'affilée.

Elle se mit au volant de la Citroën de location. Devlin s'assit près d'elle pour laisser à Brosnan toute la banquette.

— Combien de temps? demanda-t-il lorsqu'elle démarra.

— S'il n'y a pas trop de circulation et si nous avons un peu de chance, nous arriverons avant midi. Dors...

Il ferma les yeux et s'enfonça dans le siège. Au début, tout ne fut que tempête et vagues qui le submergeaient, sa tête était pleine d'odeurs puis, soudain, les ténèbres se firent.

*

Vers six heures du matin, au moment où l'aurore effleurait l'horizon, Cristobal Marquez quitta sa cabane au milieu des landes, à un kilomètre du cap de La Cala del Moro. Il travaillait sur le port, dans l'équipe de jour, et il commençait toujours sa journée très tôt, fouillant les laisses de la mer avant tous les autres écumeurs de plage.

Le charreton qu'il poussait devant lui était équipé de vieux pneus de voiture qui roulaient bien sur le sable mouillé. De temps en temps, il s'arrêtait pour ramasser du bois mort. Lorsqu'il arriva au bout de la plage, à l'endroit où le Grand Rapide terminait sa course contre les rochers noirs déchiquetés, son charreton était plein. Il s'arrêta pour allumer une cigarette avant de rebrousser chemin, et il remarqua soudain une tache orange à quelques dizaines de mètres. Il jeta son allumette et s'avança.

L'un des cadavres était coincé entre deux rochers, l'autre flottait non loin, entre deux eaux. Les vagues se brisaient sans cesse sur eux. Marquez se signa puis entra dans l'eau, saisit le cadavre qui flottait et essaya de le tirer sur la plage. Il s'aperçut alors qu'une corde reliait les deux corps.

Il monta sur les rochers et tira sur le cordage pour le dégager. Il vit aussitôt deux choses : l'inscription *Prison centrale de La Hermosa* sur le gilet de sauvetage, et le numéro du détenu imprimé en blanc sur le dos de la veste de toile.

— *Madre de Dios !* s'écria-t-il en se signant de nouveau.

Il essaya de retourner le corps.

Il regarda le visage, ou ce qu'il en restait. Il recula, horrifié, perdit l'équilibre et tomba en arrière, à côté de l'autre mort. Il l'écarta de lui en hurlant, sortit de l'eau et se mit à courir sur la plage, en direction du village.

*

A neuf heures, Antonio Calvo se trouvait dans l'antichambre du bureau du gouverneur de La Hermosa, entièrement effondré ; ce qui s'était produit semblait tellement incroyable qu'il n'arrivait pas à se ressaisir. Sa découverte de la cellule vide, à l'appel de sept heures, avait coïncidé avec le coup de téléphone du chef de la police de La Cala del Moro.

Comment Savary et Brosnan avaient-ils réussi cet exploit impossible ? La question n'avait plus d'intérêt. Ce qui comptait, c'étaient les conséquences. Antonio Calvo ne pouvait en imaginer qu'une : son renvoi immédiat, avec vingt-cinq années de service perdues et plus de retraite.

La porte s'ouvrit, le gouverneur lui fit signe d'entrer. Calvo obéit et se mit au garde-à-vous devant le bureau, tandis que le gouverneur allumait un cigare. Il souffla l'allumette et se dirigea vers la fenêtre. Ce qu'il dit ensuite prit le gardien complètement au dépourvu.

— Se jeter à la mer par une tempête comme celle de la nuit dernière ! Incroyable... Des imbéciles ! Ce n'étaient que deux beaux imbéciles, Calvo ! Pourquoi se lancer ainsi, risquer sa vie pour rien ?

— Pour quitter ce rocher, monsieur le gouverneur, se risqua à répondre le gardien.

Le gouverneur hocha la tête, sans détourner les yeux de la mer.

— Oui, nous aimerions tous le quitter, n'est-ce pas ?

On frappa à la porte et le directeur adjoint apparut.

— Les cadavres viennent d'arriver de La Cala, monsieur.

— Très bien. Allons jeter un coup d'œil.

*

Il faisait froid dans la morgue, un froid glacial. De l'eau de mer dégouttait des deux cadavres allongés sur les tables, encore habillés et en gilets de sauvetage. Le gouverneur releva la manche du premier, puis de l'autre, et regarda les numéros tatoués. Il souleva les draps pour voir les visages mais se hâta de les remettre en place.

— Voici donc ce que font à un homme le courant du Grand Rapide et les rochers de La Cala del Moro... Dommage que nous ne puissions pas montrer des photos à tous les détenus..., dit-il au directeur adjoint.

— Oui, monsieur le gouverneur... Que faisons-nous ? demanda-t-il d'une voix hésitante.

— J'ai parlé au ministère de la Justice, à Madrid. La tentative d'évasion sera diffusée dans la presse. Pourquoi pas ? Elle prouve ce que nous savons tous depuis longtemps : personne ne s'évade de La Hermosa.

— Et les cadavres, monsieur ?

— Vous procéderez aux funérailles réglementaires, comme d'habitude. Aujourd'hui même. Je veux éviter que les familles réclament les corps. Je pense surtout au fils de Savary, qui est un truand aussi dangereux que son père.

Il se tourna vers Calvo.

— Quant à vous, étant donné les circonstances, je ne crois pas utile de vous infliger un blâme. D'un autre côté, je ne peux pas laisser passer l'incident sans rien faire, ne serait-ce que pour les dossiers. La comptabilité vous retiendra un mois de salaire.

Calvo, dans sa joie, ne put que balbutier :

— Merci, monsieur le gouverneur.

Le gouverneur sortit.

— Tu as de la chance, Antonio, lança le directeur adjoint.

— Vous n'avez pas besoin de me le dire...

— Et je n'ai pas besoin non plus de te rappeler que tu es encore de corvée d'enterrement. Alors, ne perds pas de temps.

Il sortit à son tour. Calvo se dirigea vers le vieux Juan, le détenu chargé de la morgue.

— Savary et Brosnan... Qui s'en serait douté ? dit-il en secouant la tête.

Le vieux Juan se pencha pour examiner le numéro sur l'avant-bras du cadavre, à sa droite, puis se retourna vers le cadavre de gauche.

— Bizarre, dit-il.

— Pardon ?

— Le numéro de Savary. Le sept est fait à la manière des Anglais.

Calvo mit ses lunettes, souleva le bras du mort et vérifia le numéro. Le vieillard avait raison. Le sept n'avait pas de barre, comme d'habitude sur le continent.

— Peut-être le tatoueur s'est-il trompé ? lança le vieux Juan en fixant le gardien d'un air interrogateur.

Calvo rangea ses lunettes et dit à mi-voix :

— Mets-les dans leur sac, Juan. Tout de suite. Et nous irons les jeter à l'eau sans attendre. Toi et moi, d'accord ?

Le vieux Juan sourit et se dirigea vers les placards.

*

Ils franchirent la poterne et poussèrent le chariot sur le chemin des rochers, jusqu'à la falaise des morts. Calvo prit les chaînes qui convenaient dans la réserve, et ils les passèrent dans les œillets prévus, sans échanger un mot, chacun s'occupant d'un cadavre.

La journée était belle. Pas de pluie. La mer s'étendait à perte de vue jusqu'à l'horizon gris que le soleil essayait de percer. Ils poussèrent le chariot jusqu'au bord de la falaise, le renversèrent et firent glisser les deux corps en même temps — ils plongèrent dans les eaux bouillonnantes et disparurent aussitôt.

— C'est la seule façon de quitter La Hermosa, dit le vieux Juan.

Il se détourna et s'éloigna en poussant le chariot devant lui.

— Oui, la seule façon, répondit Calvo, puis il ajouta à mi-voix : Et bonne chance, salopards, qui que vous soyez.

*

Quand le téléphone sonna, Ferguson travaillait à son bureau de la place Cavendish.

— Mauvaise nouvelle, monsieur, lui dit Harry Fox. Un câble de Madrid. Les journaux ne sont pas encore au courant, mais Brosnan et Savary se sont noyés la nuit dernière en essayant de s'évader de La Hermosa.

Ferguson posa sa plume.

— Vous en êtes sûr, Harry ?

— Aucun doute ne subsiste, mon général. Les cadavres ont été retrouvés sur la côte, près d'un village nommé La Cala del Moro.

— Donc la question est réglée, dit Ferguson.

— J'en ai bien peur. Aucune nouvelle de Devlin ?

— Non.

— Je pense qu'il va téléphoner d'un moment à l'autre, mon général, étant donné ce qui s'est passé.

— Sans doute. Continuez, Harry. Je vous verrai plus tard.

Ferguson raccrocha et demeura immobile un instant, perdu dans ses pensées. Puis il se leva et se dirigea vers la fenêtre.

— Brosnan, nom de Dieu ! murmura-t-il. Pourquoi n'as-tu pas pu attendre ?...

*

L'avion de Nikolaï Romanov, retardé de quatorze heures à Berlin à cause du brouillard, n'arriva à l'aéroport Charles de Gaulle qu'à midi. Il se fit conduire aussitôt à l'ambassade soviétique et à peine ôtait-il son pardessus qu'Irana Vronsky lui apporta une tasse de café.

C'était une belle femme de trente-deux ans, aux formes

pleines, dont les cheveux noirs étaient retenus en arrière par un diadème de velours. Elle avait de beaux yeux calmes et sa jupe droite de couleur grise, sa blouse de soie blanche, ses bas noirs et ses chaussures à talons mettaient en valeur son indéniable beauté.

Elle travaillait avec Romanov depuis huit ans, et il l'avait séduite un mois après son arrivée dans le service. Elle se consacrait entièrement à lui, sans tenir compte de ses aventures avec d'autres femmes, qu'elle jugeait sans importance. Elle constituait le seul axe fixe de sa vie et elle savait s'en contenter. Elle n'ignorait rien de ce qui se passait dans le bureau, et il lui avait déjà parlé au téléphone la veille au soir.

— Un vol infernal, colonel ?

Au bureau, elle lui donnait toujours son titre.

— Je préfère l'oublier. Cet aéroport est vraiment épouvantable, mais peu importe. Barry a téléphoné ?

— Il y a une heure. Il rappellera.

— Il n'a donné aucune explication concernant son rendez-vous manqué avec le chalutier de notre flottille de la mer du Nord ?

— Non, colonel.

— Vous avez vérifié les journaux anglais ?

Elle hocha la tête.

— Pas un mot évoquant, même de loin, ce que Barry projetait. Il y a eu un message urgent de notre ambassade à Londres. Strictement confidentiel, code trois. Peut-être contient-il des renseignements à ce sujet.

— Allons voir.

Romanov sortit. Elle le suivit dans la salle du chiffre et réclama la bande et les photos. L'opératrice introduisit la bande dans l'appareil et Romanov tapa sur le clavier son code personnel. La machine cliqueta pendant un instant puis l'information décodée s'imprima sur une feuille qu'Irana détacha et tendit au colonel.

Le message lui indiquait tous les détails de l'affaire Brosnan et ajoutait un profil de Devlin et d'Anne-Marie Audin, que complétaient les photos.

Il tendit le tout à Irana.

— Qu'en pensez-vous ?

Elle lut le rapport et fronça les sourcils.

— Mais j'ai lu quelque chose à ce sujet dans le journal du matin, colonel.

— Vous en êtes sûre ?

— Je vais vous montrer.

Ils remontèrent dans le bureau d'Irana, voisin de celui de Romanov. Les journaux parisiens du matin étaient déjà classés. Elle les feuilleta, puis retrouva l'article.

— Voici ! dit-elle d'une voix triomphante. « Deux condamnés se noient en tentant de s'évader de la prison de La Hermosa, en Espagne. Jacques Savary, le caïd de Marseille auteur d'un attentat contre le général de Gaulle, et un terroriste de l'IRA provisoire, Martin Brosnan. »

Romanov prit le journal et s'assit sur le coin du bureau pour le lire.

— Ce Savary, lança-t-il, quel personnage ! Il me semblait bien avoir déjà entendu ce nom.

— Brosnan n'est pas un enfant de chœur lui non plus, répondit Irana.

— Non... Ces deux hommes auraient pu nous créer des difficultés s'ils avaient réussi.

Le téléphone sonna. Irana décrocha, dit quelques mots puis tendit l'appareil à Romanov.

— Barry.

Romanov ne perdit pas une seconde.

— Vous êtes à Paris ?

— On dirait, répondit Barry d'un ton léger.

— A mon appartement dans trente minutes, lança Romanov.

Il raccrocha aussitôt.

*

Barry, accoudé au balcon de la terrasse, admirait la Seine.

— Vos supérieurs vous soignent vraiment bien, dit-il à Romanov lorsque celui-ci franchit la porte-fenêtre, un scotch à la main.

— Epargnez-moi ce genre d'humour, Frank. Je veux des explications. Qu'est-ce qui n'a pas marché ?

— Tout a marché. Et même très bien..., répondit Barry en prenant une cigarette.

Il s'installa dans un fauteuil de rotin. Romanov ne comprenait plus rien.

— Vous voulez dire que vous avez vraiment réussi votre coup ? Mais ce n'est pas possible. Il n'y a pas un mot dans la presse anglaise.

— Par mesure de sécurité. Ce qui est parfaitement logique, non ? De toute façon, l'important c'est que le lance-roquettes soit en ma possession.

— Pourquoi n'êtes-vous pas allé au rendez-vous avec le chalutier comme prévu ?

Barry ne put se retenir de rire.

— Nikolaï, vous allez être probablement très surpris, étant donné nos longues relations, mais je n'ai pas en vous une confiance absolue, et il m'est venu à l'esprit qu'une fois monté à bord de ce chalutier avec mon précieux colis, je risquais de ne plus jamais en descendre, sinon les pieds devant. Vous me suivez ?

— Ridicule, répliqua Romanov avec une colère non feinte. Ne vous ai-je pas toujours traité de façon équitable ? Quand vous ai-je laissé tomber ?

— Je ne pensais pas à vous en particulier, mon vieux, mais aux tordus de votre quartier général. Cette affaire est énorme, Nikolaï. La plus grosse à laquelle vous ayez participé, vous l'avez reconnu vous-même. Peut-être trop grosse...

Romanov respira à fond.

— Que désirez-vous ?

— Un avion prêt, qui m'attendra quand j'en aurai besoin. Un Cessna fera l'affaire. Je le piloterai moi-même, bien entendu.

— Pour aller où ?

— Dans la région des Lacs. Pas de problème. J'ai repéré une piste abandonnée près de l'endroit où je dois aller.

— Et les services de la circulation aérienne ? Ils aiment savoir qui se promène dans l'espace qu'ils contrôlent.

— Oh, le temps qu'ils découvrent où je me suis posé, je serai reparti depuis longtemps.

Romanov, à regret, acquiesça.

— D'accord. Je connais un petit aéro-club à Croix, dans la banlieue de Paris. Nous avons déjà eu l'occasion de l'utiliser. Je veillerai à ce qu'un avion soit mis à votre disposition. Quelle autre mauvaise surprise me réservez-vous ?

— Tout d'abord, l'échange aura lieu en Irlande, au sud de la frontière, bien entendu.

Romanov faillit exploser et Barry secoua la tête.

— Je n'accepterai aucun autre endroit. Tout ce que j'ai fait peut être considéré comme « politique ». Je ne crains donc pas l'extradition. En Irlande, je suis en sécurité. Une de mes vieilles tantes possède une propriété non loin de Cork, sur la côte. Un endroit parfait pour traiter des affaires de ce genre. Je vous indiquerai les détails précis plus tard.

Romanov leva la main.

— Je ne songe pas à discuter. Dites-moi le reste et finissons-en.

— Deux millions de livres sterling, dit Barry. Voilà ce que cela va vous coûter.

Romanov parut horrifié.

— Deux millions ? Vous êtes fou.

— Non. Je songe à prendre ma retraite. Je ne suis plus tout jeune...

Il y eut un silence pesant.

— J'ai ce lance-roquettes, Nikolaï, croyez-moi. L'affaire a été étouffée dans la presse mais vos contacts en Allemagne de l'Ouest vous confirmeront sans doute ce qui s'est produit.

— Peut-être, dit Romanov. Mais je ne suis pas en mesure de discuter d'argent à ce niveau. Il faut que je consulte Moscou. Je vous tiendrai au courant.

— Avant demain midi, répondit Barry. Je n'ai pas envie de traîner.

— Vous êtes un salaud jusqu'au bout des ongles, Frank. Je vous ai toujours traité correctement, et voici le coup que vous me faites ! J'aurais dû m'en douter.

Barry se servit un autre whisky.

— La vie nous donne une leçon chaque jour.

Romanov passa dans le salon et en revint avec la copie du message de Londres.

— Vous devriez lire ceci.

Barry parcourut le texte et son sourire se figea.

— Comme si c'était le moment ! murmura-t-il.

— Avez-vous lu les journaux, ce matin ?

— Non, pourquoi ?

Romanov lui donna *France-Soir,* ouvert à la bonne page.

— L'édition de midi. Intéressant, vous verrez.

L'article s'étalait sur trois colonnes, avec tous les détails et des photos de Savary et de Brosnan. Barry le parcourut rapidement.

— Brosnan serait mort ? Ce n'est pas possible.

— Cela arrive à tout le monde.

— Pas à Martin Brosnan. Vous ne le connaissez pas comme moi. Il a essayé de me tuer, vous savez.

— Pour quelle raison ?

— Oh, disons qu'il n'approuvait pas la façon dont je livrais ma petite guerre personnelle, à l'époque.

Romanov haussa les épaules.

— De l'histoire ancienne, sans intérêt maintenant qu'il est mort.

— Mais Devlin ne l'est pas, dit Barry.

Romanov fronça les sourcils.

— Vous pensez qu'il est dangereux ?

— Il pourrait rendre des points au Diable !

Barry se leva et se dirigea vers le balcon.

— Je me demande ce qu'il fabrique en ce moment, et surtout, où il est.

— La nuit dernière, il se trouvait sans doute non loin de La Hermosa, pour attendre l'arrivée de Brosnan, répondit Romanov.

— C'est exact. Et la photographe avec lui, sans doute. Où se trouvent-ils logiquement aujourd'hui ?

— A Paris.

— Facile à vérifier. La dénommée Audin Anne-Marie doit être dans l'annuaire.

*

Cinq minutes plus tard, le téléphone sonna dans l'appartement d'Anne-Marie à Paris. La femme de ménage, qui se trouvait dans la cuisine, s'essuya les mains et courut répondre.

La voix à l'autre bout du fil parlait un français excellent quoique avec une pointe d'accent.

— Mademoiselle Audin ?

— Non, monsieur. Elle n'est pas là. Qui est à l'appareil ?

— *Paris-Match,* répondit Barry sans hésiter. Je dois la joindre d'urgence. Savez-vous où elle se trouve ?

— Bien sûr. Elle m'a appelée il n'y a pas une heure. Elle va passer quelques jours dans sa ferme.

— Dans sa ferme ? lança Barry en riant. Cela ne ressemble pas du tout à Anne-Marie.

— Oh, c'est tout petit, monsieur, à côté de Vence, dans la montagne, près d'un village qui s'appelle Saint-Martin. Un vieux berger et quelques moutons. Mlle Audin y va de temps en temps pour s'isoler. C'est pour ça qu'elle n'a pas fait mettre le téléphone.

La femme de ménage était manifestement du genre qui, une fois lancée, ne peut plus s'arrêter de parler. Barry abrégea.

— Peu importe, dit-il. J'attendrai son retour.

Et il raccrocha.

*

— Qu'avez-vous l'intention de faire ? demanda Romanov.

— Je crois que je vais prendre l'avion de Nice. Après tout, ce n'est qu'une heure de vol. Je veux jeter un coup d'œil. Savoir si Devlin se trouve également là-bas.

— Pourquoi ne pas laisser tomber, Frank ? Dès que Moscou me donne confirmation, pour l'argent, vous pouvez filer. Pourquoi vous soucier de ce Devlin ?

— De vieux comptes à régler, dit Barry. Et de toute façon, la curiosité n'a jamais été mon moindre défaut. Disons que mon instinct me pousse à découvrir ce que mijote ce salopard.

— Faites comme vous l'entendez... répondit Romanov, excédé.

— Je fais toujours comme je l'entends, vous n'avez pas remarqué ? Pouvez-vous me donner une adresse à Nice où je puisse recruter des gros bras en cas de nécessité ? Rien de bien reluisant, ils n'auront pas besoin d'utiliser leur cerveau. Des poings et des bottes, cela me suffit. Vous pouvez vous en occuper ?

— Oui. Il se trouve que nous avons d'excellents amis à Nice. Je vous donnerai une bonne adresse.

— Parfait. Je savais bien que je pouvais compter sur vous. Je vous appellerai dès mon retour.

Il lança à Romanov une claque amicale sur l'épaule.

— Du nerf, mon vieux ! Tout est bien qui finit bien.

DOUZE

La ·petite ferme dans les collines au-dessus de Saint-Martin avait une allure très médiévale avec sa tour latérale et son toit couvert de tuiles romaines fanées par le soleil. Devlin regarda le village, au fond de la vallée, et le ruban de la route qui serpentait jusqu'à la ferme. Le soleil de l'après-midi lui chauffait le dos. Il s'étira paresseusement, retourna vers la maison et entra dans la cuisine.

Anne-Marie, devant la cuisinière à bois, préparait un potage. Elle portait une casquette de tweed, une chemise à col ouvert et des salopettes enfoncées dans ses bottes.

— L'endroit vous plaît ? demanda-t-elle.

— Très agréable. Un homme peut s'y sentir parfaitement heureux ou devenir fou à lier.

Elle éclata de rire.

— Et Martin ? demanda-t-il.

— Quand j'ai passé la tête dans sa chambre, il dormait encore comme une bûche, répondit-elle en posant la casserole sur la plaque de fonte. J'aurais aimé prendre une photo, mais j'ai eu peur de le réveiller. Il avait l'air différent.

— En quel sens ?

— Je ne sais comment vous dire... Très jeune.

Devlin alluma une cigarette et s'assit. Il secoua la tête.

— Très jeune !... Vous vous faites des illusions, ma chère amie. Il n'y a pas d'hommes jeunes dans la génération de Martin. Ni d'ailleurs dans la vôtre. Tous les espoirs, toutes les aspirations ont disparu depuis longtemps, engloutis dans les marais du Vietnam et les ruelles sombres de l'Ulster.

Elle se retourna et s'essuya les mains avec un torchon.

— Oui, dit-elle, les sourcils froncés. Vous avez probablement raison. Il manque à notre génération un ingrédient essentiel : nous ne croyons pas que l'existence est une idylle romantique. Nous avons appris trop jeunes que le mensonge et la trahison sont nécessaires à la survie.

— Que racontes-tu ? Est-ce la « pensée du jour » ?

Brosnan se tenait sur le seuil, en chemise de flanelle et blue-jean. Il avait besoin de se raser et ses cheveux, qui tombaient presque sur ses épaules, étaient en broussaille.

— Tu as l'air d'un..., commença Anne-Marie.

Elle ne trouva pas le mot et il éclata de rire.

— D'un quoi ? D'un criminel dangereux en cavale ?

— Absolument pas, répondit Devlin en lui lançant un journal. Anne-Marie est descendue au magasin du village. L'édition du *Midi libre* venait d'arriver de Nice. Tu es mort, mon vieux, c'est officiel.

Brosnan lut l'article sans témoigner la moindre émotion.

— Tu ne ressens rien ? lui demanda Anne-Marie. Rien du tout ?

— Non, dit-il en passant les mains sur son visage. Mais ce que j'aimerais bien, c'est prendre un peu l'air, sentir l'espace libre autour de moi. Si nous faisions le tour de la ferme ?

Elle se tourna vers Devlin. Il hocha la tête.

— Allez, filez d'ici tous les deux, dit-il. Je vais me faire une tasse de thé et je lirai un livre.

Brosnan et Anne-Marie sortirent dans la cour. Il se tourna vers les pentes, abritant ses yeux du soleil.

— Ce sont tes moutons ?

— Oui, une espèce qui vient d'Espagne.

— Une sacrée grimpette pour aller là-haut.

— Mon berger, le vieux Louis, a fait ça toute sa vie. Moi, je suis un peu plus paresseuse.

Elle ouvrit la porte de la grange et Brosnan vit une moto sur sa béquille.

— Tu montes là-haut avec cet engin ?

— Il est parfaitement adapté. Il vient d'Espagne comme les moutons. Une moto tout-terrain Montesa : en première sur un sol accidenté on peut avancer à un kilomètre à l'heure ! Mais je vais beaucoup plus vite.

— D'accord. Montre-moi.

— Volontiers.

Elle releva la béquille, poussa la moto dehors, l'enfourcha et lança le moteur d'un coup de talon sur le kick. Brosnan monta derrière elle et la prit par la taille.

— Montre-moi ce que tu sais faire, cria-t-il au-dessus du bruit de moteur.

Elle passa en première et ils sortirent de la cour.

*

La Montesa était à la hauteur de la réputation que lui avait faite Anne-Marie. Elle négociait les pentes en ronronnant dès que l'on donnait des gaz. Au bout de la piste, Anne-Marie continua sur la prairie, de plus en plus haut, jusqu'aux premières crêtes. Un troupeau de moutons paissait paisiblement l'herbe rare.

Elle s'arrêta près d'une petite bergerie blanchie à la chaux, couverte de tuiles rouges, nichée dans un petit creux au milieu d'amandiers. Un peu plus loin, un ravin sauvage tombait à pic dans un paysage d'une grande beauté.

— C'est la base du vieux Louis quand il est dans la montagne. Il lui arrive d'y rester des semaines. Il n'aime pas la vie d'en bas.

Elle montra la vallée au loin et Saint-Martin, à peine visible dans les brumes de fin d'après-midi.

— Je le comprends, dit Brosnan.

Elle ouvrit la porte et ils entrèrent. Il y avait une salle commune et une chambre. Le sol était dallé de larges pierres plates et les murs recouverts d'un enduit grossier. L'intérieur, frais et sombre, paraissait accueillant.

— Il doit être parti plus haut, dit Anne-Marie.

Elle souleva le couvercle de bois d'un seau à rafraîchir, en sortit une bouteille de vin blanc et trouva deux verres. Ils retournèrent dehors et s'assirent sur le banc de pierre, contre le mur. Quelque part, en contrebas, tinta une cloche aigrelette.

— C'est Hercule, notre vieux bélier, dit Anne-Marie. Le chef du troupeau.

Elle emplit le verre de Martin et le sien, puis ses yeux se posèrent sur la vallée.

— C'est l'heure de la journée que je préfère. Tout paraît prendre feu.

Elle se retourna vers lui, souriante. Il prit soudain conscience de la beauté de la jeune femme, comme s'il la découvrait, comme si c'était leur première rencontre.

— Des gens ont vécu ici autrefois, dit-il. Dans un autre monde. Maintenant, il n'y a plus personne, mais un peu de ce monde disparu subsiste. C'est sans doute ce que le vieux Louis essaie de retrouver.

Elle s'assit en tailleur dans l'herbe, devant lui.

— Que va-t-il se passer à présent, Martin ?

— Pour nous, tu veux dire ?

Elle secoua la tête d'un geste impatient.

— Non, pour toi.

— Eh bien... Je vais d'abord m'occuper de Barry. Après tout, c'est le but de toute l'opération.

Elle secoua la tête.

— Laisse-le tranquille, Martin. Tu n'as aucun avantage à en tirer. C'est un mort-vivant. Son heure est marquée. Dans une semaine ou dans un an... Quelqu'un, quelque part, l'attend. Il doit le savoir lui-même.

— Probablement. Mais je préfère être ce quelqu'un. C'est personnel, dit Brosnan d'une voix parfaitement calme, sans que son visage trahît la moindre émotion.

— Norah ? demanda-t-elle. Tu parlais beaucoup d'elle, tu te souviens ? Si j'en crois ce que tu me disais, elle ne t'aurait pas encouragé dans cette voie.

— Peut-être. Mais Norah a toujours été trop bonne pour cette vie. Elle n'a jamais fait la découverte la plus importante de l'existence.

— Quelle découverte ?

— La plupart des gens — et pas seulement les salauds

comme Frank Barry — vous laissent tomber au bout du compte, d'une manière ou d'une autre. C'est un fait de la vie.

Il y avait une amertume douloureuse dans sa voix.

— Moi, par exemple ? Ou Liam ? Ou Jean-Paul ?

Elle posa son verre très doucement, en essayant de maîtriser sa colère.

— Et Martin Brosnan, n'est-ce pas ? ajouta-t-elle. L'homme qui a arraché un vieillard à La Hermosa en même temps que lui, alors qu'il se serait beaucoup mieux débrouillé tout seul ?

— Je lui devais bien ça, répondit Brosnan. Nous avons partagé la même cellule pendant quatre ans. Il m'a soutenu par son esprit, son sens de l'humour et sa sagesse.

Il éclata de rire.

— Quelle ironie, non ? Un gangster qui a passé la majeure partie de son existence du mauvais côté de la barrière mais qui pourrait donner des leçons de vertu à beaucoup.

Elle se leva, se dirigea vers le bord du ravin et regarda la vallée à ses pieds. Lorsqu'elle se retourna, elle semblait plus calme.

— D'accord. Frank Barry. Et ensuite ?

— Je ne sais pas. L'Irlande, je suppose. C'est le seul endroit où je serai en sécurité.

— Tu retourneras à cette maudite Cause, si importante pour toi ? « Ma vie pour l'Irlande » ! Des mitraillettes Thompson la nuit, un combat sans fin ?...

— Tu veux dire que nous n'avons pas d'autre option ? La première nuit, à Belfast, quand j'ai pris un fusil des mains d'un mort, j'essayais d'empêcher des hommes de tuer d'autres hommes. Ensuite, je me suis trouvé embarqué sur un chemin sans retour. Rappelle-toi la phrase de Yeats : « Un sacrifice trop long peut transformer un cœur en pierre. »

Il secoua la tête.

— Trop de sang versé, mon amour, dit-il. Trop de morts. Rien ne vaut ce sacrifice-là. Pour moi, il n'y a plus de « cause ».

— Et que feras-tu ?

— Les Brosnan sont originaires de Kerry, je te l'ai dit, je crois. J'ai acheté une ferme là-bas, il y a quelques années. Des moutons, comme ici, s'écria-t-il en riant. J'adore les moutons. Ils ne prennent pas la vie trop au sérieux.

— Tu aimerais y retourner ?

— C'est un bel endroit. La mer et la montagne, l'herbe toujours verte, la pluie douce, les haies de fuchsias qui luisent dans le soir. On les appelle les Larmes de Dieu — *Deorini Dei*... Et les plus jolies filles du monde sont en Irlande.

Il se leva pour s'étirer. Il s'aperçut qu'elle le regardait avec une pointe de tristesse dans les yeux. Il se rapprocha et lui tendit la main.

— Tu serais en parfaite harmonie avec le décor.

Il l'attira vers lui et l'embrassa sur la bouche. Elle avait les lèvres douces et sèches. Il tremblait légèrement, emporté par le désir. Pendant un instant elle reprit son souffle et le repoussa.

— Non, Martin. Je ne veux pas recommencer ainsi. Vois-tu, malgré tes paroles, je ne crois pas que tu aies changé. Je pense que tu resteras toujours l'exécuteur des hautes œuvres du Mouvement... Partons, je te prie.

Elle se dirigea vers la motocyclette.

*

A quatre heures et demie, Frank Barry descendit de l'avion de Paris à l'aéroport de Nice. Il loua une Peugeot, repéra Saint-Martin sur la carte et s'y rendit directement. Cela ne lui prit qu'une heure. Il commanda un verre dans l'un des deux cafés du village et un garçon bavard lui expliqua où se trouvait la ferme d'Anne-Marie Audin. A six heures, il était accroupi derrière un mur de pierres sèches, dans une oliveraie de l'autre côté de la vallée et il observait la ferme avec ses jumelles.

Le seul signe de vie semblait la fumée qui s'élevait toute droite dans l'air immobile, au-dessus d'une des trois cheminées. Il alluma une cigarette et attendit. Un quart d'heure plus tard, la porte s'ouvrit et Liam Devlin fit un tour dans la cour.

— Ah, te voilà ! murmura Barry entre ses dents.

Il entendit presque au même instant un bourdonnement dans le lointain : un bruit de moteur qui se rapprochait. Il fit glisser ses jumelles sur les pentes au-dessus de la ferme et découvrit la motocyclette.

Au début, il crut qu'il s'agissait de deux hommes, car la visière de la casquette dissimulait une partie du visage d'Anne-Marie. Quant à l'homme assis à l'arrière, impossible de distinguer ses traits. La moto entra dans la cour et s'arrêta. Devlin s'avança, Anne-Marie ôta sa casquette, libérant ses cheveux, et Brosnan s'arrêta pour allumer une cigarette, ce qui permis à Barry de bien voir son visage.

Barry ne put retenir son rire. Il éprouvait un plaisir intense qu'il aurait été bien en peine d'expliquer.

— Dieu nous protège, Martin, s'écria-t-il à mi-voix, mais tu as réussi ton coup une fois de plus !

Les trois silhouettes rentrèrent dans la maison. Barry attendit un moment puis se leva et se dirigea vers le chemin de terre où il avait laissé la Peugeot.

*

— Que faisons-nous ensuite ? demanda Brosnan à Devlin.

Ils s'étaient installés près du feu après le dîner, le temps de fumer une cigarette. Par la porte entrebâillée on entendait Anne-Marie s'affairer dans la cuisine.

— Il n'y a qu'une solution. Le contact KGB de Barry à Paris, Nikolaï Romanov.

— Nous ne pouvons tout de même pas frapper à la porte de l'ambassade soviétique.

— Inutile. Ferguson m'a donné les deux adresses du bonhomme. A Paris et à la campagne. Il a un appartement dans le quartier Saint-Germain.

— Très bien, dit Brosnan. Nous partirons à Paris demain.

Anne-Marie entra avec du thé et du café sur un plateau, juste à temps pour entendre les paroles de Brosnan et la réponse de Devlin :

— Bon Dieu, tu ne nous laisseras pas le temps de souffler ?

— Je ne vois aucune raison de traîner.

— Il est impatient d'aller à l'enterrement, lança Anne-Marie avant de repartir dans la cuisine.

— Puisqu'il n'y a aucun moyen de te retenir, dit Devlin, je ferai aussi bien de t'équiper.

Il sortit, Brosnan se versa du thé et le dégusta religieusement : ce luxe lui était refusé à La Hermosa. Il se versait une deuxième tasse lorsque Devlin revint avec une petite valise qu'il posa sur la table et ouvrit.

— Un cadeau d'adieu de Jean-Paul Savary. Je n'ai pas ramené de quincaillerie de Londres, tu comprends. Difficile, avec la douane.

Il y avait deux Browning, un revolver Smith and Wesson à canon court et un Mauser à l'air sinistre, pourvu d'un silencieux en forme de bulbe.

— Très intéressant, dit Brosnan en prenant le Mauser.

— Cela me rappelle de vieux souvenirs, lui dit Devlin. Le modèle 1932. Mis au point spécialement pour les opérations de contre-espionnage. Des chargeurs de dix cartouches.

Brosnan plongea la main dans la valise et en retira une veste sans manches dont la surface de nylon brillait sous la lampe.

— Un gilet pare-balles ?

— Le modèle haut de gamme, pour l'homme qui a les moyens, lui répondit Devlin. Fabriqué par la Wilkinson Company. Nylon et titane. Jean-Paul m'a affirmé qu'il arrête une balle de Magnum 44 à bout portant.

— Très impressionnant, lança Anne-Marie depuis le pas de la porte. Vous repartez en guerre, je vois ?

— Je crois que je vais dormir un peu, dit Brosnan d'une voix égale. Nous détalerons dès l'aurore.

— D'accord, répondit Devlin.

Brosnan passa devant Anne-Marie sans lui dire un mot. Quand il eut disparu, elle s'avança vers la table, referma d'un coup sec le couvercle de la valise et s'assit.

— Je vous avais prévenue. N'essayez pas de voir en lui un homme qu'il n'est pas, dit Devlin.

Elle secoua la tête.

— Il a changé, Liam. Il est différent de ce que j'avais cru.

— Ma chère amie, il n'a jamais été ce que vous avez cru au départ. Le héros sombre sorti la tête la première des roseaux du Vietnam pour vous sauver la vie n'était après tout qu'un homme, avec ses travers et ses faiblesses comme le reste d'entre nous. Les photos que vous avez prises au cours des années n'ont jamais montré que la surface des choses. C'est le danger de votre profession.

— Je ne l'ai jamais vraiment compris. Je m'en rends compte à présent.

— Un bon sujet pour les pages centrales. Et il est photogénique. Vous l'avez toujours fait paraître beau.

— Brosnan et ses sacrées roses ! dit-elle avec amertume. Ça aussi, je ne l'ai pas compris. Entrer dans le bureau du commandant en chef du quartier général de l'armée anglaise, à Lisburn, et y laisser une rose au lieu d'une bombe ! Comme pour dire : « Brosnan est passé ! » De l'enfantillage...

— Oh, je ne sais pas, répondit Devlin. C'est son côté poète, je suppose. Il aime ce que l'on appelle dans votre France « le beau geste ». Mais ce n'est pas tout. Les Indiens des plaines, en Amérique, les Sioux et les Cheyennes notamment, avaient inventé une variante intéressante du thème de la guerre. Le haut fait le plus valeureux qu'un guerrier puisse accomplir était de s'approcher, au milieu de la bataille, assez près de l'ennemi pour le toucher avec un bâton. Telle était la mesure réelle de la bravoure d'un homme — et non la mise à mort de l'adversaire.

— Et c'est ce qu'il faisait avec ses roses ? Il leur disait : « Voyez comme je suis brave » ?...

— Non, répondit Devlin gravement. Il leur disait en réalité : « J'aurais pu vous tuer, mais je ne l'ai pas fait. Donc peut-être devrions-nous réfléchir davantage avant de continuer à nous battre. Trouver une autre voie. »

— Je ne sais pas, Liam. C'est trop compliqué pour moi. Et Martin est trop compliqué lui aussi. Je vais me coucher.

Elle se leva, visiblement lasse, se pencha pour embrasser Devlin sur le front et sortit.

*

Derrière la façade dorée de la Côte d'Azur, les bas-fonds de Nice sont aussi impitoyables que ceux de Paris ou de Marseille. L'adresse que Romanov avait donnée à Barry était celle d'un night-club de bas étage, non loin du port de pêche, dirigé par un nommé Charles Chabert.

Chabert, de petite taille, avait une allure très civilisée. Il portait moustache fine et lunettes à monture d'or. Son costume sombre était d'excellente coupe, aussi discret que le personnage dans son ensemble. Son cognac était également excellent et après en avoir goûté une gorgée, Barry ne dissimula pas qu'il l'appréciait.

— Des gros bras, dit-il. C'est tout ce qu'il me faut. Mon ami de Paris m'a affirmé que vous pourriez m'en fournir.

Chabert hocha la tête.

— J'ai une certaine réputation, monsieur, c'est exact. De combien d'hommes auriez-vous besoin ?

— Trois.

— Pour s'attaquer à combien ?

— Deux.

Chabert parut surpris.

— Avec vous, ça fait quatre. Est-ce bien nécessaire ?

— Pour s'occuper des deux hommes auxquels je pense, absolument.

— Je vois. Redoutables ?

— On peut le dire. J'aurai besoin d'eux demain à la première heure. Uniquement pour la matinée. Je vous verserai vingt mille francs.

— Risque-t-il d'y avoir quelques coups de feu ?

— Absolument.

Chabert pencha la tête en arrière.

— Ah bon... Dans ce cas, le prix sera de trente mille. Quarante avec ma commission.

— Marché conclu, répondit Barry, souriant, en lui tendant la main. Un détail : c'est moi qui commande. Que ce soit très clair Personne ne fait cavalier seul.

— Bien entendu, monsieur. Je vous donnerai des hommes à moi Ils font ce que je leur dis.

Il décrocha le téléphone intérieur.

— Envoyez-moi Jacaud, Lebœuf et Deville.

— On dirait un numéro de music-hall, lança Barry.

— En un sens, c'est le cas : de véritables artistes dans leur spécialité. Un autre cognac ?

Un instant plus tard, la porte s'ouvrit et trois hommes entrèrent. Ils s'alignèrent devant le mur et attendirent. Ils portaient des complets élégants mais, à leur visage, Barry s'aperçut qu'ils correspondaient exactement à ses besoins.

— Satisfait, monsieur ? demanda Chabert.

— Entièrement.

— Dans ce cas, peut-être auriez-vous l'amabilité de régler tout de suite. En espèces et d'avance : c'est une politique à laquelle je me suis toujours tenu. Après tout, la vie est pleine d'aléas et nous sommes tous vulnérables, cher ami, en particulier lorsqu'on est impliqué dans une affaire de ce genre.

Barry, qui n'était pas venu les mains vides — un petit cadeau de Romanov —, sortit de sa poche intérieure une grosse liasse de billets.

— Vous me plaisez vraiment, mon vieux, dit-il en riant.

Il se mit à compter la somme convenue en billets de cinq cents francs.

*

En général, Devlin s'éveillait à l'aurore, une vieille habitude. Mais ce matin-là, le sommeil refusa de le libérer et à son réveil il s'aperçut qu'il était huit heures et demie. Il se leva rapidement, prit une douche puis s'habilla.

En voyant le gilet pare-balles, il hésita. Il décida cependant de l'essayer et l'enfila sous sa chemise. Comme il pesait huit kilos, il s'apercevait qu'il le portait, mais il lui allait bien et ne grattait pas la peau.

Quand il entra dans la cuisine, Brosnan mangeait des œufs brouillés. Anne-Marie se tenait devant le fourneau. Elle avait l'air fatiguée, avec des cernes sombres sous les yeux, comme si elle avait mal dormi.

— Ah, vous voici... vous prendrez des œufs ?

Devlin secoua la tête.

— Je n'ai pas mangé le matin depuis des années. Une tasse

de thé suffira... Et comment vas-tu par cette belle matinée ? demanda-t-il à Brosnan en s'asseyant en face de lui.

— A merveille. C'est mon premier véritable petit déjeuner depuis quatre ans.

Il tendit le bras au-dessus de la table et entrouvrit la chemise de Devlin, révélant le gilet.

— Tu as un bouton défait. Pourquoi portes-tu ça ?

— Oh, j'ai eu envie de l'essayer. Tu devrais essayer le tien, on ne sait jamais...

Il avala le thé qu'Anne-Marie lui avait servi et il se leva.

— Quand partons-nous ?

— Quand tu voudras. Nous prenons la route ou l'avion ?

— En voiture il faudra plus de temps. Mais d'un autre côté, ce sera plus sûr. Il faut penser à ton visage.

— Je suis mort, voyons ! répondit Brosnan. Personne ne me recherche et la photo publiée par les journaux date d'au moins six ans. J'avais les cheveux courts à l'époque. Une paire de lunettes de soleil et un sourire suffiront à me déguiser.

— Très bien. Par avion, dans ce cas. Prépare-toi. Je fais un saut au village pour passer un coup de fil.

— Ferguson ?

— Il peut avoir des renseignements intéressants à nous donner.

— Sur Barry ? Parfait

Devlin se tourna vers Anne-Marie.

— Puis-je prendre la Citroën ?

Elle lui tendit les clés.

— A propos, Liam, quand vous partirez, ce sera sans moi.

— Je vois...

Il lança un coup d'œil à Brosnan qui continua de manger sans relever la tête.

— Comme vous voudrez, Anne-Marie..., dit-il.

Il lui tint la main un bref instant, puis s'en fut.

*

Barry était remonté de Nice dans la Peugeot, suivi par ses trois hommes de main dans une camionnette portant le nom d'une entreprise d'électricité bien connue à Nice. Ils s'arrêtèrent sur le bas-côté de la route, à l'entrée de Saint-Martin, et Jacaud sortit de la fourgonnette, souleva le capot et fit semblant de réparer le moteur. Barry pénétra dans le village, sans trop savoir comment il allait procéder ensuite. Il ne pouvait pas monter avec les deux voitures jusqu'à la ferme. Sur la route étroite, on les repérerait dès qu'ils amorceraient la pente.

L'initiative lui échappa, car dès qu'il s'arrêta devant l'église, il vit Devlin en train de faire le plein d'essence à la station-service, un peu plus haut dans la rue.

Barry sortit de la Peugeot, se glissa dans l'église et surveilla la place par la porte entrebâillée.

*

Devlin quitta la piste de la station-service, revint dans la rue, puis alla se garer sous un platane de la place. Il claqua la portière et se dirigea vers le café. Une jeune femme était en train de passer un coup d'éponge à la demi-douzaine de tables de la terrasse.

— Bonjour, monsieur, dit-elle. Je vous sers un café ?

— Je ne touche jamais à cette saleté, lui répondit Devlin en riant, mais si vous pouvez me faire une tasse de bon thé, je le boirai avec plaisir après en avoir fini avec votre téléphone.

— Mon père est à l'appareil en ce moment, monsieur. Il passe notre commande hebdomadaire à Nice. Il n'en a pas pour longtemps. Je vais vous servir le thé tout de suite.

— Pourquoi pas ?

Devlin s'assit, alluma une cigarette et orienta son visage vers le soleil levant.

*

L'église était silencieuse : des cierges qui papillonnaient et une odeur lourde d'encens dans l'air froid. Au fond, près de l'autel, la Vierge semblait flotter dans les ténèbres, l'ébauche d'un sourire figé sur ses lèvres. Personne près du confessionnal. L'endroit avait l'air vide, puis Barry aperçut un gamin agenouillé devant une chapelle latérale, en train de prier. L'enfant se leva, fit un signe de croix et se dirigea vers la porte.

— Vous cherchez le curé, monsieur ? Il n'est pas là. Il est parti à Vence.

Il n'avait que neuf ou dix ans. Barry lui ébouriffa les cheveux en souriant.

— Non, je regardais un de mes amis. Tu vois l'homme, là-bas, au café ?

— Oui.

— Je vais te dire : faisons-lui une farce.

— Une farce, monsieur ?

— Oui. Va le voir et dis-lui que le curé veut lui parler. Et quand il arrivera, c'est moi qu'il verra et ça lui fera un choc.

Il prit un billet de dix francs dans son portefeuille. Les yeux du gamin brillèrent de convoitise.

— C'est pour moi, monsieur ?

Barry glissa le billet dans la poche de l'enfant.

— File, et fais bien attention qu'il ne se doute de rien.

*

Devlin avait fermé les yeux sous la caresse du soleil et il ne prit conscience du gamin qu'au moment où celui-ci lui tira la manche.

— Monsieur..., dit l'enfant d'une voix timide.

— Qu'y a-t-il, mon petit ?

— Le curé, monsieur..., commença-t-il avec un geste vague dans la direction de l'église. Il m'a demandé de vous dire... Il faut que vous y alliez.

— Le curé ? répondit Devlin en riant. Mais je ne le connais pas. Ce doit être une erreur.

— Oh non, monsieur. Il vous a montré et il m'a dit « le monsieur à la table ». Il n'y a personne d'autre.

— C'est vrai. Très bien, dit Devlin. Je vais voir ce qu'il me veut.

Il voulut prendre l'enfant par la main, mais celui-ci s'écarta et fila à toutes jambes. Devlin haussa les épaules, traversa la place, passa devant la Peugeot et monta les marches de l'église.

Il s'arrêta sur le seuil. Son instinct affiné par des années de vie clandestine le poussa à glisser la main dans sa poche pour sentir la crosse de son Browning.

Après la place ensoleillée, l'église semblait très sombre. Il ne fit qu'un pas à l'intérieur et attendit. Une voix lui murmura en français :

— Par ici, monsieur Devlin.

Il distingua la soutane et une silhouette immatérielle dans la pénombre.

— De quoi s'agit-il ? demanda-t-il en suivant le prêtre.

— Un message de Jacques Savary, monsieur. Par ici, je vous prie.

Le curé se dirigea vers le confessionnal et tira le rideau derrière lui. Devlin entra dans le confessionnal à son tour. Tout était logique : Savary et son fils étaient les seules personnes au courant de sa présence à Saint-Martin.

Quelque chose bougea de l'autre côté de la grille de bois.

— Désirez-vous vous confesser, mon fils ?

— Ma foi, j'ai beaucoup péché, mon père, c'est un fait. Mais Savary ?...

— En ce qui me concerne, mon vieux Liam, il peut rôtir en enfer. Et toi avec !

Le Ceska dans la main de Barry toussa deux fois. Les impacts firent basculer Devlin contre la paroi du confessionnal. Pendant une fraction de seconde il haleta, puis ce fut le noir absolu.

Barry ouvrit le rideau et baissa les yeux vers le corps recroquevillé sur le prie-Dieu renversé.

— Toutes les dettes se paient, Liam, dit-il à mi-voix.

Il fit passer par-dessus sa tête la soutane empruntée à la sacristie, la jeta sur un banc, referma le rideau sur Devlin et sortit.

*

A l'inverse de Devlin, Brosnan mit le gilet de nylon et titane par-dessus sa chemise. Il ne faisait pas mal du tout. Il était assorti à son jean. Il enfila son caban de pêcheur et glissa un des

Browning dans la poche de droite. Il enfonça le Mauser derrière sa ceinture, au creux de ses reins.

Il sourit en songeant que c'était Devlin qui le lui avait enseigné. Il prit le Smith and Wesson à canon court, le soupesa dans sa main, puis se dirigea vers la salle de bains. Il trouva un rouleau de sparadrap dans l'armoire à pharmacie, au-dessus du lavabo. Il en coupa plusieurs longueurs et fixa le revolver à l'intérieur de sa jambe gauche, juste au-dessus de la cheville. Il le recouvrit avec sa chaussette.

A son retour dans la cuisine, la radio jouait mais la pièce était vide. Il trouva Anne-Marie assise sur un banc dans la cour, au soleil, les yeux clos. Il se dirigea vers elle puis s'arrêta, ne sachant que dire. Il aperçut en contrebas la Citroën qui remontait la route en lacet.

— Liam revient, dit-il.

— Ah bon ?

Il s'appuya au mur de pierres sèches.

— Tu continues de peindre ?

— Oui, répondit-elle. Uniquement des aquarelles, à présent. J'ai abandonné l'huile.

— Devlin m'a dit un jour que n'importe quel idiot pouvait peindre à l'huile mais que seuls les peintres de qualité maîtrisaient l'aquarelle.

La Citroën entra dans la cour derrière lui. Anne-Marie n'avait pas encore ouvert les yeux.

— Va-t'en, Martin. Ne dis plus rien, va-t'en.

Brosnan se tourna vers la Citroën. Jacaud se pencha par la portière et braqua un revolver entre ses deux yeux. Frank Barry se trouvait à l'arrière. Il ouvrit la portière d'un coup de pied et descendit, le Ceska à la main.

*

La fourgonnette s'arrêta dans la cour. Lebœuf et Deville en descendirent.

— Je regarde s'il est armé, monsieur ? demanda Jacaud.

— Il l'est, c'est certain.

Jacaud découvrit le Browning dans la poche droite de Brosnan.

— Où est Liam ? demanda ce dernier à Barry.

— En enfer, je pense. La dernière fois que je l'ai vu il avait l'air très mort.

— Non... C'est impossible ! s'écria Anne-Marie.

Brosnan fit un pas vers lui, les mains tendues.

— Salopard ! lança-t-il.

Jacaud le frappa dans les reins avec le canon de son arme. Brosnan hurla et tomba sur un genou.

— Te voici à ta place ! lui dit Barry. Caresse-le encore un peu, ordonna-t-il à Jacaud. Il a toujours été vicieux. Il aimait bien mettre une arme dans son dos, si je me souviens bien.

Jacaud trouva le Mauser et le tendit à Barry.

— Une sale arme, dit celui-ci en le rendant au Niçois. Trop démodée à mon goût. Occupez-vous de la fille.

Anne-Marie tenta de s'enfuir mais Lebœuf et Deville la rattrapèrent et la plaquèrent contre le capot de la voiture. Brosnan, qui avait encore du mal à respirer, leva les yeux.

— Que vas-tu faire d'elle ?

— Tu pourras te poser la question en enfer, Martin.

— On la tue ? demanda Jacaud.

Pendant une fraction de seconde, Barry crut voir Jenny Crowther chanceler sous l'impact de la balle qu'il avait tirée...

— Non, cria-t-il d'une voix âpre. Je m'occuperai d'elle moi-même.

Il sortit de sa poche un nécessaire de plastique noir, l'ouvrit et prit une ampoule-seringue toute prête, sur laquelle il vissa une aiguille.

— Tu vas aller retrouver Devlin, Martin. Mais pas ta petite amie. Ce serait vraiment dommage.

Au moment où l'aiguille toucha son bras, Anne-Marie hurla. Quelques secondes plus tard, elle perdit connaissance. Barry la déposa sur la banquette arrière de la Citroën et la recouvrit d'un plaid.

— Elle dormira comme un bébé jusqu'à Paris.

— La drogue ! lança Brosnan entre ses dents serrées, c'est bien dans ton style...

Barry se récria.

— Allons donc ! Elle va dormir comme une bienheureuse pendant dix heures et elle se réveillera sans une migraine.

Il monta dans la Citroën et lança le moteur.

— Que fait-on de lui ? demanda Jacaud, surpris.

— Pour l'état civil il est déjà mort, répondit Barry. Inutile de le laisser vivre.

— Tu n'as pas l'estomac de me tuer toi-même, hein, Frank ? dit Brosnan. Regarde-moi dans les yeux et appuie sur la détente... Ou peut-être préfères-tu que je tourne le dos ?

Il voulut se débattre, mais Jacaud et Deville le plaquèrent au sol. Barry éclata de rire.

— Tu m'as toujours méprisé, Martin. Je n'étais pas assez bon pour toi et ta maudite Cause ! Mais au bout du compte, c'est toi qui es à genoux dans la boue, et c'est cette image que je veux conserver de toi. Je ne me donnerai pas le mal de te tuer. Tu n'en vaux pas la peine.

Il partit. Jacaud et Deville remirent Brosnan sur pied et l'emmenèrent entre eux dans la grange. Lebœuf suivait. Ils poussèrent l'Irlandais en avant, et de nouveau il tomba à genoux.

Lebœuf traversa la grange pour examiner une vieille carriole.

— Quelle relique ! dit-il.

Deville s'appuya au mur près de la porte et Jacaud s'avança, le Mauser à la main. Brosnan se leva, marcha en chancelant jusqu'à un vieux banc contre le mur et s'écroula de nouveau.

— C'est le moment ? dit-il.

Jacard haussa les épaules.

— Tu aurais mieux fait de rester où tu étais, vieux.

— J'en ai l'impression.

Brosnan se pencha en avant avec un gémissement et saisit dans sa main droite la crosse du Smith and Wesson fixé contre sa jambe gauche. Il gémit de nouveau et s'écroula. Jacaud s'avança, saisit Brosnan par les cheveux et tira sa tête en arrière, juste au moment où Brosnan arrachait le Smith and Wesson et, d'un même geste, tirait sur le Niçois en pleine poitrine.

La violence du coup de feu à bout portant souleva Jacaud et

le projeta au sol. Au même instant, Brosnan abattit Lebœuf d'une balle dans le dos avant qu'il ait pu se retourner. L'impact lui brisa la colonne vertébrale et il tomba la tête la première sur la vieille carriole.

Près de la porte, Deville hurla. Il tenta de dégainer son revolver mais il était déjà trop tard, le Smith and Wesson était braqué sur lui. La troisième balle de Brosnan le frappa en plein front et il tomba à la renverse dans la cour.

Le silence se fit. Brosnan demeura immobile un instant, jambes écartées, en équilibre parfait, le Smith and Wesson prêt à tirer. Il avait l'air d'un autre homme — un être humain d'une autre espèce.

Au bout d'un moment, il glissa le Smith and Wesson dans sa poche et alla récupérer le Mauser et le Browning que lui avait pris Jacaud. Puis il se dirigea vers la Montesa, releva la béquille, lança le moteur d'un coup de pied rageur et fonça sur la route de la vallée en direction de Saint-Martin.

TREIZE

Devlin s'éveilla au son d'une voix plaintive.

— Monsieur, vous allez bien ?

Une main le secouait. Il ouvrit les yeux : un vieux curé était penché au-dessus de lui. Il avait l'impression d'avoir reçu une ruade dans la poitrine. Il passa la main du côté de son cœur. Sa chemise était trouée et il trouva, enfoncée dans le gilet, une des balles tirées par Barry.

— Vous avez bu ? demanda le prêtre.

— Pas du tout, mon père, répondit Devlin en souriant. Vous pouvez sentir mon haleine. Une crise de paludisme, c'est tout.

— De paludisme ? s'étonna le curé tandis que Devlin se relevait et redressait le prie-Dieu.

— J'ai attrapé ça aux colonies, il y a des années. Ça me prend encore de temps en temps, et dans les endroits les plus invraisemblables.

Il se dirigea vers la porte. Respirer lui faisait mal et, dès qu'il sortit, il dut s'appuyer au mur, en haut des marches. Brosnan traversait la place sur la motocyclette. Il freina brusquement et s'arrêta à côté de la Citroën garée près de l'église.

— Comment est-elle venue ici ? dit Devlin. Je l'avais rangée sous les platanes, à côté du café.

— Frank Barry l'a empruntée pour monter à la ferme. J'ai cru que c'était toi, Liam. Il nous a pris complètement au dépourvu, Anne-Marie et moi.

— Pas plus que moi-même. Il m'a tiré deux balles à bout portant dans l'église.

Devlin lui montra la balle trouvée dans le gilet.

— Ce truc-là est une invention merveilleuse, Martin, continua-t-il. J'ai été assommé, c'est tout. J'enverrai ce type en enfer.

— Pas si je suis le premier à le retrouver, répondit Brosnan. Il a emmené Anne-Marie.

— Quoi ? Comment se fait-il qu'il ne t'ait pas tué ?

Brosnan lui expliqua ce qui s'était produit.

— Il a dû descendre ici, dit Devlin, il a installé Anne-Marie dans la voiture avec laquelle il était arrivé et il a filé. Si je me souviens bien, il y avait une autre voiture devant l'église, quand je suis entré.

— Tu te rappelles la marque ?

— Une Peugeot, je crois.

— Partons à sa poursuite.

Brosnan descendit les marches et Devlin le suivit d'un pas chancelant.

— D'accord, Martin, mais dans quelle direction ?

— Paris. Quand il a fait la piqûre à Anne-Marie, il a dit qu'elle dormirait jusqu'à Paris.

— Mais quelle route a-t-il prise ? A cinq kilomètres d'ici, on a le choix entre trois itinéraires jusqu'à Lyon à travers les Alpes. Et il a pu également descendre à Cannes prendre l'autoroute vers Avignon. Après Avignon, il a la possibilité de...

— Pourquoi l'a-t-il emmenée ? coupa Brosnan en lançant un coup de pied dans la roue de la voiture. Pourquoi ?

— Un caprice, l'impulsion du moment. Peut-être a-t-il voulu qu'à l'instant de ta mort tu saches bien qu'elle était entre ses mains. Il a toujours été du genre qui aime arracher les ailes aux mouches. Une seule chose est certaine, Martin : il va à Paris et Paris signifie Romanov. Si nous prenons l'avion à Nice, nous arriverons là-bas avant lui. Il devra rester au volant tout le long du chemin, impossible de faire autrement avec Anne-Marie dans la voiture.

— Tu as raison, répondit Brosnan. Allons-y !

— Pas tout de suite, répondit Devlin en massant ses côtes endolories. Une énigme demeure — comment Frank Barry a-t-il su où nous nous trouvions. Accorde-moi cinq minutes : je vais téléphoner à Ferguson.

*

Ce fut Harry Fox qui décrocha. Il écouta un instant puis se tourna vers Ferguson.

— Devlin, mon général.

— Passez-le-moi, s'écria Ferguson en lui arrachant l'appareil. Nom de Dieu, Devlin, où étiez-vous passé ?

— Peu importe. Pouvez-vous m'expliquer comment Frank Barry a réussi à nous repérer, Brosnan et moi, à la ferme d'Anne-Marie Audin ?

— Brosnan ? lança Ferguson stupéfait. Mais il est mort.

— Ne croyez donc pas tout ce que vous lisez dans les journaux. Ce salaud de Barry vient d'essayer de me tuer. Il a enlevé Anne-Marie Audin et il se dirige vers Paris.

— Ecoutez, Devlin, c'est assez délicat à expliquer. Il y a eu une fuite, ici. Quelqu'un a passé des renseignements au KGB à Londres.

— Sur notre petite affaire ?

— Oui. L'information a dû être transmise à Romanov, à Paris, et il a averti Barry aussitôt.

— Merci beaucoup, répondit Devlin. Quelle efficacité ! C'est ainsi que l'on a construit l'Empire britannique ! Vous m'excuserez si je raccroche.

— Mais enfin, Devlin, qu'allez-vous faire ? se hâta de lancer Ferguson.

— Nous n'avons pas le choix : aller à Paris rendre visite au colonel Romanov.

Il sortit du café et monta sur le siège du passager de la Citroën.

— Qu'as-tu découvert ? demanda Brosnan.

— A l'aéroport de Nice, à toute vitesse ! dit Devlin. Je t'expliquerai en route.

*

Barry choisit la route touristique à travers les Hautes-Alpes. A Grenoble, il s'engagea sur l'autoroute de Lyon et s'arrêta dans la première station-service pour faire le plein. Anne-Marie dormait paisiblement sur la banquette arrière.

— Madame n'a pas l'air de s'embêter, lui dit le vieux pompiste.

Le plaid avait glissé, Barry tendit la main en arrière et l'arrangea autour d'Anne-Marie en un geste tendre.

— Oui... Nous rentrons à Paris. C'est le meilleur moyen de passer le temps sur de grands itinéraires. Je peux téléphoner ?

— Bien entendu, monsieur. Allez au bureau.

— Merci, dit Barry. Vous pouvez vérifier l'huile, l'eau et la pression des pneus ?

Il appela le numéro spécial de Romanov à l'ambassade et ce fut Irana qui répondit.

— Ici, Barry. Il est là ?

— Un instant.

— Comment cela s'est-il passé ? demanda Romanov.

— Très bien. Vous allez être surpris : les deux messieurs en question se trouvaient parmi les vivants.

— Ah bon ? Je suppose que vous avez remis les choses en ordre ?

— Oh oui. Disons que j'ai réglé les comptes. Des nouvelles pour moi ?

— L'affaire dont nous avons discuté ? Je me suis assuré qu'il n'y aurait pas de problème de trésorerie. Vous pourrez organiser l'opération dès que vous serez prêt.

— Dans ce cas, j'aimerais que le moyen de transport prévu soit à ma disposition ce soir même. Cela posera un problème ?

— Pas que je sache.

— Je vous retrouve donc à Croix, vers vingt-deux heures.

Le vieux pompiste entra dans le bureau et Barry raccrocha.

— Quels sont les dégâts ?

— Deux cent trente francs, monsieur.

Barry le paya et ajouta un billet de cinquante francs.

— Pour le téléphone.

— Mais c'est trop, voyons, dit le vieux.

— Ne soyez pas ridicule. Tout va très bien pour moi en ce moment. Pourquoi ne partageriez-vous pas un peu ma chance ?

Il se mit au volant et jeta un coup d'œil à la banquette arrière. La jeune femme dormait paisiblement, le visage détendu, sans une ride. Il lui caressa doucement la joue avant de démarrer.

*

A leur arrivée à l'aéroport de Nice, Brosnan et Devlin déchantèrent : tous les vols vers Paris étaient retardés.

— Je vais voir ce qui se passe, dit Devlin.

Il laissa Brosnan près du marchand de journaux et s'avança vers le comptoir d'Air Inter, où deux jeunes femmes charmantes faisaient de leur mieux pour calmer une queue de voyageurs en colère.

— Il y a des problèmes à Paris ? demanda l'Irlandais.

— Les pompiers se sont mis en grève à Charles de Gaulle. Ceux d'Orly et du Bourget les soutiennent par solidarité syndicale.

— Et combien de temps va se prolonger cette comédie ?

— En toute sincérité, nous n'en savons rien. La dernière fois, vingt-quatre heures, mais ils aiment laisser tout le monde sur les dents. Vous savez ce que c'est...

— Oui, je sais !

Il se hâta de rejoindre Brosnan.

— Peut-être demain.

— Tant pis ! Demain il sera trop tard. Prenons la route, et à pleins gaz...

Il saisit Devlin par le bras et l'entraîna vers le parc de stationnement.

*

Croix était exactement ce à quoi Barry s'attendait : un petit aérodrome avec tour de contrôle, deux hangars et trois cabanes de chantier — le quartier général d'un aéro-club, à en croire l'écriteau de la grille.

Les portes de l'un des hangars étaient ouvertes et le Cessna 310 venait d'être sorti. A côté, une conduite intérieure BMW noire, et quand Barry freina puis coupa son moteur, il entendit des voix. Romanov et Irana Vronsky sortirent du hangar, suivis par un petit homme brun en salopette blanche.

Barry descendit de voiture et s'avança vers eux.

— C'est ça, l'engin ? demanda-t-il avec un signe de tête vers le Cessna.

— Oui. Ce que Desforges a pu trouver de mieux dans un délai aussi bref. Il est contrôleur ici.

— Allons dans mon bureau discuter du plan de vol, dit Desforges.

— D'accord.

Barry ouvrit la porte arrière de la Peugeot et se pencha à l'intérieur. Quand il se releva, il tenait Anne-Marie dans ses bras.

— Avez-vous un divan ou une couchette ? Mon amie n'est pas encore réveillée de sa cuite.

Desforges se tourna vers Romanov comme pour prendre conseil, puis haussa les épaules.

— Sans doute.

Il retourna dans le hangar, suivi de Barry. Romanov et Irana étaient à sa hauteur.

— Anne-Marie Audin ! Mais c'est insensé. Qu'allez-vous faire d'elle ?

— L'emmener avec moi.

Ils arrivèrent près d'un bureau aux cloisons de verre, Desforges ouvrit une autre porte et montra à Barry une pièce minuscule avec un lavabo et un lit étroit sur lequel on avait jeté deux couvertures de l'armée.

— Vous pouvez la coucher là.

Il ressortit. Barry déposa Anne-Marie sur le lit. Irana se pencha sur elle et lui posa une main sur le front.

— Combien de temps va-t-elle rester ainsi ?

— Encore deux heures.

— Mais à quoi jouez-vous, Frank ? demanda Romanov.

— Mon choix était limité : la tuer ou l'emmener. Je n'ai jamais pu frapper les femmes.

— Vous êtes fou.

— On me l'a déjà dit.

— N'avez-vous pas assez de problèmes sans vous charger de cette femme ?

— C'est mon affaire.

Il l'entraîna, ainsi qu'Irana, et referma la porte.

— L'avion ? demanda-t-il.

— Vous l'avez vu.

— Parfait. Ma destination est la région des Lacs en Angleterre, du côté de la côte.

Desforges fourragea dans ses tiroirs de cartes et finit par trouver la bonne. Barry fit glisser son index sur la côte du Cumberland.

— Ravenglass... Il devrait y avoir une ancienne base de la RAF à quelques kilomètres au sud. Oui, la voilà. Aérodrome de Tanningley.

— Il est signalé hors d'usage, fit observer Desforges.

— C'est exact, mais la piste m'a semblé en parfait état. Je l'ai vue. Combien de temps, avec le Cessna ?

— Il a une vitesse de croisière de deux cent soixante à l'heure, mais tout dépend du temps. Je vais téléphoner à Orly.

Il passa dans l'autre bureau et décrocha. Barry alluma une cigarette.

— J'ai réfléchi à une chose, Nikolaï. Il vaudrait mieux que personne ne m'attende à l'arrivée. Je pensais au jeune homme qui m'a rencontré sur les quais de Morecambe, la dernière fois, par exemple...

Irana devint écarlate. Elle ouvrit la bouche, furieuse, mais Romanov la devança.

— Frank, vous avez tort de prendre les choses ainsi. Nous avons conclu un marché. J'accepte vos conditions. Je ne veux plus d'ennuis ni de difficultés. Une seule chose m'intéresse ; le lance-roquettes.

— Dans ce cas, inutile de vous tracasser.

Desforges revint :

— Vous aurez le vent debout. Une dépression venant de la mer d'Irlande provoquera probablement de grosses pluies au petit matin. Léger risque de brouillard. Dans ces circonstances, je prévois quatre heures et demie de vol. Peut-être cinq. Et vous ne pourrez pas atterrir là-bas en pleine nuit.

— A quelle heure, le lever du jour ?

— Vers cinq heures.

— Parfait. Je partirai vers minuit.

— Un autre problème, reprit Desforges. Votre plan de vol officiel doit signaler que vous quittez la France pour entrer dans l'espace aérien anglais.

Barry acquiesça.

— Quelle destination dois-je donner, à votre avis ?

Desforges étudia la carte.

— Ronaldsway, sur l'île de Man. Ce n'est qu'à quatre-vingts kilomètres de votre destination réelle. Au dernier moment, signalez au contrôle de Ronaldsway que vous vous déroutez vers Blackpool. Ensuite, je vous suggère de faire votre approche sur Tanningley depuis la mer et à moins de six cents pieds. A cette altitude, aucun écran radar ne vous verra. Bien entendu, vous serez visible à l'œil nu au moment de l'atterrissage, mais à cette heure-là il ne devrait pas y avoir foule sur les routes.

— Peu importe, dit Barry. Je repartirai aussi sec. Préparez tout, je vous prie. J'ai un coup de téléphone à donner.

Desforges sortit. Barry passa dans l'autre bureau, referma la porte derrière lui et décrocha. Irana et Romanov le regardèrent à travers la cloison de verre.

— Je ne lui fais pas confiance, Nikolaï, dit-elle. Il s'est moqué de vous une fois. Il va peut-être recommencer.

— Je n'ai guère le choix. Il faut que j'obtienne ce lance-roquettes...

— Oui ! On vous passera la main dans le dos, on vous bombardera général et on vous mutera à Moscou ! répliqua-t-elle. Pour être parfaitement sincère, Nikolaï, je préférerais rester à Paris.

Il plissa le front, impatient.

— Je vous ai déjà prévenue. Evitez de parler ainsi. Un jour, vous n'y prendrez pas garde et cela vous échappera devant une personne dangereuse.

— Je me fais beaucoup de souci pour vous, Nikolaï.

— Je le sais...

Il l'embrassa sur la joue avec une affection sincère.

— Vous n'avez aucune raison de traîner ici, lui dit-il. D'autant que vous êtes venue avec votre voiture. Rentrez à l'appartement. Vous devez être épuisée.

— Mais vous, Nikolaï?

— J'assisterai au décollage de Barry à minuit, et je vous rejoindrai aussitôt.

Elle lui prit la main et la serra très fort. Puis elle enfila son manteau de fourrure et sortit. Romanov alluma une cigarette et se tourna vers Barry, en grande conversation au téléphone.

*

A Marsh End, Henry Salter était sur le point de monter se coucher lorsque le téléphone sonna. Il répondit sans hésiter car dans une entreprise de pompes funèbres on est habitué à recevoir des appels à toute heure du jour et de la nuit.

— Henry Salter.

— C'est vous, mon cher ami? Ici Sinclair.

L'estomac de Salter se noua. Il tira une chaise vers lui et s'assit.

— Que puis-je faire pour vous, monsieur Sinclair? demanda-t-il d'une voix chevrotante.

— Comment se sont passées les choses depuis mon départ? Des problèmes particuliers?

— Beaucoup de remue-ménage à une trentaine de kilomètres d'ici et jusqu'à Wastwater. La police...

— Ah bon? Et que s'est-il produit?

— Personne ne paraît le savoir.

Barry éclata de rire.

— Bravo. A mon départ, je vous ai dit que je reviendrais, vous vous souvenez? Eh bien, j'arrive. Vous connaissez le vieil aérodrome de Tanningley?

— Oui.

— Je vais y atterrir avec un avion de tourisme vers cinq heures du matin. Pouvez-vous m'y attendre avec la Land-Rover?

— Mais personne ne s'y est posé depuis des années, dit Salter.

— Cinq mille livres en espèces pour votre précieux concours. Je ne resterai que deux heures au plus, qu'en pensez-vous ?

Salter lutta contre sa cupidité naturelle et perdit.

— J'y serai, monsieur Sinclair.

— Je compte sur vous, répondit Barry, et il raccrocha.

*

Devlin et Brosnan arrivèrent à Paris quelques minutes après onze heures du soir et se rendirent directement à l'adresse du quartier Saint-Germain. L'appartement de Romanov se trouvait au dernier étage d'un immeuble de grand standing.

— Que faisons-nous, s'il est absent ? demanda Brosnan.

— Que veux-tu que je te dise ? Nous l'attendrons. Nous essaierons de forcer la serrure... On verra bien.

Ils longèrent le corridor recouvert de moquette épaisse et s'arrêtèrent devant la porte numéro 13.

— Cela ne porte pas bonheur à tout le monde, dit Devlin en appuyant sur la sonnette.

Un silence, puis la porte s'ouvrit toute grande et Irana Vronsky s'écria en russe :

— Mais voyons, chéri, tu n'avais pas ta clé ?...

Son sourire se figea sur ses lèvres. Brosnan s'élança. Il abattit sa main sur la bouche de la jeune femme pour l'empêcher de crier et la repoussa à l'intérieur de l'appartement. Devlin referma la porte derrière lui.

Brosnan la projeta sur la banquette du salon et braqua vers elle le Mauser pourvu de son silencieux.

— Cet engin ne fait pas un bruit. Au moindre ennui, je vous fais sauter la cervelle. Où est Romanov ?

Irana repira à fond pour retrouver son calme.

— Allez au diable ! dit-elle.

Elle portait une superbe robe de chambre de soie noire qui bâilla lorsqu'elle voulut se lever, révélant des bas de soie noirs et un soupçon de porte-jarretelles. Brosnan la repoussa sur la banquette.

— A en juger par son costume, nous pouvons conclure qu'elle attend le colonel d'un instant à l'autre. Il nous suffit de patienter.

Il s'assit en face d'elle et prit une cigarette russe dans un coffret de laque. Il la renifla.

— Des pétards bolcheviques ! dit-il. J'avais un ami qui fumait ces saletés. Il y avait pris goût pendant la campagne d'hiver en 1943, mais vous n'étiez pas encore née, n'est-ce pas ? Sauriez-vous par hasard qui je suis ?

— Vous êtes très photogénique, lui dit-elle d'une voix calme.

— Et mon ami ?

— M. Brosnan a l'air de se porter très bien pour un homme mort.

C'était une erreur grave, et Devlin en tira parti aussitôt.

— Donc vous avez vu Frank Barry ou vous avez été récemment en rapport avec lui.

Elle se redressa, furieuse de s'être montrée aussi stupide.

— Qu'est-ce que vous voulez ? lança-t-elle.

— Pour commencer, une bonne tasse de thé, lui lança Liam Devlin.

*

Anne-Marie ouvrit les yeux, s'étira et demeura allongée, le regard fixé sur l'ampoule électrique au-dessus de sa tête. Elle avait l'esprit entièrement vide et elle se demanda où elle se trouvait. Elle se rappela soudain l'arrivée des inconnus à la ferme, Martin à genoux... Elle s'assit. Barry, au pied du lit, l'observait. Etonnant de la voir aussi calme, pas de migraine, pas de tête qui tourne au moment du réveil.

— Où sommes-nous ? demanda-t-elle.

— Un petit aérodrome des environs de Paris.

Il y avait une cafetière et deux tasses sur un plateau à côté de lui. Il en emplit une et la lui tendit.

— Buvez.

Elle hésita. Il sourit et avala une gorgée.

— Satisfaite ?

Elle prit la tasse. La porte s'ouvrit et Romanov entra.

— Tout est prêt. Quand vous voudrez, Frank. Desforges fait chauffer les moteurs... Elle vous accompagne ? dit-il en désignant Anne-Marie d'un regard.

Barry se tourna vers la jeune femme.

— Qu'en dites-vous ?

— Ai-je le choix ?

Il éclata de rire et lança à Romanov :

— Elle part.

Le Russe haussa les épaules et sortit.

— Est-il permis de demander la destination ?

— L'Angleterre. La région des Lacs. Vous aimerez. Adorable à cette époque de l'année. Ensuite, si vous êtes gentille, l'Irlande. Oui, si vous êtes bien sage, je vous emmènerai là-bas.

— Générosité inattendue... Pourquoi m'avez-vous emmenée ?

— Oh, j'ai une nature très aimable quand on me connaît bien, et en Irlande, vous verrez... Je serai en sécurité. Personne ne pourra obtenir mon extradition, ni les Anglais ni les Français — personne. Je n'ai commis que des délits politiques, c'est un avantage dans certaines circonstances. Le gouvernement irlandais n'appréciera pas, mais vous pourrez crier à en briser les vitres quand nous serons là-bas : cela n'y changera rien.

Elle s'accouda sur le lit et le fixa.

— Vous avez tué Liam ?

— Oui. Dans l'église de Saint-Martin.

— Et Brosnan ?

Le silence se prolongea.

— Pourquoi pas moi ? demanda-t-elle.

— L'ami que vous avez vu il y a quelques minutes croit que je devrais le faire.

— Pourquoi ne le faites-vous pas ?

— Nous avons tous notre talon d'Achille, chère amie. Même un salaud comme moi. Je ne tue pas les femmes.

Il hésita, se souvenant de Jenny Crowther.

— Jamais volontairement en tout cas.

— Je vois... Jamais volontairement. Quel réconfort pour moi.

Il se leva, prit le Ceska, l'arma, puis releva la sécurité et le remit dans sa poche.

— A vous de choisir.

Mais il n'y avait aucun choix et ils le savaient tous les deux.

— Oh, je ne voudrais manquer ce petit voyage pour rien au monde, dit-elle en se levant. Quand partons-nous ?

— Très bien, répondit Barry. Je savais que vous vous montreriez raisonnable. Songez au bel article que cela ferait ! Tendez vos poignets.

Il prit une paire de menottes et les lui passa.

— Le monde a été de tout temps un lieu de trahison. J'aime m'assurer de certaines choses.

— Une seule chose me paraît sûre, monsieur Barry, c'est que vous ne m'avez pas tuée pour l'instant.

— Ô femme de peu de foi ! dit-il.

Il ouvrit la porte et la fit passer devant lui.

*

Un épais brouillard était tombé, et bien que Desforges eût allumé les balises d'atterrissage, on ne pouvait pas voir le bout de la piste. Romanov regarda le Cessna tourner, puis s'arrêter. Barry ouvrit les gaz et l'appareil se mit à rouler tandis que le bruit assourdissant des moteurs trouait la nuit. Il décolla et aussitôt le brouillard l'engloutit.

Desforges sortit du hangar, la tête penchée pour écouter le ronronnement de l'avion tandis que Barry prenait de l'altitude. .

— C'est un bon pilote ?

— Oh oui, répondit Romanov. Et il a le diable de son côté.. Bonne nuit, camarade.

Il se retourna et se dirigea vers sa voiture.

*

Barry monta jusqu'à six mille pieds puis demanda un cap par radio au contrôle aérien d'Orly. Il vira aussitôt vers la côte de la Manche, passa en pilotage automatique, ôta le casque d'écoute et se retourna.

Anne-Marie était assise sur l'un des sièges arrière, immobilisée par sa ceinture, ses poignets toujours dans les menottes, sur les genoux.

— Quatre heures et demie, peut-être cinq heures. Vous avez le choix : être raisonnable et voyager confortablement, ou bien rester dans l'inconfort.

Sans un mot, elle tendit les poignets vers lui. Il prit la clé et ouvrit les menottes.

— Brave fille, dit-il. Il y a du café, des sandwichs et même une ou deux petites bouteilles de raide dans la glacière à vos pieds. Servez-vous.

Il se retourna, coupa le pilotage automatique et reprit les commandes.

*

Romanov arriva à son appartement du quartier Saint-Germain à minuit et demi. Il était épuisé et il avait froid, mais la perspective de retrouver Irana le réjouissait. Il prit sa clé, ouvrit la porte. Irana cria en russe :

— Va-t'en, Nikolaï!

Le canon d'un revolver était braqué sur lui. Brosnan le saisit au collet, referma la porte d'un coup de pied et poussa Romanov dans le salon.

Irana était assise sur la banquette, Devlin debout à côté d'elle. Romanov n'en croyait pas ses yeux. Brosnan le fouilla rapidement, trouva un Walther PPK dans une de ses poches et s'en empara.

— Vous avez l'air surpris, colonel Romanov, dit Devlin. C'est bien normal si vous nous avez reconnus.

Romanov tenta de bluffer.

— Je ne sais pas qui vous êtes et j'ignore ce que vous voulez. Si c'est de l'argent, je dois avoir quatre mille francs dans mon portefeuille.

— Economisez-les, lui répondit Devlin. Votre amie a déjà vendu la mèche. Elle était surprise de nous voir parce qu'elle nous croyait morts tous les deux. Cela ne signifie qu'une chose : vous avez été en contact avec Frank Barry. Où est-il ?

Romanov prit une cigarette russe dans le coffret sur la table basse.

— Vous ne pensez tout de même pas que je vais répondre.

— Aux dernières nouvelles, il se trouvait avec une de nos amies, Anne-Marie Audin. Nous sommes très inquiets pour elle, colonel, dit Devlin. J'irai même jusqu'à dire que toute l'affaire commence à indisposer mon camarade — et quand il se met en colère, il devient tout à fait imprévisible.

Romanov fixa le visage dur, implacable, de Brosnan.

— Je n'y peux rien, dit-il.

Brosnan ouvrit la porte-fenêtre donnant sur la terrasse puis s'avança vers Romanov et le frappa juste au-dessous du sternum, les doigts tendus. Le Russe tomba à genoux.

— Je me fous de qui vous êtes, dit Brosnan. Je ne veux pas savoir pour quel camp vous vous battez. Une seule chose m'intéresse : sauver cette femme. Vous avez une minute, deux fois trente secondes, pour vous décider à parler. Si vous ne parlez pas, je vous jette dans la rue. A quel étage sommes-nous ?

Irana poussa un cri et tenta de se lever. Brosnan la repoussa du plat de la main et dit à Devlin :

— Fais-la taire.

Il lança à Romanov un coup de pied au derrière. Le Russe s'étala sur la moquette, la tête tournée vers la terrasse. Irana leva les yeux vers Devlin, désespérée.

— Arrêtez-le ! Pour l'amour de Dieu, arrêtez-le ! Je vous dirai tout ce que vous voulez savoir.

Romanov se releva sur les mains et les genoux et se tourna vers elle en secouant la tête. Brosnan lui faucha les jambes d'un coup de pied, le prit par le col et le traîna vers la porte-fenêtre.

— Non, je vous en supplie ! Ne le laissez pas...

Elle saisit Devlin par le bras.

— Toute la vérité, dit-il. Tout.

— Je vous le promets.

Il appela Brosnan.

— D'accord, Martin. Conduis-le dans la salle de bains et qu'il prenne le temps de se refaire une beauté.

*

Romanov examina son visage dans le miroir du lavabo. Son nez saignait et il l'essuya doucement avec un mouchoir.

— Vous frappez fort, monsieur Brosnan.

— Ça a marché, non ?

— Oh oui... Le vieux stratagème. Un type fait le méchant et l'autre joue les sauveurs. Ça ne rate jamais. J'ai utilisé le truc plus d'une fois. Mais la pauvre Irana ne le savait pas, dit-il en soupirant.

— La pauvre Irana ne sait qu'une chose, à mon humble avis : c'est qu'elle vous aime.

— Oui, je n'en ai jamais douté.

La porte s'ouvrit.

— Vous pouvez revenir, dit Devlin.

Irana courut se jeter dans les bras de Romanov.

— Je te demande pardon, Nikolaï, mais je ne voulais pas qu'il te tue.

— Je t'en prie, répondit-il en lui caressant les cheveux d'une main. En fait, je me sens flatté...

Devlin se tourna vers Brosnan.

— Il est parti à minuit d'un petit aérodrome de la banlieue parisienne. Il a emmené Anne-Marie. Il pilote lui-même un Cessna 310.

— Quelle destination ?

— La région des Lacs, en Angleterre. Je t'expliquerai tout plus tard. Surveille ces deux-là pendant que je téléphone à Jean-Paul Savary. Inutile de prévenir Ferguson, n'est-ce pas ? ajouta-t-il en souriant.

— Pourquoi déranger ce brave homme ? L'affaire ne le concerne plus.

*

A *La Maison d'or,* Jean-Paul Savary était en train de vérifier la recette des tables de jeu avec le directeur du club lorsque le téléphone sonna. Le directeur décrocha, écouta un instant puis tendit l'appareil à Jean-Paul.

— Pour vous, patron. Un certain Devlin.

Jean-Paul prit la communication aussitôt.

— Savary à l'appareil.

— Comment va votre père ?

— Il prend le soleil en Algérie. Et Martin ?

— On dit toujours que ce pourrait être pire, mais j'en doute. Vous nous avez dit : « N'importe quoi, n'importe quand » ?

— Ça tient toujours. Que voulez-vous ?

— Nous sommes à Paris. Un avion de tourisme avec un pilote qui ne pose pas de questions, pour nous larguer sur un aérodrome désaffecté en Angleterre, dans la région des Lacs.

— Quand voulez-vous partir ?

— Tout de suite.

— Donnez-moi votre numéro. Je vous rappelle.

— Ce sera possible ?

— Mon cher, tout est possible pour l'Union corse, sauf peut-être de faire élire son candidat à l'Elysée.

Jean-Paul raccrocha, prit dans un tiroir un petit carnet noir qu'il feuilleta pendant quelques secondes, puis il décrocha de nouveau et composa un numéro de Paris.

*

Devlin était appuyé à la fenêtre, une cigarette aux lèvres.

— J'ai réfléchi à toute l'affaire, colonel, et j'ai l'impression que Barry s'est vraiment moqué de vous sur toute la ligne.

— Oui, répondit Romanov d'une voix égale. J'ai tendance à le croire moi aussi. Mais où mène cette conversation, je vous prie ?

— Cela me semble évident. Vous lui avez promis deux millions de livres sterling et vous devez prendre livraison du lance-roquettes en Irlande. A ce que m'a dit la charmante dame, lorsqu'elle s'est montrée tellement bavarde, j'ai compris que les Allemands n'ont pas très envie que leurs alliés américains jettent un coup d'œil à cette nouvelle arme miracle.

Logique, car leurs sentiments réciproques n'ont pas été très cordiaux ces derniers temps.

— Que suggérez-vous, au juste ? demanda Romanov, prudent.

— Je ne voudrais pas gâcher votre soirée, colonel, mais si Frank Barry peut obtenir deux millions de livres de vous, j'estime probable que la CIA lui en offrira cinq. Trouvez-vous cette hypothèse extravagante ?

Romanov le fixa sans rien dire et Irana lui serra le bras.

— Je vous avais prévenu, murmura-t-elle. Je vous ai dit quel genre d'homme il est.

— Pure conjecture, répondit Romanov.

Le téléphone sonna et Devlin décrocha. Il écouta un instant.

— Dieu vous bénisse, Jean-Paul, répondit-il en se tournant vers Brosnan. Un petit aérodrome à une demi-heure de route de Paris, près d'une ville qui s'appelle Brie-Comte-Robert.

— Je connais, dit Brosnan.

— Vous voulez le poursuivre en avion ? demanda Romanov, sceptique. C'est trop tard. Il aura au moins deux heures d'avance sur vous.

— Nous verrons bien, répondit Devlin.

— Que faisons-nous de ces deux-là ? demanda Brosnan.

— C'est un problème...

Devlin, les mains dans les poches, les regarda longuement.

— Je suppose que vous essaieriez de téléphoner à son contact, le nommé Salter, pour lui demander de prévenir Barry de notre arrivée — malgré ce que j'ai pu vous expliquer...

Romanov ne répondit pas, mais son regard le trahissait.

— J'en étais sûr... Va jeter un coup d'œil dans la cuisine, Martin. Trouve des cordes.

Brosnan sortit et revint quelques instants plus tard avec une pelote de ficelle et une corde à linge.

— Parfait. A quelle heure arrive la femme de ménage ? demanda Devlin à Irana. Sept heures ? Huit heures ?

Elle répondit machinalement :

— Sept heures et demie.

— Elle vous trouvera bien assez tôt. Vous dans une chambre

et lui dans l'autre. A ce moment-là, vous ne serez plus en mesure de nous faire des ennuis.

Romanov ne pouvait que se soumettre. En un rien de temps il fut ficelé, les mains derrière le dos et les chevilles liées aux poignets. Brosnan le bâillonna et le posa sur le côté.

— Pas trop inconfortable, j'espère ?

Les yeux de Romanov lancèrent des éclairs et avant de partir Brosnan lui fit un salut ironique. Il referma la porte à clé au moment où Devlin sortait de l'autre chambre.

— Ne perdons pas de temps, lança Devlin.

Ils partirent.

*

Quand ils arrivèrent à Brie-Comte-Robert, le brouillard était beaucoup plus dense et la pluie avait redoublé. Ils trouvèrent l'aérodrome sans mal, à trois kilomètres de la ville.

La grille d'entrée était grande ouverte. Aucune lumière nulle part et, dans le faisceau des phares de la Citroën, Brosnan vit du béton craquelé et de l'herbe haute de chaque côté de la piste. Il y avait quatre hangars qui se dressaient, menaçants, au milieu du brouillard. Deux ampoules s'allumèrent contre un mur. A leur lumière, la pluie formait un rideau d'argent.

Une petite porte s'ouvrit et une silhouette se découpa sur la tache claire.

— Monsieur Devlin ? demanda l'homme.

Brosnan coupa le moteur et Devlin descendit le premier.

— C'est moi.

— Entrez, dit l'homme en anglais.

Le hangar n'était éclairé que par deux ampoules. Il y avait trois avions. Un vieux Dakota, un Beaver et un Navajo Chieftain.

— Barney Graham.

L'homme tendit la main. Il était de petite taille, sec et nerveux, avec des yeux bleus délavés. Il portait un blouson d'aviateur datant de la Deuxième Guerre mondiale et des bottes courtes en peau de mouton.

— Savary vous a expliqué ?

— Oui. Vous voulez aller dans la région des Lacs. Venez dans le bureau.

Ils le suivirent. Les cartes étaient déjà étalées sur la table.

— Une sale nuit pour du sale boulot.

— Vous n'acceptez pas de le faire ? demanda Brosnan.

Graham ne put s'empêcher de sourire.

— On ne refuse jamais à l'Union corse. L'endroit leur appartient. L'Union corse constitue mon pain quotidien et une bonne partie du beurre que j'étale dessus. Où voulez-vous atterrir exactement ?

— Une vieille base de la RAF datant de la guerre, au sud d'un port appelé Ravenglass. L'aérodrome de Tanningley.

— Ce n'est pas un endroit facile, répondit Graham. Un de mes amis a touché la crête d'une montagne par là-bas, en 1943, aux commandes d'un bombardier Lancaster. Un seul homme a survécu, le mitrailleur de queue — et avec deux jambes cassées.

Tout en parlant il étudiait la carte.

— Voilà... Il n'est plus en service.

— Mais la piste doit être utilisable, répondit Devlin. L'homme que nous poursuivons connaît l'endroit. Il est parti à minuit.

— Avec quel zinc ?

— Un Cessna 310.

— Il a eu le vent debout, répondit Graham. J'ai téléphoné à la météo. Il ne fera pas plus de deux cent dix, deux cent vingt à l'heure. Il arrivera donc là-bas vers quatre heures et demie. Cinq heures plus probablement. Au lever du jour, vous comprenez, parce que sur un terrain comme celui-là, sans équipement, il ne peut atterrir que s'il y a assez de lumière.

Il plia les cartes.

— Et nous de même.

Devlin consulta sa montre. Il était deux heures.

— Cela lui donne deux heures d'avance.

Graham secoua la tête.

— Mon Navajo peut monter à cent soixante kilomètres-heure de plus que son appareil, et le vent debout nous gênera beaucoup moins. Trois heures devraient nous suffire.

— Nous arriverons donc à cinq heures, lança Brosnan à Devlin. Juste sur ses talons. Dépêchons-nous.

— Avant de partir, permettez-moi de vous expliquer une chose. les gens du contrôle aérien ont besoin de mon plan de vol. J'ai déjà signalé à Orly que j'avais un vol d'urgence à destination de Glasgow pour ramener du sang. Une opération à Paris dans l'après-midi.

— Du sang ?

— Oui, un groupe rare. Vous savez ce que c'est. Un truc que nous utilisons de temps en temps pour des vols sortant de la routine. Jean-Paul a tout organisé par téléphone avec un de nos contacts à Glasgow. Mon vol est donc parfaitement justifié.

— Et nous ?

— La région des Lacs est sur l'itinéraire, et l'espace aérien ne doit pas être sérieusement contrôlé. Au bon moment, je descends très vite, vous sautez à terre, je décolle, et je touche du bois pour que personne n'ait remarqué mon petit accroc sur l'écran radar.

— Et si c'est le cas ?

— Je trouverai une explication, répondit Graham en souriant. J'ai passé mon brevet de pilote en 1939, monsieur Devlin. Ce n'est pas à un vieux singe comme moi qu'on peut apprendre à faire la grimace. Si je prétends avoir eu une panne d'instruments, personne ne pourra prouver le contraire. Allons-y.

Ils ouvrirent les portes du hangar et Devlin et Brosnan montèrent dans le Navajo. Il était assez spacieux pour transporter dix personnes. Graham les suivit et releva l'échelle.

— Je n'allumerai que les feux des ailes, dit-il. Avec ce brouillard, le décollage va être plus impressionnant que dangereux et si vous avez le cœur sensible, fermez les paupières.

Les moteurs démarrèrent. Devlin et Brosnan attachèrent leur ceinture pendant que l'appareil roulait vers le bout de la piste et se tournait face au vent.

— Tu sais ce que disent les Français, Martin ? lança Devlin. Souhaiter bonne chance porte malheur.

— Merci beaucoup, répondit Brosnan. Juste ce que j'avais envie d'entendre.

Ils s'enfoncèrent dans le brouillard. Graham tira vers lui le manche à balai au moment le plus juste, refusant de sacrifier de l'énergie pour gagner plus vite de l'altitude et choisissant pour décoller l'instant que son instinct jugea parfait.

A huit cents pieds, ils sortirent de la brume. Il pencha l'appareil et commença à ajuster son cap.

*

Anne-Marie avait dormi pendant la majeure partie du trajet. A son réveil, les premières lueurs de l'aube commençaient à teinter le ciel. Au loin sur la gauche, l'île de Man formait une ombre à l'horizon. Elle constata à l'altimètre qu'ils volaient à deux mille pieds. Elle baissa les yeux, la mer semblait un désert noir.

Elle entendit la voix de Barry qui dominait le grondement des moteurs. Il parlait dans le micro de son casque.

— Ronaldway ? Ici Golphe Alpha Yankee Yankee Foxtrot. Je me déroute sur Blackpool.

Il y eut un silence, puis il reprit.

— Non, aucun problème. Je change de plan. Terminé, je coupe.

Il passa au pilotage automatique et se tourna vers elle, les menottes à la main.

— Je ne vous crois pas assez sotte pour tenter un coup qui entraînerait notre mort à tous les deux, mais je me sentirais plus tranquille si vous passiez ces bracelets.

Elle ne discuta pas. A quoi bon ? Elle tendit les poignets vers les menottes.

— Brave fille, dit-il en souriant. Asseyez-vous très droite et regardez bien. C'est le clou du spectacle.

Il reprit les commandes et perdit très vite de l'altitude.

QUATORZE

Henry Salter, toujours prévoyant, avait pris une paire de grosses cisailles avant de partir pour Tanningley. Elles réglèrent sans mal le sort de la chaîne rouillée cadenassée à la grille d'entrée. Il revint à la Land-Rover et s'engagea sur l'aérodrome.

Il n'y était pas venu depuis des années. On pouvait voir des signes d'abandon partout. De l'herbe poussait dans les fissures de la vieille piste d'atterrissage et les toits de deux hangars s'étaient effondrés.

Le troisième avait encore l'air en assez bon état. On lisait sur le fronton, en lettres blanches écaillées : *Tanningley Aero-club.* Sans trop d'efforts il parvint à faire rouler la grande porte et il s'aventura à l'intérieur. Il y avait plusieurs gouttières et la pluie s'infiltrait. Il faisait froid. Il frissonna, déprimé, et remonta le col de sa veste. Puis il entendit le moteur de l'avion au loin et il courut vers la piste.

*

Le Cessna arriva depuis la mer, en rase-mottes, vira sur la gauche et se posa dès les premiers mètres de la piste, du côté opposé aux hangars. Salter agita les bras et le Cessna se tourna vers lui. Il roula lentement jusqu'à l'intérieur du hangar et le grondement des moteurs fit trembler les tôles. Barry coupa l'allumage, ouvrit la portière et mit le pied sur l'aile.

— Monsieur Sinclair..., lui lança Salter.

Barry se retourna vers la cabine, tira Anne-Marie par le bras et l'aida à descendre à terre. Salter la regarda de la tête aux pieds. En voyant les menottes, ses yeux s'agrandirent.

— Parfait, allons-y ! lança Barry.

Il entraîna Anne-Marie au pas de course vers la Land-Rover et la poussa à l'arrière. Il se mit au volant et lança le moteur tandis que Salter s'installait sur le siège du passager.

— Mais où allons-nous ?

— A l'estuaire. Votre bateau, le *Kathleen,* est toujours amarré à la jetée, j'espère ?

— Bien sûr, répondit Salter déconcerté. Je ne comprends pas.

— Vous comprendrez.

Il était déjà à la hauteur de la grille d'entrée.

— Arrêtez ! lui dit Salter. Il vaut mieux refermer, cela risque d'attirer l'attention. On se demanderait ce qui se passe.

Barry s'arrêta et Salter retourna vers la grille. A son retour, il demeura un instant immobile, la main sur la portière de la Land-Rover, la tête penchée.

— Qu'est-ce qu'il y a ? lança Barry d'une voix impatiente.

— J'ai cru entendre un autre avion. Je me suis sans doute trompé.

— Entrez, nom de Dieu ! Je n'ai pas toute la journée, cria Barry, exaspéré.

Il accéléra brusquement sans laisser à Salter le temps de refermer la portière.

*

Le bruit que Salter avait entendu était celui du Navajo en train de faire sa première approche, mais le temps s'était gâté et le plafond se trouvait à moins de huit cents pieds. Barney Graham fit demi-tour vers la mer.

— Beaucoup trop risqué de se poser en aveugle. Nous nous retrouverions dans le flanc de la montagne avant de savoir ce qui nous arrive.

— Vous devez nous laisser ici d'une manière ou d'une autre, c'est essentiel, dit Brosnan.

— Vous avez peut-être envie de sauter? lança Graham en jurant entre ses dents. D'accord, je vais essayer du côté de la mer.

Il vira, descendit très bas et sortit du brouillard à environ cinq cents pieds, la montagne juste en face d'eux.

Ce fut Devlin qui aperçut le premier la piste et les hangars à quelques centaines de mètres sur la gauche, à travers une pluie battante. Graham se lança si vite et si bas que lorsqu'il vira à la dernière seconde, juste avant de se poser, le bout de l'aile gauche passa à moins de deux mètres des pâquerettes. L'avion rebondit lourdement et courut vers les hangars.

— Dehors! cria Graham. Vite!

Il était sorti du cockpit. Mettre l'échelle en place ne lui prit que quelques secondes. Brosnan descendit; Devlin le suivit si vite qu'il trébucha et s'étala dans la boue. Déjà Graham remontait l'échelle. Le Navajo roula jusqu'à l'autre bout de la piste, s'immobilisa un instant, puis gronda de tous ses moteurs et décolla.

En quelques secondes, il se perdait dans le brouillard. Ce n'était plus qu'un ronronnement lointain.

— Pourvu qu'il ne se soit pas trompé d'endroit..., dit Devlin.

Brosnan se dirigeait déjà vers le hangar dont la porte était restée entrebâillée. Il l'écarta davantage, révélant le Cessna.

— Non, nous y sommes. Mais où est Barry?

— Je pense que le nommé Salter pourra nous l'apprendre. Mais au cas où Barry aurait l'intention de se resservir de cet appareil, assurons-nous qu'il en sera incapable.

Devlin sortit un Browning de sa poche, visa avec soin puis tira sur les roues. Le Cessna parut tituber tandis que ses pneus se dégonflaient.

— Parfait, dit Brosnan. Maintenant, dégageons, Liam. Selon ma carte, nous sommes à huit kilomètres de Marsh End.

La chance leur sourit, car à peine arrivaient-ils sur la route qu'un camion de ferme chargé de bidons de lait les dépassa et s'arrêta un peu plus loin.

L'homme qui passa la tête par la portière avait l'air d'assez bonne humeur malgré l'heure matinale. Il avait besoin d'un coup de rasoir et l'on apercevait la veste de son pyjama sous son vieil imperméable.

— Des pépins ?

— Cette nuit, répondit Devlin. Dans les montagnes, par là-bas, la voiture nous a lâchés.

— Sur la route de Wastwater ?

— C'est ça. Nous avons marché huit ou dix kilomètres.

— Plutôt douze ou treize. Où allez-vous ?

— Vous savez où habite M. Salter ?

— Je passe devant tous les jours. Si c'est chez lui que vous allez, sautez à l'arrière, je vous dépose.

— Merci, dit Devlin. Nous téléphonerons au garage de chez lui.

Ils grimpèrent sur le plateau et s'accroupirent entre les bidons.

— On ne te prend jamais au dépourvu, hein ? dit Brosnan.

Devlin sourit.

— Tout est simple quand on mène une vie rangée.

*

Barry suivit la piste jusqu'à la jetée et s'arrêta. Le *Kathleen* attendait sous la pluie. La brume recouvrait les marais d'un linceul gris. Barry aida Anne-Marie à descendre, la prit par le coude et l'entraîna sur la jetée.

Salter trottinait derrière.

— Mais que faites-vous, monsieur Sinclair ?

Barry aida Anne-Marie à enjamber le bastingage.

— Je vais récupérer quelque chose qui m'appartient, monsieur Salter, et pour cela, j'ai besoin de votre bateau. Ensuite, vous toucherez vos cinq mille livres, vous nous ramènerez à Tanningley et je m'envolerai dans la grisaille du matin comme une âme vers le paradis. Je suis sûr que vous respirerez plus librement.

Salter s'arrêta brusquement sur la jetée et lui lança un regard ahuri.

— Ce n'est pas possible.

— Et pourquoi ? lança Barry. Vous m'avez dit la dernière fois que le *Kathleen* était toujours prêt à prendre la mer.

— La clé de contact, dit Salter. Je ne peux pas faire démarrer les moteurs sans la clé et elle est à la maison.

Barry jura.

— Allez la chercher, espèce d'idiot, et dépêchez-vous, hein !

Salter se retourna, courut vers la Land-Rover et démarra. Barry fit traverser le pont à Anne-Marie et la poussa dans le poste de pilotage.

— Comment trouvez-vous l'aventure, jusqu'ici ?

Son sourire était figé, ses yeux brillaient d'excitation et, quand il alluma une cigarette, ses mains tremblaient.

— Attention, lui répondit Anne-Marie. Vous êtes au bout du rouleau.

— Qui, moi ? s'écria-t-il avec un rire nerveux. Pas avant qu'il ne gèle en enfer.

Il ouvrit le panneau de visite sous le tableau de bord. La Sterling et le Smith and Wesson n'avaient pas bougé. Il le referma et Anne-Marie lança :

— Pauvre M. Salter !

— Hélas !... répondit Barry. Mais je n'aime pas laisser de traces. Il n'aurait pas dû accepter au départ.

Il poussa la jeune femme sur le côté, souleva le couvercle du coffre et fourragea à l'intérieur jusqu'à ce qu'il trouve la serviette. Il l'ouvrit, vérifia que l'argent était encore à sa place et la referma.

— Le coffre de guerre ? dit-elle.

— Si l'on veut.

Il se dirigea vers le pont et tendit l'oreille.

— Arrrive, nom de Dieu ! murmura-t-il entre ses dents.

— Peut-être ne reviendra-t-il pas ?

— Ne dites pas de bêtises.

— Oh, je ne sais pas. Il m'a paru mort de peur.

Il se tourna vers elle et la fixa. Il ne souriait plus. Il la prit par le bras, la fit sortir du poste de pilotage et l'entraîna violemment sur le pont. Il la poussa dans l'escalier donnant accès aux cabines et referma la porte à clé derrière elle. Il remonta sur le pont, sauta par-dessus le bastingage et courut le long de la jetée.

*

Le camion du laitier s'éloigna dans le brouillard. Devlin et Brosnan s'engagèrent dans l'allée, près de la pancarte en lettres d'or.

— « Henry Salter, Pompes funèbres. Crématorium », lut Devlin. Un homme de goût, semble-t-il. Voyons s'il est chez lui.

La maison était silencieuse, comme si elle les attendait, paisible sous la pluie du matin. Ils se dirigèrent vers l'arrière en restant à couvert près des touffes de rhododendrons. Ils s'arrêtèrent à l'entrée de la cour. La porte de la grange était ouverte. Ils entendirent un bruit de moteur. Un véhicule arrivait. La Land-Rover tourna dans la cour et s'arrêta. Salter descendit et se dirigea vers la porte de derrière.

— C'est notre homme, murmura Devlin. Il sent le cadavre à dix mètres, non ?

*

Salter n'était pas content, pas content du tout. L'affaire s'annonçait très mal et Barry lui faisait peur. D'un autre côté, il n'avait guère le choix. Il tendit la main vers la clé de contact accrochée sur la planchette avec les autres clés, au-dessus du réfrigérateur... La porte s'ouvrit à la volée derrière lui. Avant de comprendre ce qu'il lui arrivait, il était coincé contre la table avec la main de Brosnan sur sa gorge et le canon du Mauser contre sa tempe.

Jamais il n'avait eu si peur.

— Non ! balbutia-t-il. Je vous en supplie.

— Henry Salter, je présume ? dit Devlin.

— Oui...

Brosnan serra moins fort.

— Où est Frank Barry ?

— Frank Barry ? Je ne connais personne de ce nom.

Brosnan resserra les doigts.

— Vous êtes allé le chercher à Tanningley, il y a une demi-heure.

— C'était Sinclair, Maurice Sinclair.

— Je vois, dit Devlin. Y avait-il une jeune femme avec lui ?

— Oui. Quand il l'a fait descendre de l'avion, elle avait des menottes aux poignets.

— Où sont-ils ?

— Dans le marais, sur mon bateau, le *Kathleen.* Il m'a envoyé chercher les clés... Tenez !

Il montra le trousseau dans sa main droite.

— Je les prends, dit Brosnan.

— Il est déjà venu ici, n'est-ce pas ? demanda Devlin

— Oui, il y a deux ou trois jours.

— Pour le lance-roquettes ?

Salter parut consterné.

— Je ne sais pas ce qu'il a fait. On m'a payé pour que j'engage deux hommes, c'est tout. Ils sont restés ici deux jours et ils sont repartis. Je ne sais rien de plus.

Il disait manifestement la vérité.

— Comment pouvons-nous trouver votre bateau ? demanda Devlin.

— Tournez à gauche sur la route. Vous verrez sur la droite un poteau indiquant Marsh End Creck. Le *Kathleen* est amarré à la jetée. Vous ne pouvez pas vous tromper, il n'y en a pas d'autre.

Devlin leva la main et arracha la corde accrochée au-dessus de l'évier, à laquelle pendait un torchon. Il la jeta à Brosnan.

— Ligote-le !

Il sortit, monta sur le siège de la Land-Rover et prit son Browning. Il ôta le magasin, fit sauter les balles l'une après l'autre avec l'ongle du pouce, puis rechargea avec soin. Brosnan claqua derrière lui la porte de la cuisine et courut se mettre au volant.

Il se tourna vers Devlin, lèvres serrées :

— Il est à moi, Liam, n'oublie pas.

— Les Japonais pensent que la vengeance est une purification, mais personnellement, j'en doute.

Il se pencha en arrière et ferma les yeux, le Browning sur ses genoux. Brosnan démarra.

*

Frank Barry prit le raccourci à travers les roseaux. En voyant la Land-Rover entre les arbres, encore dans la cour, il s'arrêta. A quoi jouait donc Salter ? La Française avait peut-être raison, après tout. Il s'avança... Liam Devlin sortit de la maison et traversa la cour.

Barry eut envie de crier pour effrayer le fantôme — mais en réalité, le plus effrayé c'était lui : il ressentit une peur soudaine, étrange. Il jura entre ses dents. Il n'était qu'un imbécile superstitieux ! Puis il vit Martin Brosnan sortir de la cuisine à son tour, contourner la Land-Rover et disparaître. Un deuxième fantôme ? Il s'aperçut qu'il tremblait. Il sentit le poids du Ceska dans sa poche et tenta de mobiliser ses réserves de courage. Combien de fois faut-il donc tuer un homme ?

*

Lorsque Barry arriva à la jetée, à bout de souffle, il avait retrouvé son calme. Devlin et Brosnan étaient encore en vie, incontestablement. Inutile de chercher une explication pour l'instant.

Il courut le long de la jetée et s'arrêta, aux aguets. La Land-Rover se rapprochait dans le brouillard, et sans cette maudite clé de contact il ne pouvait pas utiliser le bateau, en tout cas avec ses moteurs.

Il détacha les amarres à l'avant et à l'arrière, poussa de toutes ses forces sur le bastingage et franchit d'un bond l'espace qui s'élargissait entre le *Kathleen* et la jetée. Un instant plus tard, le bateau était à trois ou quatre mètres puis, soudain, il se mit à dériver sur le côté, vers la jetée. Barry regarda par-dessus le bastingage. La raison en était simple : la marée montait.

Anne-Marie entendit ses pas dans l'escalier. La porte de la cabine s'ouvrit à la volée. Il prit la jeune femme par le bras et l'entraîna vers le pont. Elle était sûre qu'il allait la tuer. Il la poussa dans le poste de pilotage.

— Que se passe-t-il ? demanda-t-elle.

— La résurrection des morts.

La Land-Rover sortit du brouillard et s'arrêta au bout de la jetée. Le cœur d'Anne-Marie cessa de battre.

*

Deux choses se produisirent en même temps : Barry fit sauter d'un coup de coude la vitre latérale du poste de pilotage, et Anne-Marie cria de toute sa voix :

— Martin ! Attention !

Barry la plaqua au sol et tira quelques coups de feu au jugé par la vitre brisée tandis que Devlin et Brosnan s'élançaient, tête baissée, vers la jetée. Le *Kathleen* était revenu à un mètre à peine des planches, Brosnan sauta à l'arrière et plongea derrière l'habitacle. Devlin s'était élancé sur la proue. Il disparut dans l'angle mort du poste de pilotage.

— Eh bien, Frank, comment vas-tu par cette belle matinée ?

— C'est l'heure des miracles, Liam ? lança Barry.

— Le diable nous a renvoyés de l'enfer pour te prendre...

— Il lui faudra encore attendre ! Je vais me relever avec ta petite amie, Martin, cria-t-il en saisissant Anne-Marie par les cheveux. Elle a une chance de s'en sortir si je m'en sors aussi. N'oublie pas. Essayez de m'arrêter et j'appuie sur la détente.

Il se releva en serrant Anne-Marie contre lui. Elle avait la tête basculée en arrière et le canon du Ceska sous le menton.

— Deux solutions, dit Barry. Elle meurt tout de suite, même si je dois mourir avec elle, ou bien vous sortez d'ici et vous jetez vos armes.

— Non, Martin ! cria Anne-Marie.

Barry tordit les doigts qui serraient ses cheveux.

— Pas d'histoires. C'est oui ou c'est non ?

Il y eut un silence, puis Brosnan se leva, le Mauser à la main.

— Lance-le dans l'eau, lui ordonna Barry.

Brosnan obéit d'un geste presque indifférent, sans quitter des yeux le visage de Barry. Devlin parut, de l'autre côté du poste de pilotage, à moins de deux mètres de lui. Il lança son Browning dans l'eau sans qu'on le lui dise.

— Bien, dit Barry. Avancez-vous ! Plus près, j'ai dit.

Sa voix était éraillée, premier signe réel de son épuisement nerveux. Devlin et Brosnan se rapprochèrent.

— Lâche-la, Frank, dit Devlin.

— Mais oui, pourquoi pas ?

Barry projeta Anne-Marie vers eux. Elle tomba dans leurs bras. Au même instant, il ouvrait le panneau de visite et arrachait la mitraillette Sterling de son support.

— Mon as dans la manche, Liam, dit-il en souriant. C'est toi qui m'as enseigné à quel point c'était important. Tu te rappelles ?

— Que se passe-t-il à présent ? Une autre exécution ?

— Pas encore. Je vais d'abord vous faire travailler un peu. A quelques centaines de mètres d'ici, dans les roseaux, il y a un bateau coulé au milieu d'un bassin d'eau profonde. Dans la cabine se trouve quelque chose dont j'ai très envie. Tu pourras aller me le chercher à la nage, Martin.

— Le lance-roquettes. Très ingénieux, dit Devlin.

— Vous êtes remarquablement informés, je vois. Mais assez parlé. Martin, avance vers l'escalier avec la fille. Doucement... Lentement... Nous vous laisserons dans la cabine le temps de mettre ce bateau en marche.

Il braqua le canon vers Devlin.

— Va te mettre à l'arrière, dit-il.

Devlin obéit aussitôt. Brosnan poussa Anne-Marie devant lui et se retourna. Il continua à reculons, protégeant la jeune femme de son corps. Ses yeux lui faisaient mal à force de fixer le visage de Barry, qui ne bougeait pas, à l'entrée du poste de pilotage, la Sterling à la hanche.

— Tu n'aurais jamais dû quitter la ferme si vite, Frank, lui lança Brosnan. Tu as commis une erreur grossière en faisant appel à ces trois truands de Nice. Des enfants de chœur qui n'auraient pas duré plus d'un samedi soir, à Belfast.

— Oui... Mais cette fois, je ferai les choses moi-même, répondit Barry.

Brosnan se retourna, posa la main au milieu du dos d'Anne-

Marie et la projeta dans l'escalier. Du même geste il plongea par-dessus le bastingage et s'enfonça dans l'eau trouble du marais, se retournant aussitôt pour se glisser sous la coque, en battant désespérément des pieds dans la vase épaisse du fond.

La rafale que tira Barry avec la Sterling déchiqueta le bois du bastingage. Trop tard. Il s'élança et tira dans l'eau. Aucun signe de Brosnan. Anne-Marie, accroupie sur les marches, releva la tête. Barry courut vers l'autre côté du bateau et lâcha une autre rafale dans le marais.

— Mauvais, Frank, dit Devlin. Tu l'as perdu.

— Toi, ferme ta gueule !

Devlin prit le temps d'allumer une cigarette et Brosnan, accroché à l'étrave, l'entendit lancer :

— Tu as toujours été un très petit bonhomme en fin de compte, Frank, n'est-ce pas ?

Barry s'avança vers lui.

— Assez grand pour t'enterrer.

— Tu as déjà essayé une fois — et tu as salement cafouillé, dit Devlin en s'avançant à pas lents. Tu ne feras pas mieux ce matin.

Barry tira une rafale de quatre ou cinq balles qui déchirèrent l'imperméable de Devlin du côté gauche de sa poitrine et le firent basculer en arrière. Il cria et glissa sur le pont.

Anne-Marie rampa vers lui en s'accrochant avec ses menottes. Brosnan se glissa sous le bastingage de bâbord et plongea dans le poste de pilotage pour s'emparer du Smith and Wesson.

Barry se rendit compte du mouvement et pivota aussitôt sur lui-même. La balle de Brosnan le toucha au bras droit. La violence de l'impact le projeta de côté et la Sterling décrivit un arc de cercle, heurta le bastingage et disparut sous la surface de l'eau.

Barry serra son bras sanglant dans sa main gauche.

— La clé des menottes, Frank. Tout de suite ! cria Brosnan.

Barry tâta sa poche avec ses doigts pleins de sang, trouva les clés et les lança sur le pont. Anne-Marie les prit et commença à libérer ses poignets.

— Bon Dieu, tu as toujours été retors, Martin, mais jamais je n'aurais cru que tu finirais par travailler pour les Anglais.

— Ce n'est pas pour eux, répondit Brosnan. C'est pour Norah. Pour ce que tu lui as fait. Elle est morte en hurlant, Frank, liée à un lit de fer dans un hôpital psychiatrique — à cause de toi.

— Ceux qui t'ont raconté cela t'ont menti ! répondit Barry, sincèrement révolté. Ce sont les Français qui ont fait ça à Norah. Les salopards du Groupe Cinq du SDECE. Tu connais les « barbouzes ». Ils ont essayé l'électricité pour la faire parler. Comme ça n'a pas marché, ils sont passés à la drogue, et ils ont fini par lui donner une dose trop forte.

Liam Devlin se releva et s'appuya sur Anne-Marie. Il avait du sang sur l'épaule.

— Tu mens, dit-il à mi-voix.

— C'est la vérité... Tu crois que j'ai tué Norah, c'est ça ? lança-t-il à Brosnan. Martin, c'est la seule femme que j'aie aimée. La seule personne que j'aie toujours fait passer avant moi-même.

— Menteur ! cria Brosnan.

Il tira trois fois, très vite. La première balle toucha Barry à l'épaule et le fit pivoter. Les deux autres l'atteignirent dans le dos et le projetèrent la tête la première sur le bastingage. Des oiseaux se mirent à pousser des cris affolés, et s'élevèrent des roseaux, en véritables nuages. Brosnan s'appuya à la cloison du poste de pilotage.

— Il mentait, dit-il à mi-voix, puis il lança à Devlin un regard interrogateur : Il mentait, n'est-ce pas ?

Mais Devlin souffrait trop pour ouvrir les yeux, et Brosnan n'obtint aucune réponse — uniquement de la pitié sur le visage d'Anne-Marie — et il se détourna. Il fallait qu'il se ressaisisse. Les tueurs à gages comme Barry ne cesseraient jamais d'exister : d'autres tueurs à gages les remplaceraient. De même que d'autres tortionnaires remplaceraient les barbouzes du SDECE. La faute incombait aux responsables, à ceux qui donnaient les ordres. Ferguson ? Le Premier Ministre ?

Il regretta que ce fût une femme. Il était toujours plus facile de tuer un homme.

*

Le gilet pare-balles s'était révélé de nouveau très efficace. Il avait résisté aux impacts de la rafale tirée par Barry, mais une balle avait traversé l'épaule droite de Devlin et une autre le haut du bras.

Brosnan le pansa d'une main experte, la trousse de secours du bateau ouverte sur la couchette à côté de lui. Quand il eut terminé, il prit une ampoule de morphine.

— Cela devrait calmer la douleur pendant un certain temps.

Devlin, le visage gris, ébaucha un sourire.

— Tu aurais fait un excellent médecin, Martin.

— J'ai suivi des cours, dans les Rangers.

— Il faut l'hospitaliser tout de suite, dit Anne-Marie.

— Oui.Mais pas ici. Pas en Angleterre. Il finirait dans une cellule de prison. Tu as toujours ta vedette à Nice, comme au bon vieux temps ?

— Oui. Pourquoi ?

— Tu sauras donc manœuvrer celle-ci ?

— Bien entendu. Aucun problème. C'est un bateau magnifique.

— Très bien. Tu pourras atteindre l'Irlande en huit heures. Liam t'indiquera où aller.

— Liam ? lança-t-elle. Tu ne viens pas ? Je ne comprends pas.

Il ne répondit pas. Il ramassa la serviette de Barry, dans le poste de pilotage, l'ouvrit et montra l'argent à Devlin.

— Il y a au moins trente mille livres, Liam. Peut-être davantage. Donne-moi un nom, un homme à Londres capable de faire n'importe quoi pour une somme pareille. Pas un engagé politique, un brave truand.

— Laisse tomber, Martin, répondit Devlin d'une voix sourde. Tu n'as plus rien à y gagner.

— Ferguson nous a menti au sujet de Norah, Liam.

— D'accord, dit Devlin. Il nous a menti... Il a estimé que la fin justifiait les moyens. Il voulait supprimer Frank Barry.

— Tout le monde voulait supprimer Frank Barry, répondit Brosnan à mi-voix. Ferguson, la DI5, le conseil des ministres, le Premier Ministre. Qui d'autre encore ? Il faut que quelqu'un paie, Liam. Je suis fatigué d'être exploité par les autres et pour leurs propres fins, d'être lancé au feu comme un mannequin de Carnaval pour la plus grande joie de tout le monde.

Devlin secoua la tête.

— Non, Martin...

— Tu me dois bien ça, Liam, insista Brosnan. C'est toi qui m'as entraîné dans cette histoire.

— Je t'ai aidé à redevenir libre ! cria Devlin.

— Libre ! lança Brosnan avec un rire amer. Qui est libre ?

Anne-Marie les surprit l'un et l'autre en disant :

— Dites-le-lui, Liam. Donnez-lui ce qu'il demande et filons d'ici. Qu'il aille en enfer comme il l'entend.

Elle se retourna et remonta sur le pont.

— Eh bien ? dit Brosnan.

Devlin prit une cigarette et Brosnan la lui alluma.

— Je ne peux pas te donner le nom d'un homme, dit-il, mais j'ai connu une femme, il y a quelques années... Rien à voir avec la politique. Ce n'est même pas une Irlandaise. Une juive d'origine allemande. Lily Winter. Elle avait un dépôt sur le Great India Wharf à Wapping. C'est peut-être ce que tu cherches.

Brosnan referma la serviette de cuir et se leva.

— Le numéro de téléphone de Ferguson ?

Devlin le lui donna.

— Merci, Liam. Au revoir.

Il s'élança dans l'escalier.

Anne-Marie était en train d'inspecter le poste de pilotage. Brosnan sortit la clé de contact de sa poche et la lui tendit. Elle fit aussitôt démarrer les moteurs.

— Tout va bien ? murmura Brosnan.

— Que veux-tu que je te réponde ? lança-t-elle d'une voix rageuse. Je ne peux que te souhaiter de mourir en Irlande. C'est le plus ancien des vœux irlandais.

— L'intention est excellente, lui dit Brosnan, mais c'est peu probable.

Il enjamba le bastingage et sauta sur la jetée. Il regarda le *Kathleen* s'éloigner lentement puis prendre la direction de l'estuaire. Le brouillard l'engloutit. Un instant plus tard, il se retourna et se dirigea vers la Land-Rover.

*

La garde-robe, dans la chambre de Salter, était si bien garnie que Brosnan en conclut que l'entrepreneur de pompes funèbres avait pris l'habitude de voler les vêtements des morts. Il passa sous la douche pour chasser l'odeur de vase du marais, puis il choisit un complet de tweed gris, une chemise de laine et une cravate assortie. Il enfila un imperméable et redescendit dans le salon où il avait laissé Salter, toujours ligoté à une chaise.

Il regarda la pendule. Il n'était que sept heures du matin.

— A quelle heure arrive votre personnel ? demanda-t-il au croque-mort.

— Quand Sinclair m'a téléphoné, je leur ai dit de prendre leur matinée.

— Ils ne viendront donc qu'à midi ?

— Oui..., répondit Salter en passant la langue sur ses lèvres.

— Je vais vous faire une fleur : ils vous trouveront ligoté. Vous aurez la possibilité de prétendre que vous n'avez pas participé de plein gré à l'action.

— Je vous remercie. Puis-je vous demander ?... M. Sinclair est mort ?

— Oui.

Brosnan sortit et claqua la porte.

Quelques instants plus tard, Salter entendit la Land-Rover démarrer. Le bruit s'éloigna puis disparut. Il tira un peu sur ses cordes pour que le sang circule mieux dans ses mains et il commença à mettre au point ce qu'il raconterait à la police.

QUINZE

A une époque, le bassin de Londres et l'estuaire de la Tamise ont été le centre du commerce maritime mondial. Ces temps sont révolus depuis longtemps et lorsque Brosnan descendit vers les docks de Wapping, le mardi dans la soirée, il ne trouva que des grues rouillées, abandonnées, tendant leur long cou vers le ciel, et des entrepôts vides, aux fenêtres barricadées par des planches.

Quelque part, un bateau glissant sur le fleuve fit sonner sa corne de brume. Hormis cet appel sinistre, aucun bruit : il aurait pu être la seule créature vivante dans le monde.

Il s'engagea sur Great India Wharf, dépassa des appontements sans bateau et parvint à un entrepôt, face au fleuve. On pouvait lire sur le mur : *Winter & Co — Importateurs.* Brosnan ouvrit une petite porte découpée dans le grand portail et entra.

L'endroit était envahi de vieux meubles de toute sorte. Tout était sombre, comme lors de sa première visite, mais cette fois de la musique filtrait du petit bureau de verre, en haut de l'escalier métallique aux marches raides.

— Madame Winter ? appela-t-il.

La porte du bureau s'ouvrit et une bouffée de musique en sortit.

— C'est vous, monsieur Brosnan ?

— Oui.

Elle alluma une autre ampoule pour le voir et elle s'avança vers le garde-fou. Elle devait bien avoir soixante-dix ans. Ses cheveux tirés en arrière en un chignon à l'ancienne mode dégageaient son visage parcheminé, jauni. Elle portait un tailleur de tweed dont la jupe tombait presque sur ses chevilles. Sa main droite tenait le collier d'un des plus beaux chiens que Brosnan ait vus de sa vie, un Doberman « bas-rouges ».

Elle parlait un anglais excellent, mais avec un accent allemand.

— Vous m'intéressez, monsieur Brosnan. Savez-vous que Karl n'a pas grondé la première fois que vous êtes venu ? Et il n'a pas grondé aujourd'hui non plus. Jamais je ne l'ai vu se comporter ainsi.

— Vous savez ce qu'on dit : les enfants et les chiens savent d'instinct à qui ils ont affaire.

Il monta l'escalier et caressa doucement la tête de l'animal. La musique provenait d'un lecteur de cassettes dans le bureau. Brosnan reconnut la chanson, *A Foggy Day in London Town,* mais non le chanteur.

— Al Bowley, dit Lily Winter. Le meilleur de tous les temps. Il a été tué pendant le Blitz. Je l'ai souvent entendu chanter au restaurant *Monseigneur,* à Piccadilly, avec Roy Fox et son orchestre. C'était en 1932. Avant que je commette la plus grande bêtise de ma vie : retourner en Allemagne à la mort de mon père.

Brosnan alluma une cigarette et s'assit sur un fauteuil, de l'autre côté du bureau, pour écouter cette voix hantée chanter une chanson d'un autre monde qui le touchait profondément sans qu'il sache pourquoi.

— Vous aimez ? demanda-t-elle.

— Oh oui. J'ai toujours aimé les grandes villes la nuit ou très tôt le matin. Le brouillard, les rues mouillées, la certitude absolue que quelque part, un peu plus loin, juste au coin de la rue, quelque chose de merveilleux et d'étonnant vous attend — quand on est jeune, bien sûr, et qu'on y croit encore.

La chanson s'acheva et la vieille dame coupa l'appareil.

— C'est à Dachau que j'ai cessé d'y croire, monsieur Brosnan.

Elle releva sa manche et lui montra le numéro tatoué sur son avant-bras. Brosnan ôta sa veste et déboutonna le poignet de sa chemise. Lily Winter lui prit la main et la tira vers elle. Elle examina le numéro, incrédule.

— Mais vous n'avez pas pu aller dans les camps. Vous êtes trop jeune. Je ne comprends pas.

— Quelque chose d'équivalent. Il n'y a pas de fours crématoires mais on n'en sort que les pieds devant.

— Sauf vous ?

Il remit sa veste.

— Oui, on peut dire que je suis l'exception.

Elle glissa une cigarette noire à bout doré dans un fume-cigarette en ivoire, et tandis qu'il lui donnait du feu, elle étudia attentivement son visage.

— Vous avez apporté l'argent ?

— Oui.

Il posa la serviette de Barry sur le bureau et l'ouvrit.

Elle regarda les paquets de billets de vingt livres et en saisit un entre ses doigts.

— Combien y a-t-il ?

— Vingt-cinq mille livres.

Elle regarda longuement le contenu de la serviette, puis la referma.

— Cela fait beaucoup d'argent. Après Dachau, quand je suis revenue en Angleterre en 1945, l'argent était la seule chose qui comptait pour moi, monsieur Brosnan. J'avais cessé d'avoir foi en l'humanité, vous comprenez...

Elle se leva, se dirigea vers une petite table près du mur et versa dans deux tasses le café d'une cafetière électrique.

— Le hasard a fait de moi un receleur, le plus grand receleur de Londres, jusqu'à ce que je plie boutique. J'ai traité avec tous les princes de la haute pègre. Les frères Kay, la bande à Richardson...

— Liam Devlin ?

— Ah, Liam ! Ce cher Liam, dit-elle en souriant. Il était différent. Je l'aimais bien.

— Et l'affaire dans laquelle il était engagé ?

— Elle ne m'intéressait pas le moins du monde. Quand il avait besoin de passeports, je les lui fournissais. De même pour le nom d'un trafiquant d'armes en Europe ou celui d'un docteur de confiance. Ce genre de choses, mais c'était il y a longtemps. Maintenant, comme vous pouvez voir, je ne m'occupe que de meubles.

Elle s'arrêta et ouvrit de nouveau la serviette.

— Ça fait vraiment beaucoup d'argent, dit-elle.

— Il est à vous si vous pouvez m'aider.

— A quoi faire ? C'est le problème, monsieur Brosnan. Quelles sont vos intentions ?

— Ça me regarde.

Elle secoua la tête.

— Je sens autour de vous une aura de colère, monsieur Brosnan, et ce n'est pas bon. Donnez-moi vos mains.

— Mes mains ?

— Oui. Je suis chiromancienne. Extra-lucide, comme on disait autrefois ; « psychique », si vous préférez...

Elle avait les mains fraîches et douces, ce qui lui rappela, sans raison précise, sa grand-mère maternelle à Dublin pendant son enfance, des draps de lin blanc, du romarin et de la lavande... Puis elle le serra davantage et il perçut une vibration soudaine, comme un choc électrique faible. Elle avait les yeux fermés. Elle les ouvrit, tendit la main et effleura le visage de Brosnan en souriant.

— Oui, dit-elle. Je vois tout à présent.

— Je ne comprends pas...

Elle n'avait plus la même voix : elle était devenue cassante, très femme d'affaires.

— La femme que vous cherchez se trouvera chez elle demain soir.

— Chez elle ? demanda Brosnan d'une voix âpre. Mais c'est 10, Downing Street. Personne ne peut y entrer.

— Oui. A première vue, c'est impossible. Personne ne peut entrer sans une invitation personnelle ou un laissez-passer officiel, vérifié avec soin par la police à la porte et par des responsables de la sécurité à l'intérieur. Mais n'oubliez pas que toutes les réceptions et tous les dîners officiels sont organisés par des traiteurs de l'extérieur.

— Et ?

— Demain soir à six heures et demie, le Premier Ministre

donne une soirée de Noël pour une centaine de personnes. Avant tout du personnel en service et des anciens employés. Gratte-papiers, secrétaires, femmes de ménage, tout le monde sera là. La réception aura lieu dans ce que l'on appelle la Salle des Piliers. J'ai déjà pris contact avec la firme de traiteurs pour qu'on vous engage comme extra.

L'énormité de la proposition surprit Brosnan.

— Mais comment vais-je m'en tirer ? Je ne connais pas du tout les lieux.

Lily Winter ouvrit un tiroir et en sortit une grande feuille pliée.

— Voici le plan du rez-de-chaussée et du premier étage. C'est très simple.

Il l'ouvrit pour l'étudier.

— Mais où avez-vous obtenu ces plans ?

— Renseignements fournis gratuitement au fil des années par de nombreux articles de journaux et de magazines, dit-elle. Vous aurez besoin d'un laissez-passer officiel avec votre photo. Ce genre de faux ne pose aucun problème pour l'homme qui travaille pour moi. Mais votre apparence personnelle est très importante. Il faudra la modifier nettement avant de prendre la photo.

— Comment cela ?

— J'ai un vieil ami spécialisé dans ces questions. Je vous propose de revenir dans la soirée. Disons à dix heures. Quittez votre chambre d'hôtel. Il vaut mieux que vous vous installiez ici.

— Très bien.

Il se leva et se dirigea vers la porte.

— Oh, j'ai failli oublier. J'ai pris quelques renseignements à Dublin. On m'a appris entre autres choses que Devlin se trouvait à la clinique Mountjoy. Il se porte apparemment très bien.

— Il y avait une jeune femme avec lui ?

— C'est exact. Elle est partie hier s'installer dans la maison de Devlin à Mayo.

Brosnan hocha la tête.

— Tout est donc pour le mieux.

Il descendit l'escalier métallique et le Doberman, silencieux, s'avança jusqu'au garde-fou pour le regarder partir. Il ne retourna vers sa maîtresse qu'au moment où la porte du dehors claqua.

*

Le bureau du 10, Downing Street était sombre, éclairé uniquement par la lampe posée sur la table de travail. Le Premier Ministre était en train d'écrire lorsque Ferguson entra.

— Le général Ferguson, annonça le secrétaire.

Elle continua sans lever les yeux et Ferguson, que le protocole empêchait de s'asseoir sans y être invité, resta debout devant le bureau comme un collégien. Elle cessa enfin d'écrire, s'adossa à son fauteuil et le regarda. Elle avait le visage calme mais un regard glacial.

— J'ai lu votre rapport sur l'affaire Brosnan, général. Puis-je être certaine que rien n'a transpiré ?

— Rien à ma connaissance, madame, je vous en donne ma parole.

— Bien. Prenons les choses par ordre d'importance. Vous avez indiqué votre intention de chercher le lance-roquettes en suivant les indications que vous a données ce Brosnan. Avez-vous réussi ?

— Nous avons récupéré l'arme en question. Cet après-midi même. J'étais sur les lieux.

Il n'était pas près de l'oublier ! Il frissonna au souvenir des cadavres remontés par les plongeurs l'un après l'autre.

— Ce qui nous donne bon espoir de rétablir des relations de confiance avec le gouvernement d'Allemagne de l'Ouest...

Elle ouvrit un dossier et prit une feuille.

— Dans votre premier rapport, en possession de Mary Baxter, vous ne faites aucune allusion à Norah Cassidy. Seul votre dernier mémorandum évoque les détails de cette affaire ignoble. Pourquoi, général ? Vous aviez peut-être honte ?

Ferguson ne trouva rien à répondre. Elle continua.

— Vous avez donc menti au professeur Devlin à ce sujet ; et, par son intermédiaire, à Brosnan.

— J'ai jugé que c'était nécessaire, madame. Il fallait que Brosnan se mette en colère, vous comprenez. Ensuite, comme cela arrive souvent dans ce genre de situation, tout nous a échappé des mains.

— Je ne crois pas que la fin justifie les moyens, général. Je crois aux impératifs moraux, dit-elle sans dissimuler sa colère. Je n'ai pas la moindre sympathie pour Martin Brosnan, ni pour tout ce qu'il représente. Ni même, à vrai dire, pour Liam Devlin bien que vous sembliez tous le trouver de bonne compagnie. Pour moi, un terroriste est un terroriste, point final. Et ces deux hommes sont des terroristes.

— Oui, madame, répondit Ferguson.

— Vous avez donc menti à Brosnan au sujet de Norah Cassidy. Vous l'avez exploité honteusement et maintenant, non seulement il vous en veut, mais il m'en veut à moi ! N'est-ce pas ce qu'il vous a laissé entendre au téléphone avant-hier ?

— Oui, madame. Pour être explicite, il a dit exactement : « Quelqu'un doit payer. Dans les circonstances, je m'occuperai directement de cette dame. » Et il a raccroché.

Elle hocha la tête, très calme, sans la moindre trace de peur.

— Dois-je comprendre qu'il a l'intention de m'assassiner, général ?

— Dieu seul le sait. Il a l'esprit très compliqué.

— Je m'en suis aperçue, répondit-elle en feuilletant le dossier. Des roses ! Quelle prétention !

Elle referma brusquement le classeur et se redressa.

— Le plus souvent, je jauge un homme en dix secondes, et je n'aime pas que les faits démontrent que je me suis trompée, dit-elle. Je vous ai fait spontanément confiance, et je vais donc placer ma sécurité personnelle entre vos mains, général. Cela vous étonne ?

— C'est une responsabilité très lourde, madame.

— Très bien. Je vois que vous prenez ma vie au sérieux et cela fait toujours plaisir. Je n'ai nullement l'intention de modifier mon emploi du temps. Je suis trop occupée. Autre chose, je n'ai pas envie de voir le visage de Brosnan à côté du mien sur la couverture du *Sunday Express* avec des titres mélodramatiques du genre : « Un tueur fou de l'IRA part en guerre contre le Premier Ministre. » Quoi que vous fassiez, une extrême discrétion.

— Je le comprends, madame.

Elle lui tendit un feuillet dactylographié.

— Voici mon emploi du temps de demain. Vous trouverez en bas des laissez-passer spéciaux pour vous et votre collaborateur. Ils vous permettront d'entrer et de sortir à votre guise de Downing Street ou de la Chambre des Communes.

Elle reprit sa plume.

— Arrêtez-le, général. Ce ne devrait pas être très difficile... Laissez-moi, je vous prie. J'ai du travail.

Elle appuya sur l'interphone et avant même que Ferguson atteigne la porte, le jeune secrétaire qui l'avait fait entrer tournait la poignée.

*

Ferguson demanda à son chauffeur de s'arrêter sur les quais de la Tamise et dit à Fox :

— Faisons quelques pas, Harry.

Ils s'éloignèrent, suivis par la voiture à quelques mètres. Ferguson s'arrêta, s'appuya au mur de pierre et regarda le fleuve.

— Mauvais, mon général ?

— Elle n'était pas contente, Harry. La dernière fois que l'on m'a semoncé ainsi, c'était il y a bien longtemps : le surveillant général du lycée. J'avais douze ans.

Il sortit son portefeuille, prit une carte et la donna à Fox.

— De quoi s'agit-il ?

— Un laissez-passer spécial, Harry. Pour vous permettre d'entrer librement à Downing Street et à la Chambre des Communes. Elle m'a rendu responsable de sa sécurité personnelle jusqu'à ce que l'affaire soit classée.

— Je vois, répondit Fox en rangeant la carte. Son service de sécurité doit être furieux, non ?

Ferguson lui montra l'emploi du temps qu'elle lui avait remis.

— Voici ce qu'elle fait demain. Voulez-vous me le lire ?

Il prit un manille dans un étui de cuir et l'alluma avec amour. Fox examina la feuille.

— Bon Dieu ! Elle commence à six heures et demie et ne s'arrête que le lendemain à une heure du matin !

— Je sais. Donnez-moi les grandes lignes : ce qui vous frappe.

— Conseil des ministres le matin pendant deux heures. Au 10, Downing Street... Ah ! Je vois une possibilité.

— Laquelle ?

— Service religieux à la mémoire de Lord Mountbatten. Vous pensez qu'il tentera sa chance à ce moment-là ?

— Je ne sais pas, répondit Ferguson. Continuez.

— Retour Downing Street. Chambre des Communes à trois heures. Retour Downing Street pour une conférence interministérielle... Voyons... Interview à la radio, puis elle reçoit l'ambassadeur d'Allemagne de l'Ouest qui prend sa retraite...

— Rien d'autre ?

— Réception de Noël pour le personnel, dans la Salle des Piliers, à six heures et demie. Elle doit revenir à la Chambre des Communes pour un dîner, à neuf heures moins le quart. Ensuite, retour dans son bureau pour travailler sur les dossiers.

Il rendit la feuille à Ferguson.

— Je me demande si on lui paie ses heures supplémentaires.

— Donc, conclut Ferguson, le seul moment douteux semble être le service à la mémoire de Lord Mountbatten, à la cathédrale St. Paul. Qui d'autre y assistera ? Le prince Charles, la princesse Margaret... Le dernier endroit où nous ayons envie de voir exploser une bombe, ajouta-t-il en faisant la grimace.

— Mais Brosnan n'a jamais participé à un attentat à la bombe, mon général.

— Il y a un début à tout.

— Vous le pensez vraiment ? demanda Fox.

— Non. Ce n'est pas son style. Brosnan est le dernier des samouraïs, s'élançant à cheval contre les canons, l'épée à la main.

Ils retournèrent vers la Bentley et montèrent.

— Mais le seul point faible demeure le service religieux à St. Paul, dit Fox. Le reste du temps, elle sera Downing Street ou aux Communes, et Brosnan n'a aucune chance d'entrer au numéro 10.

— La Chambre des Communes pose des problèmes, répondit Ferguson. Beaucoup d'allées et venues. Des électeurs qui rendent visite à leur député, etc.

— Qu'allons-nous faire, mon général ?

— Réunir toutes les personnes concernées, répondit Ferguson en regardant sa montre. Rendez-vous dans mon bureau du quartier général à onze heures. Aucune excuse valable pour refuser. Priorité absolue. Je veux voir tous les chefs de service du DI5. Et la Branche spéciale. Vous savez à qui vous adresser ?

— Oui, mon général... Nous aurons ce type. C'est forcé.

— J'aimerais être aussi optimiste que vous, répondit Charles Ferguson.

Il se pencha en arrière et ferma les yeux.

*

Brosnan était assis devant la coiffeuse, une serviette sur les épaules. Il regarda le vieil homme glisser un peigne de métal dans ses cheveux longs, devenus d'un blond paille, très clairs...

— Bien, dit le vieillard. Je suis vraiment satisfait. Evidemment, il va falloir en couper beaucoup.

Il prit une paire de ciseaux et se mit au travail en fredonnant. Il était au moins aussi âgé que Lily Winter, et il lui ressemblait comme un frère.

Elle regardait, assise sur un tabouret. Elle alluma une cigarette et la fit passer à Brosnan.

— Shlomo est d'une telle habileté ! Il a commencé sa carrière dans un cabaret yiddish d'Amsterdam. Il a filé juste avant l'arrivée des Allemands.

— J'ai travaillé aux studios d'Elstree pendant des années, ajouta le vieux maquilleur, qui avait échangé les ciseaux pour un coupe-chou. Margaret Lockwood, James Mason. J'ai travaillé avec tous les grands. M. Noël Coward m'a offert un étui à cigarettes. Il avait fait graver à l'intérieur *A Shlomo le Magicien, de la part du Maître.*

Les cheveux de Brosnan étaient maintenant d'une longueur plus classique. Le vieil homme les fit sécher en les brossant, puis traça une raie au milieu. La différence était stupéfiante, surtout avec les sourcils décolorés.

— Fantastique, dit Brosnan.

— Pas encore. Pour l'instant vous êtes différent, mais encore vous-même. Quand j'aurai terminé, vous ressemblerez à quelqu'un d'autre. Tendez votre lèvre supérieure, et maintenez-la ainsi jusqu'à ce que je vous dise de cesser.

Brosnan fit ce qu'on lui disait. Le vieil homme mit en place une moustache blonde. Il prit les ciseaux et la tailla avec soin.

— Il m'arrive de le faire pour des célébrités. Vous savez, des vedettes pop qui veulent aller faire des courses dans les grands magasins sans être pourchassées par les fans.

— Et moi ? dit Brosnan. Qui va me pourchasser, croyez-vous ?

— Je ne veux pas le savoir. Ça ne me concerne pas. Vous m'avez l'air d'un brave garçon, dit Shlomo en haussant les épaules. Si Lily est d'accord, c'est bon pour moi. Ouvrez la bouche.

Le vieil homme inséra une petite éponge entre la mâchoire et la joue, puis il regarda le visage de Brosnan dans le miroir, par-dessus son épaule.

— Nous n'aurons pas besoin de placer des anneaux dans le nez, n'est-ce pas, Lily ?

Elle secoua la tête.

— Les lunettes suffiront.

La monture était dorée, les verres légèrement bleutés, et elles avaient un air français. Le résultat était étonnant. L'homme qui fixait Brosnan dans le miroir était un parfait inconnu

— Nous ne ferons pas de vous un étranger, dit Lily. Si nous disions que vous êtes danois, vous tomberiez sans doute sur un véritable Danois parmi les extras. George Jackson, de Manchester, fera l'affaire.

Elle regarda de nouveau le miroir et sourit.

— Vraiment très bien. Venez faire votre photo.

*

Ferguson, debout sur la première marche de l'escalier principal à l'entrée de la cathédrale St. Paul, regarda la famille royale regagner les limousines, en bas de l'escalier. Le service à la mémoire de Lord Mountbatten venait de se terminer sans le moindre incident. Le Premier Ministre, en tailleur noir, descendit l'escalier et entra dans sa voiture, qui s'éloigna.

— Tout s'est bien passé, Dieu merci ! dit Fox en descendant les marches vers la Bentley qui s'avançait. Le problème, ajouta-t-il en montant en voiture, c'est que c'était le seul moment de la journée où elle offrait une cible facile. Qu'allons-nous faire à présent ?

— Coller à elle comme de la glu, Harry, répondit Ferguson. Pas d'autre solution.

Il frappa à la vitre de séparation et son chauffeur démarra aussitôt sur les traces de la voiture du Premier Ministre.

*

Le rez-de-chaussée du 10, Downing Street s'était transformé en ruche bourdonnante d'activité longtemps avant six heures et demie. Les premiers invités arrivaient déjà car l'on avait convié les anciens membres du personnel partis à la retraite. La porte de service restait ouverte — avec un sergent de police à l'intérieur — tandis qu'une demi-douzaine de garçons entraient et sortaient en portant des caisses de vins et tout le matériel nécessaire à la réception, qu'ils prenaient dans un fourgon garé devant la porte.

Brosnan se trouvait parmi eux. Il trébucha sous le poids de deux cartons de bouteilles de bière et l'agent de police lui dit :

— Vous pouvez en laisser une ici, si c'est trop lourd.

Brosnan sourit et continua son chemin vers les cuisines où on lui ordonna aussitôt de mettre les verres en place. D'autres garçons étaient déjà au travail et il les regarda faire. Il songea soudain que malgré tous ses efforts il ne pourrait peut-être jamais aller plus loin que cette pièce. Le chef du personnel s'avança et lui tapa sur l'épaule.

— Vous... Comment vous appelez-vous ?

— Jackson, monsieur.

— Mettez votre tenue et passez par ici. On a besoin de vous.

Brosnan ôta sa veste de travail d'alpaga noir et l'accrocha à une patère, mit sa veste blanche et sortit des gants blancs de sa poche. Il les enfila avec soin puis glissa la main sous sa veste et toucha le Smith and Wesson collé à plat au creux de ses reins dans une ceinture élastique, sous la chemise. Il prit un plateau d'argent, respira à fond et s'engagea dans le couloir.

*

Le Premier Ministre, en robe du soir verte, allait d'un groupe à l'autre avec son mari et sa fille. Elle semblait radieuse. A l'autre bout de la pièce, se déplaçant de groupe en groupe lui aussi avec son plateau de verres de vin blanc, Brosnan l'observait.

Quand son plateau fut vide, il revint près de la table et le chef de rang lui donna l'ordre de ramasser les verres vides et de les rapporter aux cuisines. Brosnan obéit. Il fit trois fois l'aller et retour entre les salons et la plonge.

Il était dans la place, mais il ne savait vraiment pas quoi faire ensuite. Puis lorsqu'il revint des cuisines pour la troisième fois, il remarqua que le Premier Ministre, le sourire aux lèvres, prenait congé d'un groupe de personnes, franchissait les doubles portes vitrées et montait l'escalier principal.

Il se rappela les plans qu'il avait étudiés avec soin. Le bureau privé, le Salon Blanc et le Salon Bleu se trouvaient là-haut.

A la table de service, le chef de rang faisait ouvrir les bouteilles de champagne. Brosnan attendit son tour derrière les autres garçons et s'en fit donner une. La réception battait son plein. Il prit deux flûtes au bout de la table, les posa sur le plateau avec le champagne et traversa la foule en direction du vestibule. Il était vide. Sans hésitation, il monta l'escalier vers le premier étage.

*

Le Premier Ministre, devant son bureau, lisait un mémorandum en prenant des notes. On frappa. Brosnan entra et referma la porte derrière lui. Il s'avança lentement.

Elle leva les yeux, surprise.

— Que m'apportez-vous donc ?

Brosnan avait la gorge sèche. Son cœur battait à tout rompre. Il sentait le métal du Smith and Wesson contre sa peau. Sa voix était basse et rauque.

— Du champagne, madame.

— Je n'ai pas commandé de champagne.

— Le chef de rang m'a demandé de vous en monter, madame. Avec deux verres. Il me l'a bien précisé.

— Deux verres..., dit-elle en souriant soudain. Oh, je vois. Eh bien, laissez le plateau sur la table.

Elle s'était remise à écrire. Des gouttes de sueur perlèrent sur le front de Brosnan lorsqu'il posa le plateau sur la table basse. Il se redressa, regarda la femme penchée au-dessus du bureau et glissa la main sous sa veste. Ses doigts se crispèrent sur la crosse du Smith and Wesson. Dans trois secondes, ce serait fini.

Pour elle. Pas pour lui.

— Vous pouvez disposer, lança-t-elle sans lever les yeux.

Je n'existe pas pour elle, se dit-il. Et pourtant je suis sa mort. Oh, Norah, est-ce que ceci te vengera ? Est-ce que quoi que ce soit pourrait te venger ?

Il aperçut le bouquet de roses dans le vase de cristal sur la table. Des roses blanches de Noël, à longue tige.

— Ce sera tout, madame ?

— Oui, merci, répondit-elle avec un soupçon d'impatience dans la voix.

Elle ne leva pas les yeux. Le cœur battant, il prit une rose dans le vase et la posa sur le plateau d'argent entre les deux verres.

Il ouvrit la porte, sortit et referma sans bruit.

Le corridor était désert. Il descendit l'escalier entre les portraits de tous les Premiers Ministres qui avaient précédé cette femme... Il traversa la foule, saisit un plateau et se mit à ramasser des verres sales. Quand son plateau fut plein, il retourna dans les cuisines.

Les allées et venues n'avaient pas cessé dans le couloir de service. Déjà la réception touchait à sa fin et les garçons ramenaient au fourgon des caisses de bouteilles vides.

Brosnan ôta sa veste blanche et l'accrocha. Il enfila sa veste d'alpaga noir, ramassa une caisse et se glissa dehors à la barbe de l'agent de police. Il fit la queue avec les autres garçons à l'arrière du camion, tendit sa caisse au chauffeur, puis contourna le fourgon et se dirigea vers une petite cour, de l'autre côté de la rue.

Downing Street était envahie par les invités sur le départ. La plupart, venus à pied, se dirigeaient vers les stations de taxis du quartier. Brosnan se joignit à la foule joyeuse, tourna dans Whitehall et s'éloigna d'un bon pas.

*

Le Premier Ministre termina son mémorandum cinq minutes plus tard. Elle se leva, fit le tour du bureau et se dirigea vers la porte, avec l'intention de redescendre dans les salons de réception. En passant elle posa les yeux sur le champagne et les verres, puis s'arrêta brusquement. Elle se retourna, se précipita vers le bureau et appuya sur l'interphone.

*

— Il est parti, madame, dit Ferguson. Sans laisser de trace.

La rose se trouvait sur le bureau, entre eux.

— Je ne comprends pas, reprit Ferguson sur un ton désolé. Quel est donc son jeu ?

— Mais c'est très simple, général, répondit le Premier Ministre en prenant la rose. Personne n'est en sécurité : tel est le message que votre M. Brosnan nous envoie. Or c'est le monde que nous avons créé.

Elle posa la rose très doucement. Ferguson se figea.

— Je ferais bien d'aller prendre congé des derniers invités, dit-elle.

Il ouvrit la porte et s'effaça devant elle.

*

En franchissant la petite porte de l'entrepôt, Brosnan entendit de la musique. Le petit bureau en haut de l'escalier était encore éclairé. Il monta lentement les marches de fer et ouvrit la porte. Lily Winter, derrière son bureau, examinait un collier ancien à la loupe. Le Doberman se leva, traversa la pièce et se frotta contre les jambes de Brosnan. Longuement.

— Alors, vous êtes parti pour faire la guerre et vous avez décidé en chemin de conclure la paix...

— Vous le saviez ?

— Imbécile ! dit-elle en prenant une bouteille de cognac et un verre dans un tiroir derrière elle. Vous croyez que je vous aurais aidé si je n'avais pas deviné vos sentiments réels ?

— Je me suis trouvé seul avec elle, aussi près que je le suis de vous en ce moment, dit Brosnan, et le verre de cognac tremblait dans sa main. Il y avait des roses d'hiver dans un vase. J'en ai posé une sur le plateau et je suis sorti.

— Un beau geste romantique, mais que prouve-t-il ?

— J'ai conclu une paix séparée, dit Brosnan. Une paix séparée.

Il s'allongea sur le divan contre le mur et fixa le plafond.

— Je me sens vieux soudain. Vraiment vieux. Vous comprenez ce que je veux dire ?

— Je comprends.

Sa voix semblait venir de très loin. Il ferma les yeux ; au bout de quelques minutes, le verre glissa de sa main et il s'endormit.

SEIZE

Dans une chambre particulière du troisième étage, à la clinique Mountjoy de Dublin, Liam Devlin essaya de s'armer de patience tandis que l'infirmière ôtait les pansements de son épaule et de son bras. L'infirmière-chef, une redoutable matrone aussi raide que sa coiffe amidonnée, se tenait derrière le chirurgien et le surveillait tandis qu'il inspectait les plaies.

— Joli, dit-il. Très joli... De la gaze, s'il vous plaît, lança-t-il à l'infirmière.

— Pour l'amour de Dieu, Patrick, s'écria Devlin d'une voix plaintive, quand allez-vous me laisser rentrer chez moi ? Cet endroit est infect. Pas une goutte d'alcool, et on essaie même de m'empêcher de fumer.

— Une semaine, Liam, répondit le médecin, éminent professeur du Trinity College lui aussi. Encore une semaine et nous en reparlerons.

Il se tourna vers l'infirmière-chef.

— Ces accidents de voiture font des blessures horribles. Oui, horribles. Il a eu de la chance.

— Le tabac et le whisky ne peuvent faire que du mal, répondit-elle. Je suis sûre que vous êtes d'accord avec moi.

— Oui, bien sûr. Vous avez raison.

Elle lui ouvrit la porte. Il se tourna vers Devlin et haussa les épaules d'un air d'impuissance.

— Je reviendrai jeter un coup d'œil demain, Liam.

La porte se referma sur le docteur et l'infirmière-chef.

— Bon Dieu, lança Devlin. Elle n'a pas de cœur, cette femme-là !

L'infirmière qui terminait le pansement sourit.

— Vous ne croyez tout de même pas que je vais vous dire ce que je pense à ce sujet, n'est-ce pas, professeur ? Je vous apporterai du thé dans un quart d'heure.

Elle sortit et il s'allongea sur l'oreiller. Une main timide frappa à la porte et une jeune stagiaire passa la tête. Elle portait un paquet long et mince enveloppé dans du papier doré, avec un gros nœud de ruban.

— Et qu'est-ce que c'est ? demanda Devlin.

— Interflora. On vient de le livrer. Dois-je l'ouvrir ?

— Cela me paraît une excellente idée.

Il la regarda enlever le papier cadeau devant la table.

— C'est intéressant, dit-elle en se retournant.

Elle avait entre les mains un cylindre de plastique transparent contenant une seule rose.

— Quelqu'un est amoureux de vous, professeur.

Devlin regarda la fleur pendant un long moment.

— Y a-t-il une carte ? demanda-t-il.

— Je n'en vois pas.

— Non. Il ne doit pas y en avoir.

— Vous savez qui vous l'a envoyée ?

— Oh oui, répondit Devlin à mi-voix. Je sais qui me l'a envoyée. Posez-la sur le lit, je vous prie.

Elle sortit. Il regarda la rose et sourit.

— Et maintenant, mon cher Martin, une petite fête est de rigueur, n'est-ce pas ?

Il tendit la main, non sans une grimace de douleur, ouvrit la table de nuit et en sortit une bouteille de Bushmills et un paquet de cigarettes.

*

C'était l'une des plus belles soirées qu'Anne-Marie Audin eût vécues. Assise devant son chevalet au bord de la falaise, derrière la maison de Devlin, elle peignait très vite, essayant de saisir les derniers feux du crépuscule. Killala Bay s'étendait à ses pieds et, au-delà de l'eau, dans le lointain, les montagnes de Donegal dessinaient une ombre pourprée.

Elle entendit un pas derrière elle. Elle ne se retourna pas car un sixième sens lui apprit aussitôt de qui il s'agissait.

— Vous ne cessez de vous améliorer, lui dit Brosnan. Ces fonds sont remarquables.

Elle le regarda et fronça les sourcils.

— Mais qu'est-il arrivé à vos cheveux ?

— C'est une longue histoire.

Il alluma une cigarette et s'accroupit près d'elle.

— Un changement de cœur ? demanda-t-elle.

— En un sens. J'avais oublié à quel point tout est paisible, ici.

Elle cessa de peindre et se tourna vers lui. Elle avait le visage dans l'ombre.

— Mais pour combien de temps, Martin ?

Il n'aurait su le lui dire : il ne connaissait pas la réponse. L'eau était calme, le ciel couleur de cuivre. Un pétrel cria au-dessus de leurs têtes puis s'éloigna à tire-d'aile vers la mer.

La composition de ce livre
a été effectuée par Bussière à Saint-Amand,
l'impression et le brochage ont été effectués
sur presse CAMERON
dans les ateliers de la S.E.P.C. à Saint-Amand-Montrond (Cher)
pour les éditions Albin Michel

AM

Achevé d'imprimer en novembre 1983
N° d'édition 8180. N° d'impression 1964.
Dépôt légal : décembre 1983

Imprimé en France